Jean-Christophe Macquet

Le vampire du stade Bollaert

Du même auteur

Le trésor perdu des Rothschild, Pôle Nord Éditions, 2017, collection « Belle Époque »

Le secret de la biche anglaise, Éditions Arthémuse, 2017

L'Orient éternel, Éditions Arthémuse, 2019

Échec à Raspoutine, Gilles Guillon Éditions, 2019

Calcio, Éditions Champs-Élysées – Deauville, 2020

À la poursuite du Nautilus, Éditions ECED, 2022

Le fantôme du Royal Picardy, Éditions Arthémuse, 2022

La folle nuit de Victor Hugo, Éditions Arthémuse, 2023

Aubane Éditions
21, allée des Peupliers
62280 SAINT-MARTIN-BOULOGNE
contact@aubane-editions.fr
www.aubane-editions.fr

Composition : Nord Compo, Villeneuve-d'Ascq
Imprimé en France
Achevé d'imprimer en octobre 2023
Dépôt légal : octobre 2023
ISBN : 978-2-487020-08-5
EAN : 9782487020085

Toute reproduction ou représentation, intégrale ou partielle, par quelque procédé que ce soit, de la présente publication, faite sans autorisation de l'éditeur est illicite (article L. 122-4 du Code de la propriété intellectuelle) et constitue une contrefaçon.
L'autorisation d'effectuer des reproductions par reprographie doit être obtenue auprès du Centre français d'exploitation du droit de copie (CFC), 20, rue des Grands-Augustins, 75006 Paris. Tél. : 01.44.07.47.70 – Fax : 01.46.34.67.19

© Aubane Éditions, 2023

Chapitre 1

Samedi 2 décembre 2006

Jean-Marie Barbier commençait sérieusement à s'impatienter. Il tendit le bras afin de se dégager le poignet de la manche du blouson et regarda une nouvelle fois sa montre. Quinze minutes de retard. Seul sur le parking, devant la porte du bus, il attendait en ronchonnant.

— Ras le bol !

Un énervement trépidant, teinté d'amertume, vint assombrir le cours de ses pensées, noircissant une réflexion basique.

Une question lui envahit l'esprit.

La question.

De ces questions dérisoires, inutiles et sans réponse, faussement existentielles, que l'attente produit lorsqu'elle perdure.

Quelle sublime motivation peut pousser un homme à faire le pied de grue à la tombée de la nuit, devant la porte d'un bus, et maudire le genre humain, alors que ce même bus est rempli à craquer de gamins plus surexcités les uns que les autres, brandissant et agitant frénétiquement des écharpes aux couleurs sang et or, attendant avec impatience que le moteur se mette enfin à tourner ?

L'altruisme, le besoin de se mettre au service de la collectivité ? La nécessité d'être autre chose d'un individu lambda ?

Dans la continuité, une autre question s'engouffra dans la brèche et vint, elle aussi, polluer l'esprit de Barbier avec encore plus d'insistance et de dépit :

Pourquoi ai-je accepté, bordel ?

Il est vrai que... Et voilà comment on devient, comme ça, du jour au lendemain, président d'un petit club de football de village.

Par hasard.

Un hasard qui fait bien les choses, enfin le croit-on au début. Les joies de la vie associative, le don de soi, le bénévolat... et puis la récompense, l'apothéose après plusieurs années passées au secrétariat de l'office municipal des sports. La démission du président du club de foot, les anciens qui ne veulent pas se mouiller et hop, on se lance ! On se sacrifie ! On ne le regrette pas... les premiers mois. Puis ensuite il faut gérer, toujours gérer :

Les joueurs de l'équipe première, imbus de leur personne, irresponsables, irrespectueux, peu enclins à s'entraîner mais collectionnant les cartons, les amendes qui mettent à mal les finances du club.

Les objectifs sportifs que l'on n'atteint pas, les entraîneurs qui baissent les bras ou qui s'en vont... Les annonceurs, les partenaires, la mairie qui rechigne à augmenter la subvention ou colle un arrêté pour bloquer le terrain dès qu'il pleut.

Les dirigeants, contestataires, soucieux de leurs prérogatives, mais... incapables de rédiger une feuille de match sans aligner les ratures, les erreurs, et qui multiplient, eux aussi, les amendes.

Et parlons-en de toutes ces amendes, le racket officiel, le presse-agrume de la ligue amateur qui écrase les petits citrons jusqu'à la dernière goutte.

Et les parents ? Eux aussi ! Si seulement ils se contentaient simplement d'amener leur progéniture au stade. Ils s'installent, s'incrustent au bord de la pelouse, beuglent plus fort que l'entraîneur, houspillent dans tous les sens afin que l'on n'admire que le fruit de leurs entrailles, le futur Zizou. Indéniablement ! Tous les ballons doivent passer par lui ! Lui seul doit marquer, se faire remarquer ! Sans jamais pouvoir imaginer une seule seconde que le petit génie commence le match sur le banc de touche. Là, c'est le scandale !

Non seulement, ils n'y connaissent rien et n'ont jamais enfilé de leur vie des chaussures à crampons, mais ils se comportent en tyrans domestiques loin de chez eux, tyrans des vestiaires dont on a bien du mal à les déloger. Et les plus terribles, les plus coriaces, sont les mères de famille...

Heureusement, il reste les têtes blondes qui font leurs premières armes le mercredi après-midi et le samedi, qui apportent un peu de fraîcheur et que l'on récompense dès qu'on en a la possibilité en leur permettant d'aller assister à un grand match, dans un vrai stade...

Et là encore, il faut gérer ces mêmes parents qui insistent lourdement pour accompagner :

« Il n'y a pas de raison, j'assiste à tous les entraînements – en spectateur, uniquement en spectateur, pas question que je me salisse les pieds en arbitrant la touche – je viens également à tous les matchs, plus souvent que Monsieur ou Madame machin... »

Et les dirigeants qui veulent impérativement faire profiter leur conjoint, qui insistent eux aussi avec plus de poids, menacent de démissionner s'il le faut, et à qui l'on doit parfois céder, comme la secrétaire adjointe Josette Gérard et son crétin de mari... évidemment en retard...

— Ah enfin, il est temps ! s'écria-t-il en apercevant les phares d'une voiture apparaître au coin de la rue.

Ce n'était qu'une supposition qui s'avéra exacte lorsque le véhicule vint se ranger sur l'unique place de parking encore libre devant l'entrée du stade. La portière avant, côté conducteur, s'ouvrit et en sortit une grosse femme enveloppée dans une épaisse doudoune qui lui donnait l'allure d'un clone féminin du célèbre bonhomme Michelin. Son compagnon de route, à l'allure et au volume similaires, mit un peu plus de temps à s'extraire du siège passager.

Les deux retardataires trottinèrent lourdement sur quelques mètres et s'engouffrèrent dans le bus. Ils rangèrent leurs petits sacs à dos dans le filet qui s'étendait sur toute la longueur du véhicule au-dessus des banquettes, ôtèrent leur blouson et s'installèrent sur les deux sièges qui avaient été réservés pour eux à deux rangées de la porte. Jean-Marie Barbier s'installa juste devant eux.

— C'est bon, tout le monde est là ! On peut décoller ! lança-t-il au chauffeur.

Ce dernier appuya sur le bouton et la porte en accordéon se referma avec ce bruit caractéristique de relâchement qui fusionna avec un soupir de soulagement collectif.

Le président du club de football de Brimont vérifia une nouvelle fois sur la feuille qu'il serrait entre ses doigts depuis une bonne demi-heure, que le nombre de croix correspondait au nombre d'inscrits. Il avait fait l'appel sur le parking avant de laisser les enfants embrasser une dernière fois leurs parents et grimper dans le bus en compagnie des accompagnateurs. Il cocha enfin Monsieur et Madame Gérard.

Chaque année, au début du mois de décembre – comme nous avons pu le lire dans les pensées les plus amères de Barbier – le club de football de Brimont réussissait à offrir aux jeunes du club un déplacement au stade Bollaert afin d'assister à une rencontre du Racing Club de Lens. Les enfants, issus des catégories débutants, poussins, benjamins et moins de treize ans, étaient accompagnés des dirigeants qui avaient la responsabilité des équipes, et de quelques conjoints... Il le fallait bien... Les parents méritants qui s'investissaient réellement dans la vie du club, accompagnaient les joueurs lors des déplacements, assistaient l'entraîneur ou bien nettoyaient les équipements, étaient également sollicités afin de les remercier de leur disponibilité.

Jean-Marie Barbier s'arrangeait pour que chaque adulte ait la responsabilité de cinq ou six enfants en prenant soin de mélanger les âges, de confier les plus turbulents aux adultes à poigne. Sa hantise était d'égarer un petit à l'entrée du stade et surtout à la sortie avant de reprendre la route. Dieu merci, ce n'était jamais arrivé.

Quelques instants plus tard, le véhicule quittait le village et s'engageait sur la route nationale en direction de la plus célèbre cité minière de France.

À l'instar des plus jeunes footballeurs du club, Maurice Gérard n'avait jamais assisté en vrai à une rencontre de première division, et qui plus est au stade Bollaert, Colisée régional où l'on voue depuis une éternité un culte absolu au ballon rond. Question de circonstances, d'opportunités, il avait toujours préféré le confort rassurant de son canapé pour apprécier les subtilités du sport le plus populaire du pays. Savourant l'événement, il se laissa bercer par le ronronnement du moteur, hypnotiser par les lueurs vespérales qui apparaissaient çà et là de l'autre côté de la vitre et disparaissaient aussitôt, dévorées par l'obscurité.

Lorsqu'il ouvrit les yeux un peu plus tard, il découvrit émerveillé mais un peu effrayé que le bus tentait de se frayer un passage au milieu d'une cohorte de voitures, dans les rues d'une ville inconnue aux trottoirs envahis par une foule de piétons arborant fièrement les couleurs rouge et jaune de leur club. Il colla son nez à la vitre.

Le bus s'engouffra brutalement dans une voie sur la gauche, glissa vers un gigantesque parking sur lequel s'entassaient déjà une multitude de voitures de toutes les tailles, dont les carrosseries luisaient sous les immenses projecteurs. Un peu plus loin, à proximité d'une éclatante fête foraine, se dressait la forteresse de béton, d'acier et de ferveur populaire.

Encore une heure à attendre avant le début du match. Le chauffeur ouvrit les grandes malles qui se trouvaient sur le côté de l'autocar. On en sortit plusieurs cartons remplis de sandwichs et de bouteilles de jus de fruits. Il n'était pas question de manger à l'intérieur, la consigne devait être appliquée à la lettre : pas une seule miette sur les sièges, pas une seule tache… La répartition dura quelques minutes, le temps de boire et de manger et chaque adulte regroupa son escouade : il était temps de gagner le stade.

Les petits groupes en ordre serré fusionnèrent avec la foule qui s'engouffrait dans un étroit passage pentu qui menait à l'une des entrées. Une fine couche de verglas recouvrait le sol provoquant quelques chutes et quelques pas de danse fort cocasses qui amusèrent les plus petits. Le passage au contrôle des billets et la vérification des sacs inquiétèrent la plupart des jeunes mais rassurèrent les adultes.

En ordre dispersé, les petits groupes entrèrent enfin dans l'enceinte du stade. Ils traversèrent un vaste espace occupé par plusieurs friteries et une citerne… de Coca-Cola, et franchirent un nouveau rideau de barrières qui les mena sous la tribune.

Maurice Gérard ne savait pas où il devait aller. Il suivait son épouse qui tenait les billets et se contentait d'entourer les enfants dont ils avaient la charge. Madame Gérard regarda les précieux laisser-passer avec attention et tourna vers la gauche. Elle demanda son chemin à l'un des stewards qui entraîna le groupe dans l'avant-dernier escalier.

Ils grimpèrent les marches qui menaient au niveau intermédiaire de la tribune Trannin et gagnèrent leurs places.

La vue était incroyable. Un étrange sentiment de vertige oppressa ceux qui n'étaient jamais venus. Chacun ramassa les petits drapeaux sang et or qui avaient été placés sur les sièges.

Encore un quart d'heure avant l'entrée des joueurs sur la pelouse. Les chants montaient dans les tribunes, répondant aux harangues du présentateur officiel. Les cœurs s'emballaient, les entrailles se serraient. La respiration devenait plus lourde, plus saccadée. Maurice Gérard ne parvenait pas à lire la double feuille éditée par le club qui présentait les enjeux de la rencontre, les deux équipes, et proposait bien d'autres rubriques sur la vie du RC Lens. Pourtant, Dieu sait s'il aimait lire le journal.

— Alors Maurice, qu'est-ce que t'en dis ? lança Jean-Marie Barbier qui avait pris place dans la rangée juste au-dessous.

— C'est fabuleux !

— Mieux qu'à la télé ?

— Mieux qu'à la télé, je ne sais pas !

L'époux de la secrétaire adjointe se tourna presque entièrement pour faire face à son interlocuteur.

— Combien y a-t-il de places dans le stade ? demanda-t-il.

— Environ quarante mille.

— La capacité du stade Bollaert est précisément de... 41 233 spectateurs ! ajouta un voisin tout en lisant le document qu'il tenait dans les mains.

— Je crois qu'ils l'ont agrandi à l'occasion de la Coupe du monde 98 ! Le stade est plein à craquer, et pourtant recevoir Bordeaux, ce n'est plus vraiment une affiche.

— Tout de même, Bordeaux c'est un grand club ! Second du championnat l'an dernier, qualifié en Champions League !

— C'était un super club, mais ce n'est plus ce que c'était, je me souviens des matchs à la grande époque... Ah, les fameux Bordeaux-Nantes ! Bordeaux-Monaco ! Alain Giresse, Bernard Lacombe, Chalana et consorts...

— Ils vont refaire surface, ils ne sont pas si mal classés, avec tout de même une belle équipe !

— J'espère bien, mais pas ce soir ! En tout cas, il y a du boulot !

— Vous avez vu en arrivant au stade ? Sacré déploiement de CRS !

— Logique avec les hooligans et vu ce qui s'est passé ces dernières semaines un peu partout en Europe, la police a intérêt à prendre ses précautions. Heureusement la chose est encore quasiment inconnue à Lens, mais il faut gérer les supporters des autres ! J'espère qu'il n'y aura pas de problèmes à la fin du match. Les incidents de la Coupe du monde sont encore ancrés dans les mémoires !

Le supporter s'adressa directement à Maurice :

— Tu n'es jamais venu ?

— Non, c'est la première fois que je viens à Bollaert et d'une manière générale, que je vois en vrai un match de Ligue un.

— Habituellement il est devant la télé, branché sur Canal, les fesses calées dans le fauteuil, la canette à portée de la main !

Un sourire apparut sur le visage du supporter.

— Tu vois, ici on est dans la tribune « Trannin », plus de douze mille places. En face, de l'autre côté du terrain, c'est la « Delacourt ». À droite, tu as la « Lepagnot » avec les huiles et les VIP.

Il marqua un temps d'arrêt, et désigna la tribune sur la gauche :

— Le cœur de Bollaert, la « Tony Marek » qu'on appelait anciennement « Les Secondes »...

Les deux équipes entrèrent enfin dans l'arène mettant fin à la discussion. Tout le monde se leva. Le présentateur hurla de plus belle, scandant le nom des joueurs qui conclurent leur échauffement sur une moitié de terrain. Quelques minutes plus tard, l'arbitre siffla le début de la rencontre.

Maurice Gérard restait sur sa faim. C'était bien... mais... Bien sûr, il y avait cette ambiance de cathédrale, ce merveilleux vertige qui ne semblait pas vouloir cesser, ces poitrines qui vibraient à l'unisson, le spectacle... mais... c'était pas comme à la télé, on y voyait moins bien. Et puis les voisins de devant qui se lèvent pour un rien, qui cachent la vue, obligeant à faire la même chose pour pouvoir apercevoir la pelouse. Sans oublier la frustration suprême : l'absence de ralenti, de gros plans...

Avis mitigé !

Le match en lui-même valait le déplacement. Contre toute attente, Bordeaux s'était créé la première occasion franche au bout d'une dizaine de minutes de jeu, se montrant plus à son aise que le club hôte. L'occupation du terrain s'équilibra ensuite peu à peu avant que Lens ne prenne le jeu à son compte et finalement l'avantage juste avant la mi-temps par son défenseur central brésilien sur un coup de pied de coin repris de la tête. L'arbitre siffla et les deux équipes regagnèrent les vestiaires.

Maurice avait un petit creux, l'estomac qui criait famine. Le sandwich de tout à l'heure ne suffisait vraiment pas. Il dut cependant attendre que son épouse soit revenue des toilettes avec deux marmots braillards et peinturlurés avant de pouvoir quitter son siège, filer vers l'escalier et gagner en toute hâte la première friterie au-delà du premier rideau de barrières. Le temps de faire la queue, de commander son « américain » et son gobelet de bière, le match avait repris.

— Il sera toujours temps de voir le résumé à *Télé-foot*, songea-t-il en engloutissant plusieurs frites couvertes de mayonnaise.

Il ne resta bientôt plus personne à l'exception du commerçant avec qui il échangea quelques banalités. Le match avait déjà repris depuis un bon quart d'heure lorsqu'il avala la dernière gorgée de sa bière. Un grondement s'éleva soudainement.

— Je crois qu'il y a but !
— Pour Lens ?
— Bin oui !
— J'y retourne alors. S'il vous plaît, où sont les toilettes ?

— Sous les escaliers, vous n'avez que l'embarras du choix. Vous avez raison d'y aller maintenant, à la mi-temps il y avait une queue de dix kilomètres !

Monsieur Frites éclata d'un rire gras, fier de sa très lourde galéjade. Maurice en fit autant et prit la direction indiquée. Il n'y avait plus un seul spectateur. Il distingua les silhouettes de quelques stewards en haut des escaliers.

Il regarda les toilettes et urinoirs alignés comme des clapiers, réfléchit quelques instants avant de prendre sa décision :

— Chez les hommes, je suis certain que je vais trouver des chiottes à la turque !

Maurice Gérard choisit d'aller chez les femmes, il aimait son confort, il préférait être assis pour la grosse commission, comme à la maison.

— Pourvu qu'il y ait encore du papier !

Il se dirigea vers la dernière, à l'extrême gauche, gravit le petit escalier qui menait au palier et entra.

Étrangement, les toilettes étaient plongées dans le noir le plus total. Il chercha l'interrupteur et appuya. Les néons projetèrent presque immédiatement une lueur agressive et aveuglante. Il longea les éviers fixés sur le mur de gauche sous un carré de carrelages blancs, et s'approcha des cabines. Il s'arrêta net.

— Oh mon Dieu !

L'une des portes était ouverte et il venait de distinguer à l'intérieur deux corps nus, enchevêtrés l'un dans l'autre, aux membres complètement désarticulés, tordus. Deux hommes au visage atrocement tuméfié, morts certainement. Les murs, la cuvette des toilettes étaient couverts de sang. Il recula vivement et fut pris d'une violente envie de vomir. Soudain, la lumière s'éteignit.

— Que... il y a quelqu'un ?

Il n'eut que le temps de sentir une présence derrière lui, un souffle fétide dans son cou avant qu'une poigne à la force phénoménale ne le soulève du sol malgré son quintal adipeux et le projette en avant avec une violence inouïe en direction du mur opposé. Le crâne de Maurice Gérard éclata contre une vulgaire coquille de noix et puis ce fut le néant...

Chapitre 2

Mardi 5 décembre 2006

Les cloches de l'abbatiale Saint-Saulve venaient d'annoncer la septième heure de la journée. S'agissait-il réellement des cloches de l'abbatiale ou bien d'une autre église quelque part, ailleurs, au pays des songes ?

Le gendarme OPJ Mylène Plantier s'échappa à contrecœur du rêve cotonneux qui la faisait déambuler dans les rues d'une vieille cité médiévale ressemblant étrangement à Montreuil-sur-mer, dans un autre monde, à une autre époque. Une voix grave et sérieuse succéda à la sonnerie de cloches et entama une litanie morbide et décalée, dont les strophes racontaient d'étranges histoires dont elle ne comprit pas entièrement le sens, mais dont elle savait, par habitude matinale, qu'il s'agissait des premières informations de la journée.

La jeune femme somnola encore durant une petite demi-heure, puis enfin, tendit le bras et éteignit le radio-réveil. Comme tous les lundis, en temps normal, Mylène se réveillait à 7 heures afin d'être prête une heure plus tard, dans l'obscurité défaillante du petit matin d'hiver, pour effectuer un double tour des remparts de la cité, en compagnie des quelques militaires de la section de recherche de la Compagnie de gendarmerie d'Écuires, et de quelques autres gendarmes motivés et matineux. Une promenade de santé pour cette sportive de haut niveau, ex-championne universitaire d'athlétisme, qui, deux ans plus tôt, avait remporté la *Trans-baie de Somme* dans la catégorie féminine, en un peu plus d'une heure.

Aujourd'hui, c'était différent. Depuis hier soir, lundi 4 décembre à 23 heures précises, la gendarmette bénéficiait d'un congé d'un peu plus de trois semaines destiné à solder les permissions qu'elle n'avait prises qu'au compte-gouttes durant l'année. Il n'était donc pas question de se lever, d'enfiler la tenue de sport et d'aller accompagner ses collègues qui s'apprêtaient certainement à quitter la caserne le long de la route de Paris, en direction du centre de Montreuil-sur-mer, distant d'à peine deux kilomètres. Elle choisit de dormir encore un peu.

À peine avait-elle fermé les yeux, sombré corps et âme… que le téléphone sonna. L'appel ne venait pas de la ligne interne de la compagnie mais de son téléphone personnel. Mylène regarda encore le radioréveil qui indiqua, cette fois-ci, 8 h 30. Une parenthèse d'une heure. La jeune femme tendit le bras et saisit le combiné :

— Oui, allô… Rassurez-vous, je ne vous ai pas oublié… Nous avions convenu que je passe vous chercher à 9 heures… Je viendrai frapper à votre porte à 9 heures pile… Oui, à tout de suite, Alexis !

Elle raccrocha et reposa le combiné.

Le temps de prendre une rapide douche, de conclure les ablutions essentielles avant d'enfiler les vêtements préparés la veille, d'avaler un bol de céréales noyées dans un bain de lait écrémé et Mylène sortait de chez elle. Elle s'engouffra dans sa Golf noire et quitta le parking de la compagnie de gendarmerie. À peine cinq minutes plus tard, elle stationnait le véhicule à l'extrémité de la rue du Général Potez, presque au niveau de la ruelle d'Orléans. Il était quasiment 9 heures lorsqu'elle frappa à la porte d'une petite maison à la façade fort étroite, placée au centre de la rue du Clape-en-haut. La porte s'ouvrit aussitôt laissant apparaître un vieillard dont la taille ne devait pas excéder un mètre cinquante. L'épaisseur des sourcils qui surmontaient un regard étonnamment vif, contrastait avec la calvitie complète du crâne. Entièrement vêtu de noir, il portait une croix sur le revers de la veste. Le majeur pointé sur son bracelet-montre, il déclara solennellement :

— Tu es d'une ponctualité remarquable ! Allez, ne perdons pas de temps !

Il ramassa un sac de voyage, referma la porte et donna un tour de clef.

La Golf s'engagea sur les pavés de la rue du Clape-en-bas, le long des petites maisons qui, durant la saison estivale, abritaient des échoppes et une fameuse crêperie, gagna la place Gambetta par la rue Saint-Walloy, puis la rue Pierre-Ledent le long de la place Verte. Elle se glissa sous la porte de Boulogne, traversa la ville basse et la bourgade de Neuville-sous-Montreuil, puis quitta la vallée pour se lancer à l'assaut des prémices du plateau d'Artois le long d'une étroite petite route ombragée, afin de gagner la route départementale 126.

La route du gendarme Plantier avait croisé celle du père Alexis Pontchartrain quelques mois plus tôt, à l'occasion d'une affaire sortant singulièrement de l'ordinaire.

Mylène avait été chargée par le capitaine de compagnie d'enquêter sur la mystérieuse disparition d'un professeur d'université, ami intime du procureur de la République et spécialiste d'histoire médiévale, et dont la passion consistait inlassablement à chercher la localisation du fabuleux port de Quentovic, plaque tournante du commerce de l'empire de Charlemagne, « serpent de mer » qui alimentait les chroniques dans le petit monde des amateurs d'histoire, depuis plus d'un siècle, sur la Côte d'Opale.

Les théories de l'historien qui situaient le vicus à proximité de la baie de Somme, s'opposaient totalement aux hypothèses de la majeure partie de ses confrères qui plaçaient l'endroit le long de l'embouchure de la Canche, d'Étaples à Montreuil, selon les personnalités et les centres d'intérêts de chacun. Après deux meurtres maquillés en accidents, l'apparition d'un mystérieux carnet et une chasse à l'homme mouvementée sur les remparts de Montreuil, Mylène avait découvert que l'assassin n'était autre que le faux disparu qui voulait éliminer ses concurrents afin d'empêcher la révélation d'une trouvaille archéologique qui démontait ses théories.

Tour à tour suspect puis victime, le vieux prêtre à la retraite, ancien curé de l'abbatiale Saint-Saulve, n'avait échappé à la mort que grâce à l'intervention de Mylène. Une solide amitié s'était alors forgée entre la jeune femme et le religieux qui s'était fait un plaisir d'initier son ange gardien à la connaissance de la riche histoire du Pays de Montreuil.

Le prêtre attendit que la voiture dépasse le panneau indiquant le séminaire de Montéchort pour engager la conversation. Il n'avait jamais conduit ni possédé de voiture. Il détestait d'ailleurs ce moyen de locomotion et ne prenait généralement que le train. Il existait toutefois des destinations que la SNCF ne desservait pas.

— Tu as couru ce matin ?

— Non, pas ce matin, je suis restée au lit, j'ai toute la semaine devant moi pour courir !

— Je suis tout de même un peu désolé de t'avoir arraché à la première grasse matinée de tes vacances... Tu dormais quand j'ai appelé ?

— Oui ! répondit la jeune femme sans quitter la route des yeux.

Elle connaissait par cœur le côté espiègle du vieux prêtre et devinait ce qu'il allait lui annoncer. Elle ne se trompait pas :

— 8 h 30, ce n'est pas mal pour un premier réveil de congés payés. L'avenir est à ceux qui se lèvent tôt, et puis... tu ne regretteras pas ta journée !

— Espérons !

— Voyons jeune fille...

Il jeta un œil sur le compteur du tableau de bord.

— Peux-tu ralentir, nous sommes à plus de 100 km/h...

Mylène esquissa un sourire de coin, côté route, et leva le pied.

— J'espère que tu as bien étudié la carte routière ?

— Oui !

— Alors tu te demandes certainement pourquoi j'ai insisté pour que l'on parte à 9 heures alors qu'il faut à peine une heure trente pour atteindre Amettes ?

— Oui !

— Je vais t'expliquer ! Mais avant, je voudrais te remercier une nouvelle fois d'avoir accepté de me conduire chez mon ami le père Eustache.

C'était la moindre des choses que de rendre ce petit service à Alexis Pontchartrain avec qui elle avait passé tant de soirées et de dimanches à découvrir les splendeurs de l'histoire de la Côte d'Opale. Le vieux prêtre à la retraite avait été invité par une de ses connaissances à passer quelques jours chez lui à Amettes, un village perdu au cœur de l'Artois, pas très loin de Lillers. Il avait demandé la veille à Mylène de le conduire, et d'aller le rechercher un peu plus tard dans la semaine. La jeune femme avait accepté sans sourciller.

— Votre ami nous attend à midi pour déjeuner, nous arriverons vers 10 h 15, au grand maximum 10 h 30, je présume que vous avez prévu une activité, certainement culturelle, probablement historique pour combler ce vide ?

— Bien vu !
— Alors, de quoi s'agit-il ?
— Connais-tu le village d'Amettes ?
— Non, jamais entendu parler !
— Et saint Benoît Labre ?
— Non plus !

La Golf ralentit durant la traversée de Maninghem limitée à 70 km/h.

— Commençons donc par Amettes : c'est un charmant village niché au fond de la vallée de la Nave, un gros ruisseau qui se jette dans la Lys... et...

— Et ?
— C'est le village de saint Benoît Labre, le vagabond de Dieu !
— Curieux titre !
— Le saint pauvre de Jésus-Christ ! ajouta le vieux religieux.

Il commença alors à raconter l'incroyable vie de saint Benoît Labre, depuis sa naissance et sa jeunesse à Amettes dans une communauté agricole en plein XVIIIe siècle, sa vocation à entrer dans les ordres continuellement mise en échec jusqu'à ce qu'il comprenne que la volonté de Dieu était qu'il vive perpétuellement sur les routes, de prières et d'expédients, une vie de pèlerinage. Il évoqua les multiples voyages à pied un peu partout en Europe, les séjours à Rome durant lesquels il fut surnommé « le pauvre des quarante heures », ses nuits parmi les mendiants dans l'ancien Colisée, là-même où les premiers chrétiens furent martyrisés. Il termina par sa mort à l'âge de trente-cinq ans, à peine plus vieux que le Christ et sa canonisation en 1881.

Lorsqu'il s'arrêta enfin de parler, la Golf, après avoir traversé Fruges, suivait une étroite route de campagne qui slalomait entre les bosquets et les collines, reliant une multitude de villages, de hameaux et de lieux-dits.

— Sommes-nous bientôt arrivés à destination ?

— Nous venons de dépasser Nédon ; la prochaine bourgade, c'est Amettes ! Alors quel est le programme ?

— Visite de Amettes, de la maison natale de Benoît et de l'église Saint-Sulpice. Amettes est un haut lieu de pèlerinage ; chaque année, de nombreux chrétiens viennent y prier. Le village attire aussi les curieux, intrigués par l'incroyable destin de Benoît, ainsi que des randonneurs dont il est, en quelque sorte, le saint patron !

Mylène passa une vitesse sans quitter la route des yeux.

— Et votre ami, le père Eustache, vous n'en avez pas encore parlé ? Il est prêtre, je crois ?

— Oui, en quelque sorte, mais nous aurons l'occasion de parler de lui plus tard, il le fera très bien lui-même d'ailleurs !

Au détour d'un virage, la jeune femme aperçut quelques toitures d'un rouge passé qui émergeaient d'un lit de verdure.

— Je pense que nous arrivons, fit-elle.

Quelques instants plus tard, le panneau indiquant l'entrée du village confirma son impression. Le véhicule roula encore sur une distance d'un bon kilomètre avant d'atteindre le cœur du village. Mylène stationna sa voiture sur un petit parking qui jouxtait le cimetière au milieu duquel se dressait la petite église.

— Alors, par quoi commence-t-on, Saint-Sulpice ou la maison natale ?

— La maison natale ! répondit la jeune femme qui éprouvait un besoin vital de se dégourdir les jambes.

— Très bien, suis-moi !

Ils sortirent de la voiture, traversèrent la route et s'arrêtèrent devant un escalier de pierre aux bordures disposées en arc de cercle. Trois crucifiés d'albâtre, grandeur nature, cloués en haut d'immenses croix de bois, dominaient une pâture relativement pentue qui glissait vers le fond de la vallée et la maison qui avait vu naître Benoît. Trois autres statues de la même taille et de la même couleur, à la pose et au visage miséricordieux, complétaient un Golgotha qui faisait froid dans le dos tant il semblait à la fois réel et fantasmagorique.

Une image pétrifiée par les siècles.

Un sentier permettait de gagner directement la fermette, cependant il était possible de contourner la pâture par une voie en dur qui longeait un chemin de croix composé de chapelles blanches et immaculées que la fraîcheur matinale couvrait d'un voile humide et mystérieux.

Ils visitèrent la fermette, presque vide à l'exception de quelques anciens meubles et objets soi-disant d'époque, qui respiraient la nostalgie d'un univers révolu, disparu à tout jamais. On avait cherché à reproduire un lieu de vie, vieux de plus de deux siècles sans y inclure la moindre étincelle d'existence, laissant le temps se dessécher, se perdre dans les méandres inconsistants de la matière morte.

Mylène frissonna.

Non pas que l'atmosphère qui émanait des lieux l'angoissait comme cela peut être le cas dans certains endroits que l'on dit maudits, mais l'émotion surannée qui suintait des murs, l'absence de vie, presque palpable, la touchait indéniablement, la prenait à la gorge, l'étouffait. Elle ne s'attarda pas, jeta un œil rapide à l'étage, redescendit par le second escalier et sortit. Elle respira longuement, s'enivrant de l'air frais. Quelques mots lui revinrent à l'esprit, lus il y a longtemps sur la pochette d'un disque qu'elle écoutait à l'adolescence :

« *À quoi bon l'immortelle, cette fleur tout à fait morte dont les pétales fanés se dessèchent sous un globe, je préfère l'éphémère dont le vol argenté me rappelle un éternel été...* »

L'auteur de cette phrase devait être le groupe de rock français *Marc Seberg*, à moins que ce ne fût Charles Baudelaire...

Elle patienta un bon quart d'heure avant de voir réapparaître le père Alexis.

— Tout va bien ? lança-t-il.

Mylène se contenta de répondre par un hochement de tête.

Ils remontèrent lentement jusqu'à la route, longèrent le cimetière et gagnèrent l'entrée de l'église. La jeune femme trouva l'atmosphère beaucoup moins oppressante, plus sereine. Elle prit tout son temps pour lire les multiples informations qui relataient en détails la vie de saint Benoît Labre. Elle jeta un œil à sa montre lorsqu'ils quittèrent l'édifice religieux. Il était presque midi, le temps de rejoindre leur hôte.

— Il faut reprendre la voiture, ce vieil Eustache habite à la sortie du village sur la route de Lillers.

Ils roulèrent à peine cinq cents mètres.

— C'est ici ! indiqua le vieux prêtre en désignant une maison ancienne en brique rouge qui s'élevait sur deux étages.

Mylène gara la voiture juste devant la fenêtre. Alexis Pontchartrain sonna à la porte qui s'ouvrit presque aussitôt.

Le père Eustache était plutôt... singulier : grand, très grand, certainement un bon mètre quatre-vingt-dix, d'une maigreur ascétique. Son crâne oblong, aussi désertique que celui de Pontchartrain, luisait comme un astre, dégageant un visage glabre dont on ne remarquait que les grands yeux d'un gris bleu et la très longue barbiche – une bonne vingtaine de centimètres – qui prolongeait son menton. Il devait être âgé d'une soixantaine d'années. Un grand clone barbu de l'ancien curé de Saint-Saulve à Montreuil. Il serra chaleureusement la main de son confrère et lança bien évidemment :

— Toujours aussi ponctuel, mon cher Alexis !

— Entrez mademoiselle ! ajouta-t-il.

Il lui serra la main à son tour.

— Ravi de faire votre connaissance !

Il précéda ses invités dans un petit salon dont l'unique fenêtre donnait sur la rue et sur la voiture de Mylène. Il les installa dans de vieux fauteuils en cuir écaillé aux trois quarts couverts d'une couverture écossaise.

— Avez-vous fait bon voyage ?

— Oui, j'avais un chauffeur d'exception ! répondit Pontchartrain.

— Que voulez-vous boire ? J'ai un petit vin de noix qui vaut le déplacement !

— Je connais ton vin de noix, c'est un délice !

— Et vous, mademoiselle ?

— La même chose.

Le religieux s'éclipsa et revint quelques instants plus tard avec une sorte de grande flasque contenant un beau liquide doré, et trois petits verres à pied qu'il remplit aussitôt et tendit à ses invités. Mylène y trempa les lèvres et trouva le vin délicieux. Le regard du père Eustache s'attarda sur la jeune femme :

— Je crois que votre prénom est Mylène ?

— Oui.

— Permettez-moi alors de vous appeler Mylène !

— Je n'y vois aucun problème !

Il se tourna vers Alexis :

— La ressemblance est incroyable !

— Pardon ?

— Alexis, tu avais raison, elle ressemble à s'y méprendre à cette actrice américaine ou canadienne, je ne sais plus, Natacha Henstridge !

Grande, blonde, élancée, à l'allure naturelle, le regard bleu, la jeune femme ressemblait effectivement beaucoup à la comédienne.

Un sourire espiègle apparut sur le visage du vieux prêtre. Mylène, fort surprise se tourna vers lui, lui lançant un regard noir et interrogateur.

— La même allure que dans le film *La Mutante* !

La jeune femme était soufflée.

— Vous n'allez tout de même pas me dire que vous avez vu ce film ? Ce n'est pas un spectacle pour les hommes d'Église !

— Non, je ne l'ai pas vu, se justifia Alexis Pontchartrain, c'est le gendarme Grosjean qui m'en a parlé, tout comme il m'a révélé que tu étais le sosie de cette actrice !

— Grosjean, évidemment !

Le militaire, « binôme » de Mylène, avec qui elle collaborait quotidiennement à chacune des enquêtes que menait la section de recherches de la compagnie de gendarmerie d'Écuires, avait été le premier à remarquer la ressemblance flatteuse avec l'actrice, et depuis, les collègues les plus proches la surnommaient ainsi.

Elle se tourna vers le père Eustache :

— Vous aussi, vous connaissez *La Mutante* sans voir vu le film ?

— Rectificatif, j'ai vu le film, enfin le premier, pas le second qui, d'après les critiques, était beaucoup moins bon !

— Évidemment ! répéta-t-elle. Pas mal pour un prêtre ! Les deux même !

— Une petite précision, je n'ai pas toujours été prêtre, enfin, c'est un peu compliqué.

— Expliquez-vous !

— Autrefois, on m'appelait aussi Frère Eustache, je suis entré dans les ordres comme moine bénédictin, sans aucun rapport avec saint Benoît Labre, d'ailleurs les bénédictins n'ont rien à voir avec lui qui n'entra jamais dans les ordres alors que c'était son souhait le plus cher !

— Si je comprends bien, vous avez quitté le clergé régulier pour le clergé séculier, et vous êtes le prêtre de cette paroisse !

— Pas vraiment ! En tout cas, cette maison est la résidence de ma sœur, et je vis chez elle depuis un certain temps. Cela peut vous paraître un peu compliqué mais je vous expliquerai le comment du pourquoi tout à l'heure, car il y a bien sûr une explication !

— Elle est fort curieuse de nature !

Mylène commença à rougir et donna un léger coup de coude à Alexis Pontchartrain.

— Voyons, c'est une qualité, ajouta ce dernier.

— Il n'y a pas de mal, je qualifierais cette attitude de déformation professionnelle, et c'est tout à votre honneur. En ce qui concerne le film, je l'ai vu au cinéma il y a plus de dix ans, j'étais un civil, je n'avais pas encore prononcé mes vœux !

— Elle brûle de savoir ce que tu faisais dans la vie avant te prononcer tes vœux.

— Alexis, vous exagérez !

Le visage de père Eustache, ou plutôt Frère Eustache, elle ne savait plus trop, se crispa l'espace d'un instant.

— J'étais dans la police, commissaire de police !

Alexis Pontchartrain se leva et frappa à deux reprises ses mains l'une contre l'autre :

— Et si on passait à table, on aura l'occasion de parler de tout cela un peu plus tard, j'ai l'estomac qui crie famine.

Il entraîna son hôte ainsi que son chauffeur vers la pièce voisine, une petite salle à manger au centre de laquelle la table avait été dressée. Les deux invités s'installèrent tandis que le maître des lieux filait vers la cuisine.

Il revint avec trois ramequins particulièrement bien garnis qu'il déposa dans les assiettes.

— L'une de mes nombreuses spécialités : les cagouilles à la saintongeaise ! J'espère que vous aimez les escargots ?

— Oui bien sûr ! répondit la jeune femme qui n'avait que rarement l'occasion d'en manger.

— Explique-nous ! sollicita Pontchartrain. J'aime savoir ce qu'il y a dans mon assiette et comment cela a été préparé !

— J'ai fait fondre des échalotes, de l'ail et du persil dans du beurre puis j'ai ajouté de la chair à saucisse, et un peu plus tard du vin rouge, du bouillon et des « petits gris ». Trente-cinq minutes de cuisson et c'est prêt !

— Vous n'êtes pas quelqu'un d'ordinaire ! lança Mylène.

— Et tu n'es pas au bout de tes surprises, ajouta le vieux prêtre de Saint-Saulve.

— Que voulez-vous dire, Alexis ?

— Rien, on en reparlera tout à l'heure, au dessert.

Le maître de maison avait parlé.

L'excellent repas se poursuivit de manière assez étrange : on se félicita de l'excellente cuisine et le dialogue se cantonna au rayon gastronomie, ne s'en échappant occasionnellement que pour se nourrir de banalités. Mylène osa toutefois une question qui entraîna une réponse aussi riche que l'énorme gâteau bien crémeux qui fit office de dessert. Elle cherchait à en savoir un peu plus sur le mystérieux prêtre, son passé particulier, mais n'osait aborder franchement la question. Elle demanda tout de même, peut-être pour ouvrir une brèche :

— Si je peux me permettre, vous prénommez-vous réellement Eustache ? Est-ce un nom d'emprunt comme beaucoup de religieux ?

Pontchartrain pouffa de rire et se resservit du vin.

— Non ! Pour l'état civil, je suis Alain Longèves, mais oubliez ce nom et ce prénom, ils n'existent plus, l'homme que vous avez en face de vous s'appelle désormais père Eustache.

— Et pourquoi Eustache, il y a-t-il une raison particulière ?

— Oui bien évidemment, avez-vous entendu parler d'Eustache le moine ?

— À part vous, je ne connais pas d'autre Eustache.

— C'est un personnage relativement singulier de l'Histoire de France. Lorsque j'étais enfant, je me passionnais pour Robin des bois. Bien plus tard, à l'âge adulte, je découvris que le héros national des Anglo-saxons, pensionnaire de la forêt de Sherwood, non seulement n'existait que dans les légendes et les romans, mais qu'il avait un équivalent en France, bien réel celui-là !

— Eustache le moine ?

— Oui ! Il vécut à cheval sur le XIIe et le XIIIe siècle, comme Robin des bois. Il eut également un destin comparable à ma vie mais en sens inverse. Je m'explique : il passa les premières années de sa vie d'adulte au monastère Saint-Wulmer à Samer, puis devint sénéchal du comte de Boulogne avant de s'enfuir dans les bois et de se faire remarquer comme bandit de grands chemins. On le retrouve plus tard dans la peau d'un pirate puis d'un corsaire au service des Anglais avant qu'il ne change de camp et finisse sa vie comme amiral de la flotte française. Pas mal comme cursus ! Quant à moi, j'ai connu une jeunesse tumultueuse avant de retrouver le droit chemin et de servir l'ordre et la loi. Et maintenant me voici prêtre après avoir été moine !

Il se leva aussitôt et proposa :

— Et si nous retournions au salon pour prendre le café ? Je vous rejoins tout de suite.

Alexis Pontchartrain et Mylène se levèrent à leur tour et regagnèrent les places qu'ils occupaient durant l'apéritif.

La jeune femme attendit que les deux religieux aient terminé leur tasse pour poser la question qui la brûlait depuis le début du repas :

— Père Eustache, si je peux me permettre, tout à l'heure, je me suis interrogée sur votre présence dans cette maison qui n'est pas le presbytère du village dont vous n'êtes pas le prêtre de la paroisse... Vous avez alors promis de me répondre un peu plus tard. Je dois vous avouer que cela m'intrigue énormément !

— Tu es d'une indiscrétion à la limite de l'incorrection !

— Alexis !

— Ne l'écoutez pas, je vais vous expliquer, c'est très simple. Je suis, comme je vous l'ai déjà dit, entré dans les ordres, il y a dix ans et j'ai vécu quelques années en communauté. Mais le monde extérieur me manquait terriblement, la vie, les gens. Je suis alors entré au séminaire et après quelques années, j'ai été ordonné. Pour ce qui est du reste, il y a presque deux ans, l'Église m'a confié une mission particulière et fort délicate mais oh combien passionnante. On m'a autorisé à venir vivre chez ma sœur, ici même à Amettes. Andrée est une laïque employée par l'Évêché, elle travaille dans le village, à la Maison des pèlerins. Vous ne la verrez pas aujourd'hui, ni plus tard, elle est partie à Rome pour plusieurs jours.

— Quelle est donc cette mystérieuse mission ?

— J'ai remplacé le prêtre exorciste du diocèse, atteint par la limite d'âge !

Le visage de Mylène prit la même expression que lorsqu'elle avait appris un peu plus tôt qu'il avait exercé les fonctions de commissaire de police, elle resta sans voix...

Ce prêtre était décidément quelqu'un de particulier, un personnage comme on n'en rencontre que très rarement. La journée baignait depuis le début dans une brume de mystère que le vent des révélations dispersait peu à peu laissant apparaître de bien curieux paysages. Elle eut l'intime conviction que le plus surprenant était encore à venir...

— Remettez-vous, cela n'a rien d'extraordinaire, c'est même très ordinaire. Rien à voir avec l'image qui est véhiculée par le cinéma et le film *L'Exorciste*. Ce film, très bon film il faut le préciser, ne reflète évidemment pas la réalité quotidienne des prêtres exorcistes.

— Je suppose que l'on ne devient pas exorciste comme ça du jour au lendemain, il y a une formation, un cursus particulier ? Y a-t-il un lien avec vos activités professionnelles antérieures ?

— Je suis avant tout un spécialiste en démonologie, j'ai passé plusieurs années à étudier la question. Je pense en toute humilité avoir été choisi parce que j'étais, dans la région, celui qui connaissait le mieux les ruses du démon, et peut-être effectivement en raison de mon passé... de mon expérience... Pour établir un parallèle avec ces années dans la police, j'ai repris mon combat contre Satan mais je n'utilise plus les mêmes armes qu'avant.

— Singulière réponse !

— Si vous saviez !

Mylène resta perplexe. Le père Eustache poursuivit :

— Concrètement, je dirai que l'existence du prêtre exorciste dans notre société ressemble davantage à celle d'un travailleur social qu'à celle d'un redoutable chasseur de démons doublé d'un impitoyable inquisiteur. Les cas spectaculaires de possession sont relativement rares et je dispose de redoutables moyens pour sauver les malheureuses victimes de l'emprise du démon. Mais bien souvent, j'ai affaire à des gens mal dans leur peau, en décalage avec la société qui les a fragilisés, des dépressifs, des âmes en détresse. Entamer un dialogue, laisser parler, comprendre, écouter sont des moyens qui permettent bien souvent de soulager et de soigner. Ce sont les mots et la compréhension qui soignent les plaies de l'âme...

Et j'oubliais l'essentiel : la prière. Nous prions énormément et Dieu nous aide énormément !

— J'étais à cent kilomètres d'imaginer la réalité de votre sacerdoce. C'est une lourde tâche pour un homme seul !

— Mais je ne suis pas seul, je suis à la tête d'une petite équipe qui m'assiste énormément, qui abat un travail considérable, des gens remarquables !

— D'autres prêtres ?

— Pas seulement, des laïcs également, des bénévoles. J'ai deux éducateurs, une institutrice en retraite et même un psychologue dans mon équipe !

— De fervents catholiques ?

— Des catholiques tout simplement, de simples personnes désireuses d'aider leurs prochains ! Mon service se trouve à Arras, à la Maison diocésaine, mais j'ai choisi de vivre ici à Amettes, au beau milieu du diocèse.

Il attendit un peu et poursuivit :

— Je pense avoir répondu à une partie de vos interrogations mais pas à la totalité. Je vous devine bouillante de savoir également ce qui a pu conduire un commissaire de police à abandonner sa famille, sa profession, la réalité quotidienne pour entrer dans les ordres et s'enfermer dans un monastère ! N'est-ce pas ?

La jeune femme devint rouge écarlate.

— C'est-à-dire que...

— Je vais tout vous expliquer, tout vous raconter, même si vous êtes encore en train de vous dire que cela ne vous regarde pas ! N'est-ce pas, Alexis ?

Ce dernier hocha la tête.

— Si je suis entré dans les ordres, c'est avant tout par conviction religieuse, vous vous en doutez, je suis issu d'une famille très catholique, très pratiquante. J'étais veuf et je n'ai malheureusement pas pu avoir d'enfants. Mais oubliez ces poncifs, ce n'est que la partie immergée de l'iceberg. Pour tout vous dire, c'est en grande partie à cause de mes activités professionnelles dans la police que je suis devenu moine puis ensuite prêtre exorciste ! J'avais besoin de savoir !

Il marqua à nouveau un temps d'arrêt.

— Et pour vous troubler davantage, je vais ajouter que votre présence chez moi aujourd'hui est directement liée à l'événement qui a bouleversé ma vie, il y a maintenant plus de dix années !

Le père Alexis Pontchartrain se leva et se dirigea vers une vieille et imposante armoire qui occupait presque intégralement un pan de mur.

— Je vais chercher l'eau-de-vie de prune, je crois qu'elle va en avoir besoin !

— Alors là, je ne comprends plus ! Je ne vous suis plus ! lança Mylène.

— C'est à mon initiative qu'Alexis vous a demandé de le conduire à Amettes. Il ne cessait de me parler de vous, de votre gentillesse, de votre intelligence, de votre curiosité, de votre très haute compétence professionnelle dont il a pu, personnellement, juger de la qualité et...

Mylène fit un signe de la main avant de l'interrompre :

— Je devine que vous avez usé de ce stratagème pour m'attirer ici et me proposer d'intégrer votre équipe ! C'est un grand honneur, mais je ne sais pas si j'en suis capable et puis je ne suis pas spécialement pratiquante. Comme beaucoup de gens, j'ai été baptisée, j'ai fait ma communion, mais je ne vais plus à l'église qu'occasionnellement lorsque je ne peux pas faire autrement. Je crois que je suis devenue ce que l'on appelle une agnostique !

Le père Alexis revint avec une bouteille aux trois quarts remplie d'un liquide aussi limpide que de l'eau. Il versa un peu du breuvage dans un petit verre et le posa sur la table devant la jeune femme.

— Vous êtes perspicace ! Mais la réalité dépasse de manière incommensurable ce que vous imaginez ! Si j'ai besoin de votre aide, c'est pour tout à fait autre chose : un vieux démon vient de réapparaître et je ne peux le vaincre seul ! Avec une personne comme vous à mes côtés, il me semble que j'ai tout de même une petite chance !

Mylène se leva :

— Père Eustache, arrêtez d'utiliser ce langage sibyllin, arrêtez de tourner autour du pot !

— Asseyez-vous, s'il vous plaît !

Elle obtempéra.

— Vous avez écouté la radio et regardé la télévision ou les journaux ces derniers jours ?

— Pas vraiment, le strict minimum !

— Quelle monstruosité, le meurtre de ces trois hommes, samedi dernier, à l'occasion du match de football à Lens, au stade Bollaert ! Ces supporters massacrés par des voyous !

— J'ai beaucoup travaillé ces derniers temps et je n'ai guère eu le temps d'écouter les informations, j'en ai entendu parler surtout par les collègues, mais quel rapport avec vous, avec moi ?

— Il y a onze ans... Enfin non, je ne vais pas commencer par cela !

Elle remarqua un léger trouble dans l'intonation de la voix du religieux.

— Dimanche, en fin d'après-midi, vers 5 heures, quelqu'un a sonné à la porte. Je n'attendais personne. J'ai ouvert et je me suis trouvé face à un ami que je n'avais pas vu depuis plus de dix années, Richard Vernier, plus précisément l'inspecteur Richard Vernier que j'avais sous mes ordres au commissariat de Nantes. Il entra et s'installa dans un des fauteuils, celui dans lequel vous êtes assise, je crois ! Son visage ne respirait pas la sérénité. Je ne sais pas comment il avait fait pour me retrouver, j'avais coupé tous les ponts sans donner de nouvelles, sans indiquer à mes anciennes connaissances quelles orientations particulières mon existence allait prendre. Il ne me l'a d'ailleurs pas dit, mais il semblait tout savoir de moi et connaissait par cœur mon parcours de ces dix dernières années. Après les banalités d'usage, il m'apprit qu'il travaillait maintenant à Lens comme commissaire divisionnaire, une superbe évolution de carrière, et... qu'à son grand malheur il avait été chargé de l'affaire du stade Bollaert... Excusez-moi !

Le père Eustache se leva, remplit à moitié l'un des petits verres à liqueur et vida le contenu d'une traite.

— Voilà, ça va mieux !

Il reprit son récit :

— Une sale affaire que ce triple meurtre au stade Bollaert : les cadavres de trois hommes dont deux entièrement dénudés sont découverts dans les toilettes pour dames, à l'issue du match Lens-Bordeaux ! Les premières constatations indiquent qu'ils ont été passés à tabac et frappés à mort avec une sauvagerie inouïe.

Il marqua un temps d'arrêt avant de demander à la jeune femme :

— Vous avez certainement, et tout comme moi, entendu, ou l'on vous a raconté, les comptes rendus des journalistes sur l'affaire. Les enquêteurs ont d'abord envisagé la piste de violences, de rixes ayant mal tourné, de règlements de comptes entre supporters. Mais à Lens, avec le public que l'on connaît et les mesures de sécurité, difficile à croire ! Et puis, la nudité de deux des victimes et l'incongruité du lieu du crime ont fait pencher la police vers l'hypothèse d'un acte homophobe ! Mais de la part de qui ? Des hooligans, des crânes rasés d'extrême droite. Il n'y a pas de ça chez les supporters du Racing Club de Lens et *a priori* non plus chez les Girondins de Bordeaux. Alors pourquoi ce crime ? Trouver un mobile, identifier des suspects ! La pression est terrible sur les épaules de ce pauvre Vernier, imaginez tout de même, un triple meurtre dans l'enceinte du stade Bollaert, le temple du football, le symbole de toute une région ! Et il lui faut faire vite pour résoudre l'affaire, la France entière attend, l'Europe entière attend ! Toutes les caméras de télévision sont braquées sur l'ancienne cité minière !

Mylène s'apprêta à parler mais le père Eustache l'en dissuada d'un geste de la main, il voulait poursuivre :

— Le rapport d'autopsie, pratiquée dans les heures qui suivirent la découverte, indiqua que la cause de la mort était identique pour les trois victimes : rupture des cervicales et fracture du crâne. Elle permit également de comprendre que les malheureux avaient été violemment projetés contre les murs ce qui signifie la multiplicité des auteurs de l'agression, ou bien que l'assassin possédait une force surhumaine !

Il reposa le verre qu'il tenait encore entre ses doigts. Il le reprit et se servit un nouveau verre d'eau-de-vie mais se contenta d'y tremper les lèvres.

— C'est vraiment une drôle d'histoire, mademoiselle.

Mylène ne savait que répondre.

— Je ne sais pas ! furent les seuls mots qu'elle prononça.

— Il y a onze ans, à Nantes, je fus amené à enquêter sur une série de crimes étranges qui n'ont jamais été élucidés. Les victimes, au nombre de neuf, avaient également eu, pour certaines, la nuque brisée de la même manière qu'au stade Bollaert. Tous les indices laissaient entendre que l'assassin était une seule et unique personne et qu'elle possédait une force herculéenne, mais personne ne me prit au sérieux lorsque j'évoquais ce fait. On privilégia la théorie du meurtre collectif. Je ne fus heureusement pas le seul à concevoir cette hypothèse, Vernier se rangea de mon côté. Tous les collègues et ma hiérarchie pensaient avoir à faire à une bande de malades pratiquant les meurtres rituels. L'enquête s'orienta vers les mouvements sataniques, les milieux gothiques... sans résultats. Plusieurs marginaux furent placés en garde à vue et libérés un peu plus tard, faute de preuves.

Nous étions persuadés, Vernier et moi, d'avoir à faire à un autre type de criminel, mais sans certitudes, sans pouvoir le cerner, le comprendre... Jusqu'au jour où le hasard me mit en travers de sa route lors d'une planque. Je ne vais pas entrer dans les détails, c'était dans un ancien squat vidé de ses occupants quelques jours plus tôt. Nous étions seuls lui et moi dans l'obscurité d'une nuit sans lune. Je l'ai traqué mais il m'a pris par surprise sans que je puisse savoir de quelle manière il avait réussi à déjouer le piège. Je ne dois d'être encore en vie qu'à l'intervention de Vernier alors que le meurtrier venait de s'emparer de ma personne et s'apprêtait, me tenant au-dessus de lui à bout de bras, à me jeter contre le mur de la pièce où nous nous trouvions. Après plusieurs sommations d'usage, Vernier ouvrit le feu. Le meurtrier encaissa sans broncher. Il me lâcha et prit la fuite. Je perdis connaissance en touchant le sol.

Je repris conscience quelques heures plus tard à l'hôpital mais ne retrouvai l'usage de la parole que deux jours après, restant prostré sans explication. J'avais senti le souffle de cette chose dans mon cou, senti ce contact qui n'avait rien d'humain, senti un courant d'air venu tout droit de l'enfer ! L'assassin était possédé par le Mal, il en était l'incarnation. Je pense encore et toujours, aujourd'hui, avec un recul de plus de dix ans, que cette créature était sous l'emprise du diable... ou bien c'était le diable lui-même ! Mes convictions religieuses me permettaient de ne pas exclure cette idée que tous rejetaient en ricanant.

Je fus immédiatement dessaisi de l'affaire et envoyé quelque temps en maison de repos, contraint et forcé. Dans les semaines qui suivirent, mes nuits furent peuplées de cauchemars plus terribles les uns que les autres. Vernier poursuivit ses investigations qui rapidement convergèrent vers une frange assez perturbée de la bourgeoisie locale. Il partageait mon point de vue, enfin en partie, mais s'abstint d'en dire quoi que ce soit. Il avait vu comme moi, mais n'avait pas été directement en contact. De plus, il n'était pas vraiment croyant, ne pouvait concevoir le surnaturel comme je pouvais le faire, imaginant plutôt avoir affaire à des illuminés. En fait, il ne savait pas trop croire ! On finit tout de même par lui retirer l'affaire. De toute manière le criminel s'était envolé, les crimes cessèrent !

Je devais à la fois comprendre ce qui m'était arrivé, chercher les réponses à mes questions et retrouver une paix intérieure. J'ai donc décidé de me retirer du monde et de rentrer dans les ordres ! Je choisis les vertes vallées d'Artois... Loin de Nantes, loin des bords de Loire...

Les secondes qui succédèrent à cette révélation semblèrent durer une éternité. Le père Eustache reprenait son souffle tandis que le père Alexis Pontchartrain fixait le plafond, n'osant se tourner vers sa protégée qui ne savait où porter les yeux.

— Richard Vernier est venu me voir pour me demander de l'aide. Il est persuadé que le tueur du stade Bollaert et le tueur de Nantes sont une seule et unique personne. Il doit faire vite, le temps lui est compté pour retrouver le coupable et il est des pistes qu'il ne peut explorer, vous devinez lesquelles et vous devinez pourquoi ! Vernier a besoin de moi, de mon expérience et de la connaissance acquise durant ces dix dernières années. Il me fournira toutes les données de cette affaire, et moi j'utiliserai ma fonction pour enquêter là où il ne peut aller, pour explorer les pistes qu'il ne peut suivre... J'ai accepté... cependant, je ne peux agir seul. Pontchartrain va m'aider, ses connaissances de l'histoire et de l'occulte me seront d'un très grand secours, mais ce n'est pas suffisant... Il est des lieux où je ne pourrai l'entraîner... c'est pourquoi je vous demande de vous joindre à nous... de m'assister dans cette enquête...

Mylène se leva, le visage d'une pâleur inhabituelle.

— Vous savez bien que c'est impossible. Vous savez, tout comme moi, que je ne peux exercer ma profession que dans un cadre bien précis, défini par la loi, sur ordre de ma hiérarchie...

— Je sais, et ce n'est pas ce que je vous propose. Il n'est pas question que vous demandiez quoi que ce soit à votre hiérarchie. Pour jouer cartes sur table, officiellement, je vous offre la possibilité de vous joindre à mon équipe. Personne ne peut s'opposer à cette activité bénévole, personne n'a le droit de décider de vos choix et de vos convictions religieuses... Officieusement, nous enquêterons sur ce triple crime en utilisant cette couverture... Vous vous installerez quelque temps ici, dans cette maison, j'ai déjà préparé une chambre à votre intention, et...

— Attendez ! Ce n'est pas sérieux ! Ce n'est pas à vous, ni à moi de mener cette enquête... Et nous n'en avons pas le droit ! Vous encore moins que moi, vous n'êtes plus dans la police ! Imaginez, si au diocèse, on apprend que vous outrepassez vos fonctions, je ne connais pas vos règles internes, mais j'imagine que vous serez sanctionné, renvoyé peut-être ! D'autre part, vous risquez également d'autres ennuis si la police officielle se rend compte de vos projets !

— Ce criminel est l'incarnation du mal, il faut nous aider à en débarrasser l'humanité ! s'exclama le père Pontchartrain avec véhémence.

— Je vois que tout a été préparé, planifié... Alexis, vous m'avez entraînée dans un traquenard ! Père Eustache, réfléchissez bien, dans cette histoire, une fenêtre s'est ouverte et vous a propulsé votre passé au visage ! C'est ce passé que vous voulez exorciser ! Je pense que ce n'est pas sérieux ! Je le répète : laissez faire la police, elle n'a pas besoin de vous, et surtout, ne cherchez pas à revenir en arrière !

Pontchartrain répéta l'argument qui selon lui devait obligatoirement faire fléchir la jeune femme :

— Mylène, ne comprenez-vous pas qu'il s'agit de lutter contre les forces des ténèbres !

— Alexis, retournez à Montreuil, cette affaire n'est pas la vôtre ! De toute façon, vous ne serviriez pas à grand-chose !

— C'est pour cette raison que j'ai également besoin de votre aide. Il s'agit non seulement de m'assister et d'apporter vos compétences, mais aussi de protéger Alexis ! Moi je suis de taille à me défendre et je n'attends que le moment d'affronter le monstre ! Mais Alexis est un vieillard sans défense !

Elle fixa l'exorciste en souriant.

— C'est maintenant à ma conscience que vous vous adressez directement pour tenter de me faire céder. Pontchartrain n'est plus un petit garçon, et ce depuis fort longtemps, il n'a pas besoin d'une baby-sitter !

— Voyons, Mylène ! s'offusqua Alexis.

Le père Eustache s'efforça de sourire lui aussi, un effort crispé.

Mylène fit un pas en avant vers la porte.

— Vous comprenez qu'il me faille partir maintenant. Pontchartrain, je viendrai vous rechercher quand vous le souhaiterez.

— Alors, c'est non ?

— Quelle question !

Elle sortit de la pièce non sans adresser un regard noir de mécontentement au père Alexis Pontchartrain. Son pas souple retentit dans le couloir. La porte d'entrée de la maison s'ouvrit et se referma aussitôt. Au bruit d'une portière qui claque succéda aussitôt le rugissement d'un moteur. La Golf quitta son stationnement et disparut de l'embrasure de la fenêtre.

Mylène Plantier roula à l'instinct durant presque une heure. Le cerveau en ébullition, tournant dans le vide comme le disque dur d'un ordinateur qui cherche une connection qu'il n'arrive pas à établir.

Ce n'est qu'à l'approche de Montreuil qu'elle retrouva ses esprits. L'inextricable conglomérat de contradictions, d'émotions incontrôlées ressenties tout au long de la journée, au sein duquel se superposait le trouble ressenti lors de la visite de la maison natale de saint Benoît Labre, cette impression de vide, puis le sentiment d'avoir été menée en bateau, cette histoire de fou, ne s'estompa qu'au moment précis où elle aperçut la sucrerie d'Attin. Sa réflexion embrumée se mua alors en une lassitude presque incontrôlable. Elle stationna sur la place Verte, juste à côté du monument aux morts. Elle acheta un pain aux raisins qu'elle dévora jusqu'à la dernière miette.

Elle revint à la compagnie de gendarmerie et se précipita chez elle. Une seule chose pouvait la remettre d'aplomb. Elle enfila sa tenue de sport et ressortit aussitôt. Elle s'imposa deux tours de remparts à un rythme effréné, éliminant les toxines de son organisme, nettoyant son esprit de toutes les pollutions, laissant l'air frais remettre de l'ordre. La nuit tombante apaisa les écorchures de son âme.

Elle prit une bonne douche en rentrant, enfila une sortie de bain et se laissa tomber sur le canapé sur salon. Elle se saisit de la télécommande afin d'allumer le poste de télévision. C'est à ce moment précis que le téléphone sonna.

— Allô, oui, c'est moi... vous êtes un peu gonflé de me téléphoner si vite, laissez-moi un peu de temps tout de même... je me doute bien que Pontchartrain n'ose pas me parler... enfin, oui je suis d'accord avec vous, je n'aurais pas dû partir aussi vite... Oui, vous avez raison... ne vous excusez pas, c'est plutôt à moi de m'excuser de mon incorrection, on ne s'enfuit pas de chez les gens comme j'ai pu le faire tout à l'heure... Oui, je crois que nous aurions pu en parler autrement, un peu plus longtemps peut-être, et puis j'avais été un peu troublée par la visite de la maison natale... non, c'est moi... oui, je vous écoute...

Mylène resta en communication avec le père Eustache durant plus d'une heure.

Dieu seul sait ce qu'ils se dirent !

Dieu sait quels arguments utilisa le père Eustache pour convaincre la jeune femme, quelle corde sensible il pinça !

Mylène céda. Peut-être par curiosité ou pour veiller sur les deux religieux et empêcher qu'ils n'empruntent des voies illégales !

Elle reposa le combiné et se dirigea vers sa chambre. Elle s'habilla, sortit son sac de voyage, y glissa de quoi se vêtir pendant plusieurs jours, puis ajouta sa trousse de toilette. Elle ouvrit la penderie, sortit une boîte en métal que cachaient les paires de chaussures. Elle retira le couvercle et se saisit d'un objet entouré d'un chiffon. Le morceau de tissu déplié révéla un pistolet automatique Sig Sauer 9 millimètres, une arme qu'elle connaissait parfaitement et qu'elle maîtrisait avec une précision redoutable. Le pistolet en question ressemblait comme un jumeau à son arme de service, dotation des militaires de la gendarmerie, qui avait remplacé le Beretta. Cependant, cette arme était un cadeau rapporté illicitement par l'adjudant Lopez au retour d'une mission au Kosovo, et Dieu sait (encore lui) comment elle était tombée entre les mains d'activistes albanais avant d'être confisquée par les militaires français en mission pour les Nations-Unies.

Elle actionna la culasse à plusieurs reprises et remit l'arme dans son enveloppe. Elle la glissa dans un sachet plastique, ajouta trois chargeurs et une petite boîte de balles. Elle cacha le tout au fond de son sac qu'elle referma. Elle enfila son blouson, respira un bon coup et sortit de chez elle.

Chapitre 3

Mercredi 6 décembre 2006

Mylène rêva encore d'une cité mystérieuse entourée de fortifications en ruines, sur lesquelles déambulaient des promeneurs aux vêtements d'un autre temps, d'une église qui ressemblait étrangement à l'abbatiale Saint-Saulve. La brume se leva, noyant le paysage, figeant le décor. Le chant d'un coq déchira brutalement l'image.

— Un coq pas très matinal ! songea-t-elle en jetant un œil sur l'horloge posée sur le marbre de la cheminée et qui indiquait 10 h 15.

La jeune femme se leva, s'approcha de la bassine en émail placée depuis la veille sur une coiffeuse en acajou. Elle procéda à quelques rapides ablutions avant de se vêtir. Elle sortit dans le couloir et descendit l'escalier. Une délicieuse odeur de café flottait dans l'air. Elle se laissa guider vers la cuisine et vers le bol fumant qui l'attendait sur la table couverte d'une toile cirée. Une demi-baguette de pain frais, deux croissants, une motte de beurre fermier et une coupelle pleine d'une confiture à la belle couleur vermeille entouraient le récipient. Un verre de jus d'oranges fraîchement pressées complétait l'ensemble. Le père Eustache apparut dans l'encadrement de la porte qui donnait sur la salle :

— Avez-vous bien dormi ?

— Comme un bébé !

— Cet endroit est particulièrement propice au repos et à la méditation.

— Je n'ai rien entendu, tu n'as pas pleuré cette nuit au moins ? fit une voix qui ne pouvait être que celle du père Alexis Pontchartrain.

— Tiens, vous êtes encore là, je pensais que vous étiez parti à Rome, à pied et aux aurores, comme saint Benoît Labre !

— Malheureusement non ! Ah, si mes vieilles jambes pouvaient encore me permettre d'avaler les kilomètres ! répondit la voix du presque octogénaire qui ajouta : Bon appétit ! Et je tiens à préciser que c'est moi qui suis allé chercher le pain ce matin !

— Laisse-la prendre son petit-déjeuner en paix, nous avons du pain sur la planche ce matin, enfin si je peux m'exprimer ainsi !

La silhouette de l'ancien commissaire de police entré dans les ordres disparut. Mylène l'entendit ajouter :

— Nous sommes dans le salon et vous y attendons ! Malgré tout, prenez votre temps, il faut prendre le temps de manger tranquillement, surtout le matin !

Mylène suivit ce conseil à la lettre. Elle but le jus d'oranges, dévora la demi-baguette et les croissants, non sans les avoir badigeonnés d'une épaisse couche de beurre et de confiture, et termina le café. Les affaires sérieuses pouvaient commencer.

Elle débarrassa la table, nettoya son bol et le verre, puis se décida à gagner le salon.

Les deux religieux, assis dans les fauteuils, bavardaient à voix basse. Quelques documents dont certains étaient estampillés Police Nationale, gisaient sur la table de salon. Mylène vint s'asseoir face à eux sur une chaise.

— Bon alors, par où commençons-nous ?

— J'ai eu Vernier au téléphone tard dans la nuit, il semblait très inquiet. Il m'a dit qu'il venait de mettre à jour un élément fondamental pour l'enquête, mais il ne pouvait en dire davantage. Nous nous sommes donné rendez-vous cet après-midi, c'est très important, m'a-t-il dit. En tout cas, le procureur de la République qui privilégiait la thèse du meurtre homophobe vient de changer son fusil d'épaule et parle maintenant d'un règlement de comptes dans le milieu homosexuel. Ce n'est pas vraiment la même chose. La personnalité de l'une des victimes confirme cette hypothèse, et la nuance arrange pas mal de monde !

— Oui, bien sûr, les supporters ne sont plus mis en cause ! Bon, si vous pouviez reprendre brièvement toute la chronologie depuis le départ, cela m'éviterait de devoir lire tous ces rapports, ce que vous devez avoir déjà fait.

— Bien évidemment ! Reprenons donc depuis le début : samedi dernier, le Racing Club de Lens reçoit les Girondins de Bordeaux au stade Bollaert. Dix minutes avant la fin de la rencontre, soit – il jeta un œil sur ses notes – à 21 h 36, Stanislas Krawzik, personnel d'entretien du stade, découvre les corps de trois hommes dans les toilettes pour dames sous la tribune Trannin. Il prévient le service de sécurité qui alerte aussitôt la police. L'espace est immédiatement bouclé. Je vous ai déjà évoqué la manière dont ils ont été tués et ce qui me préoccupe, je ne vais pas y revenir. Deux de ces hommes sont nus. Il s'agit de Laurent Suger, 18 ans, stagiaire au centre de formation du RC Lens, et de Jacques Fulcato, 43 ans, journaliste au

Réveil de l'Artois. Le troisième personnage s'appelle Maurice Gérard, plombier de son état. Il était venu assister au match en compagnie des jeunes du club de football de son village, Brimont, c'est sur la côte, pas très loin de Montreuil, je crois...

— C'est un peu plus dans l'arrière-pays.

— Fort bien ! Personne n'a vu les deux premiers nommés se rendre dans les toilettes, par contre, Maurice Gérard a longuement bavardé avec le patron de l'une des baraques à frites avant de se diriger vers les toilettes une dizaine de minutes après le début de la seconde mi-temps, soit vers 21 h 10 ou 21 h 15. Le légiste estime que les trois hommes ont été tués dans les minutes qui ont suivi.

— La personnalité des trois hommes est un peu contradictoire !

— Effectivement, on peut imaginer que le plombier, pour une raison ou une autre, est entré dans les toilettes pour dames, au lieu d'aller chez les hommes, a assisté au meurtre ou a simplement découvert les corps. L'assassin était encore sur place et s'est débarrassé du témoin. L'enquête a rapidement révélé l'homosexualité notoire de Jacques Fulcato. Pour le jeune Laurent, c'est un peu plus compliqué, rien ne permet d'affirmer cette préférence sexuelle, cependant il était considéré comme un garçon fragile, un peu marginal.

— La théorie des « crânes rasés » surprenant un couple de gays a donc été abandonnée ?

— Effectivement, le marchand de frites, témoin le plus proche, n'a rien remarqué. De plus le service de sécurité du stade est formel, ainsi que les forces de police présentes sur les lieux, il n'y avait pas de hooligans dans les rangs des supporters bordelais, et encore moins chez les Lensois, mais cela, tout le monde le sait ! Et puis, cela arrange tout le monde, imaginez, si cela avait été le cas, le séisme dans le milieu du football : l'insécurité règne partout, même à Lens, réputé pour son ambiance familiale ! Je connais un peu le stade Bollaert pour avoir assisté à quelques matchs, on n'y fait pas ce que l'on veut ! Chaque tribune est indépendante, il est impossible de passer de l'une à l'autre. Les services de sécurité sont omniprésents, que ce soit dans ou derrière les gradins. On ne peut faire trois pas sans tomber sur un agent de sécurité ou un steward. Ces meurtres sont incompréhensibles.

Il fit une pause et reprit :

— Pour conclure, il n'y a aucun témoin, à part le marchand de frites qui n'a rien vu, rien entendu !

— Alors le scénario sur lequel Vernier doit orienter ses recherches est le suivant : Fulcato et le jeune Laurent Suger ont rendez-vous dans les toilettes du stade. Pour une raison à déterminer, ils sont assassinés. Gérard qui passait là par hasard est lui aussi assassiné.

— Oui, tout à fait. Et la police scientifique s'active pour trouver les indices permettant de mettre Vernier sur la piste des coupables. Je dis bien des coupables, parce que, pour la hiérarchie de Vernier, les auteurs étaient plusieurs, cela ne peut se concevoir autrement.

— Et Vernier dans tout ça, que pense-t-il ? A-t-il une piste ? Un début d'explication ?

— Vernier fait ce qu'il peut, il a reconnu la signature de l'assassin mais ne peut ni ouvertement ni publiquement révéler ce qu'il sait. Il va faire ce qu'il peut, tout en suivant les directives de sa hiérarchie ! Que feriez-vous à sa place ?

— J'interrogerais l'entourage des trois victimes, enfin des deux naturistes, l'autre, je le crois hors du coup. Il faut savoir ce qu'ils faisaient dans ces toilettes ! S'agissait-il réellement d'un rendez-vous galant ? Il faut essayer de comprendre à qui profite le crime ! Et puis, discrètement, je ressortirais les dossiers de l'affaire nantaise et je m'efforcerai de trouver un lien avec la nouvelle affaire ! Plus facile à faire qu'à dire !

— C'est exactement ce que nous allons faire, parallèlement à l'enquête officielle, avec un avantage de taille, nous savons que l'adversaire est hors normes et...

— Oui, je sais, nous en avons longuement parlé au téléphone hier soir et j'ai toujours autant de mal à croire à votre histoire et en particulier à établir le lien entre votre passé et le triple crime. À chacun ses convictions et ses croyances. Il m'est difficile d'admettre l'existence d'un être possédé par le diable et doté d'une puissance surhumaine... Je sais bien que je simplifie une situation qui est certainement beaucoup plus complexe ! Restons donc sur l'idée d'un criminel hors norme, d'un colosse à la puissance inhabituelle si vous voulez, mais n'allons pas plus loin ! Si je suis revenue vous aider, c'est certes par curiosité, mais aussi pour vous éviter de commettre des imprudences ! Suis-je bien claire ? Je ne reviendrai pas là-dessus !

Le père Eustache se leva :

— Fort bien ! Comme je vous l'ai dit, j'ai rendez-vous avec Vernier. Afin de ne pas perdre de temps, vous allez, tous les deux, vous rendre à Brimont pour en apprendre un peu plus sur ce Maurice Gérard. Il n'est certainement qu'une innocente victime, mais il ne faut rien négliger. L'abbé de la paroisse est un jeune prêtre débutant que connaît bien Alexis. Il l'a appelé tout à l'heure, et lui a proposé de l'aider à apporter à la famille de Gérard le réconfort de l'église. Le novice, craignant de ne pas être à la hauteur, a accepté. C'est son premier enterrement !

Il se tourna vers le vieil ecclésiastique.

— Alexis, je compte sur toi, tu sais ce que tu as à faire. Mylène, votre rôle se limitera à conduire Alexis et à assurer sa sécurité si nécessaire. Officiellement, vous êtes sa nièce !

— Il y a quelque chose qui m'étonne, je pensais que le corps n'avait pas encore été rendu à la famille ?

— Et qu'est-ce qui vous a fait croire cela ?

— Je m'étais imaginé que Vernier avait fait traîner les choses pour avoir le temps de prouver sa théorie.

— Il se garde bien d'essayer de prouver quoi que soit, sa marge de manœuvre est fort limitée ! Allez, filez ! L'enterrement a lieu à 15 heures ! Le père Jérôme vous attend pour déjeuner.

Ils prirent la route peu de temps après. Alexis Pontchartrain était excité comme un pou. Il ne cessait de s'agiter sur le siège passager.

— Dites, Alexis, éclairez-moi, ce séjour à Amettes était-il réellement prévu de longue date ? Je suis certaine que vous m'avez menée en bateau !

— Je devais effectivement séjourner chez le père Eustache. Nous n'étions pas encore convenus d'une date. Il m'a téléphoné lundi matin aux aurores. Nous sommes restés plus de deux heures au téléphone. Je connaissais quelques détails de sa vie, il m'a raconté tout le reste. Il avait besoin de parler, de se confier. Je lui ai proposé mon aide, il a accepté, puis... je lui ai parlé de toi...

— Évidemment ! Vous le connaissez depuis longtemps ?

— J'ai rencontré le frère Eustache il y a huit ans au diocèse à Arras. Tous les quinze jours, je venais aux archives effectuer des recherches sur l'histoire de la région. Un après-midi, le diacre me présenta un moine peu banal qui résidait à l'abbaye de Belval près de Saint-Pol-sur-Ternoise. Nous avons sympathisé et nous nous sommes revus à plusieurs reprises. Lorsqu'on lui confia la lourde responsabilité de succéder au prêtre exorciste, il me proposa d'intégrer l'équipe qu'il mettait en place afin de l'assister dans sa tâche. J'acceptai sans sourciller. Tu vas certainement me demander pourquoi je suis le seul avec toi à avoir été entraîné dans cette histoire...

— Je lui ai posé la question au téléphone hier soir et j'ai appris que vous aviez servi dans l'armée durant plusieurs années et que vous aviez combattu en Indochine.

— C'était il y a bien longtemps, une terrible expérience de vie qui orienta définitivement mon existence. Je suis entré au séminaire juste après...

La jeune femme sentit que le vieux prêtre ne désirait pas s'éterniser sur cette période un peu trouble de sa jeunesse. Elle n'insista pas mais réalisa qu'elle n'était pas au bout de ses surprises.

Mylène fit le plein d'essence à Maninghem, à la pompe à essence ouverte trois cent soixante-cinq jours sur trois cent soixante-cinq. Ils roulèrent encore une dizaine de minutes avant de bifurquer sur la gauche et de gagner le village de Brimont qui s'étalait le long d'une route départementale, dans le creux d'une vallée entre Canche et Authie.

Le repas ne dura guère longtemps, les deux ecclésiastiques devant préparer la cérémonie. Le père Jérôme était un jeune homme d'une trentaine d'années au visage creusé de nombreuses cicatrices, témoignages d'une adolescence boutonneuse. Mylène ne put s'empêcher de remarquer que ses petits yeux noirs cachés derrière des verres de lunettes à double épaisseur, ne cessaient de l'examiner sous toutes les coutures. Elle avait déjà remarqué le trouble du prêtre lorsque Pontchartrain l'avait présentée comme étant sa nièce préférée et son chauffeur occasionnel. Le regard de l'ancien séminariste fuyait constamment l'iris bleu azur de la jeune femme mais s'attardait sans cesse sur ses seins, mis en valeur il est vrai par un pull porté près du corps. Elle n'allait tout de même pas se métamorphoser en grenouille de bénitier, pour l'occasion.

Outre le fait que le jeune prêtre semblait supporter difficilement certaines contraintes inhérentes à son choix de vie, ce qui laissait craindre un scandale à venir dans le village, le repas n'apporta rien de plus. Le père Jérôme ne connaissait pas vraiment la famille Gérard qui ne fréquentait l'église qu'épisodiquement, et d'autre part, il officiait depuis trop peu de temps dans la paroisse pour avoir entendu parler de quoi que ce soit.

Mylène avait imaginé une longue balade dans la campagne avoisinante en attendant la fin de la cérémonie, mais la fine pluie qui commença à tomber, modifia son programme. Elle se réfugia dans la Golf et récupéra un roman qu'elle avait acheté quelques semaines auparavant et qui traînait depuis, dans la boîte à gants, faute de temps pour le lire. Il y était question d'un gendarme un peu anticonformiste qui enquêtait sur le meurtre d'un vagabond en baie de Somme. C'était d'ailleurs, à quelques lettres près, le titre du roman. Elle bouquina pendant près d'une heure, puis anesthésiée par le chant des gouttes d'eau sur la carrosserie, la clarté qui déclinait, elle ferma les yeux et s'assoupit.

Quelqu'un frappait au carreau. Mylène ouvrit les yeux et sembla reconnaître le visage du père Alexis Pontchartrain par-delà la condensation qui couvrait la vitre, côté passager. Elle jeta un œil sur l'horloge qui occupait la partie droite du tableau de bord.

— 17 h 45 !

La nuit était quasiment tombée. Faute d'éclairage public, le centre de la bourgade paraissait fantomatique.

— Tu vas te décider à ouvrir, il pleut dehors !

La jeune femme réalisa qu'elle avait, par inadvertance, appuyé son épaule contre la portière et verrouillé les portes de la Golf. Elle rectifia. Le vieux religieux passa la tête :

— Je suis désolé de ce léger retard, après la messe, la famille et les amis se sont réunis au café du village, nous les avons accompagnés. Jérôme veut nous garder à souper, tu viens ?

Elle distingua la silhouette dégingandée juste derrière Pontchartrain.

— Je ne crois pas que ce soit une bonne idée, nous avons de la route et j'ai promis à maman de rentrer tôt, et vous aussi ! Ne restez pas dehors mon oncle, montez ! Vous allez attraper froid avec cette pluie glaciale !

Pontchartrain haussa les épaules, se retourna saluer son collègue et se décida enfin à monter dans la voiture. Mylène démarra aussitôt. Elle attendit d'avoir dépassé le panneau indiquant qu'ils quittaient la commune pour poser la question qui s'imposait :

— Alors, qu'avez-vous appris sur Maurice Gérard ?

— Beaucoup de choses et pas grand-chose ! C'était la première et unique fois qu'il assistait à un match de football au stade Bollaert. J'ai cru comprendre également qu'il n'avait jamais mis les pieds de sa vie à Lens et dans l'ex-bassin minier ! C'était un homme casanier qui ne quittait que rarement le village. Il ne partait jamais en vacances. Chaque année, peu de temps avant Noël, le club de football local organise un déplacement pour les équipes de jeunes. Josette, l'épouse de Maurice Gérard, est secrétaire ou trésorière adjointe du club. Si j'ai bien compris, elle a plus ou moins fait pression pour que

Maurice figure parmi les adultes accompagnateurs, pour le sortir de son canapé. Rien ne permettait d'imaginer l'issue dramatique du voyage. Des gens sans histoires, de braves gens...

Il soupira.

— Maurice s'est absenté pour aller aux toilettes à la mi-temps et n'est jamais revenu ! Bref, nous avons perdu notre temps !

— Pas du tout ! Parlez-moi de son entourage, de la famille !

— Des gens bien normaux : le fils travaillait avec son père, c'est lui qui va reprendre l'entreprise de plomberie avec l'aide du gendre. La fille est une mère au foyer comme on en voit beaucoup à la campagne.

— Pas d'histoire louche, d'affaires de famille qui pourraient expliquer...

— Bien sûr que non !

— Sont-ils au courant de l'évolution de l'enquête ?

— Ils lisent le journal, écoutent la radio et regardent la télévision comme tout le monde. J'avoue tout de même que certains hommes de l'entourage réagissaient de manière assez... vindicative à l'évocation de l'homosexualité des deux autres victimes et aux dernières prises de positions de la police.

— J'imagine ! « C'est à cause des deux pédés que le Maurice a été tué ! Ces sales pédés » !

— Tu exagères !

— Je ne pense pas être très loin de la réalité, le fusil de chasse en bandoulière, le cerveau dans la gibecière !

— Voyons, respecte un peu la douleur de ces pauvres gens ! Tu caricatures les gens de la campagne. Et puis, quelque part, ils n'ont pas tout à fait tort, moi aussi je trouve cela scandaleux... cet homme avec ce jeune homme... ces actes contre nature dans les toilettes !

— On ne sait pas ce qu'ils faisaient dans les toilettes, d'ailleurs que savons-nous ? Pas grand-chose ! C'est leur mort qui est scandaleuse !

Mylène s'étonna un peu de la remarque du père Pontchartrain qui ne cadrait pas avec les théories du père Eustache sur la nature du tueur. Il n'y avait peut-être aucun rapport, elle ne savait rien des autres victimes, onze années plus tôt à Nantes. Encore un point à éclaircir avec l'ancien commissaire de police. Elle poursuivit :

— Je vous trouve un peu rétrograde, Alexis !

Le vieux religieux marmonna quelque chose d'inaudible.

— En tout cas, vous n'avez pas été choqué par l'attitude de votre collègue, le père Jérôme ?

— Choqué de quoi ? Je ne comprends pas !

— Il n'a pas arrêté de me déshabiller du regard durant tout le repas. J'ai cru, à un moment, que ses yeux allaient arracher mon pull ! Vous n'avez pas remarqué ?

— Non, je n'ai rien remarqué ! Tu inventes n'importe quoi !

— Je n'invente rien, je l'ai trouvé un peu perturbé ce jeune prêtre, j'espère pour les paroissiennes qu'il saura respecter ses vœux !

Le père Alexis Pontchartrain fronça les sourcils, se ferma comme une huître et garda le silence jusqu'à l'arrivée à Amettes.

La Golf noire stationna une nouvelle fois sous les fenêtres de la résidence du père Eustache. Les volets n'étaient pas fermés et les pièces qui donnaient sur la rue demeuraient dans l'obscurité.

— On dirait qu'il n'y a personne !

Elle jeta un œil par la fenêtre du rez-de-chaussée et retourna devant la porte. Elle sonna.

— La porte est ouverte !

Elle reconnut la voix du prêtre exorciste. Elle entra dans la maison suivie d'Alexis Pontchartrain. Le père Eustache avait, entre-temps, éclairé le salon. Il attendait assis sur l'un des vieux fauteuils.

— Excusez-moi, j'étais en prière.

Mylène remarqua ses traits tirés, l'expression de son visage qui indiquait à la fois de la tristesse, de la fatigue et de la colère.

— Quelque chose ne va pas ? Avez-vous vu le commissaire Vernier ?

— Richard Vernier est mort, asséna-t-il. Il a été assassiné !

La jeune femme et le vieux prêtre restèrent immobiles, sans réaction, stupéfaits, les épaules lourdes, les bras attirés vers le sol, victimes d'une réaction émotionnelle en collusion avec les forces gravitationnelles de la terre.

— Asseyez-vous ! lança-t-il en désignant les sièges face à lui.

— Que s'est-il passé ? demanda la jeune femme.

— Je ne sais pas, je devais le voir ce matin, nous avions convenu d'un rendez-vous à 14 heures, dans un bistrot à Lillers. Juste avant de passer à table, j'ai allumé la radio pour écouter les informations et c'est comme cela que j'ai appris la nouvelle !

— Que s'est-il passé ? répéta la jeune femme.

— Son corps a été découvert tout près de sa voiture, très tôt ce matin, à Vimy, sur l'un des parkings du mémorial canadien, tabassé à mort !

— A-t-on évoqué le fait qu'il enquêtait sur le triple meurtre du stade Bollaert ?

— Absolument pas ! Et je n'en sais pas plus !

Il se leva et tourna autour de la table de salon.

— Mylène, la situation est grave, plus que vous ne pouvez l'imaginer. Hier soir, je ne vous ai pas tout dit, j'ai négligé volontairement d'évoquer un détail d'une importance capitale. Je comptais bien évidemment vous en parler, mais j'attendais le moment propice. Il est de ces choses que l'on ne peut évoquer que lorsque l'interlocuteur est prêt à pouvoir les entendre, à les comprendre, à les accepter ! Ce soir, je n'ai plus le choix.

Il reprit sa place sur le fauteuil :

— Il y a onze années à Nantes, la descente aux enfers fut plus terrifiante que ce que vous ne pouvez imaginer ! Il y eut officiellement neuf victimes, je vous l'avais dit. Il y en eut certainement d'autres, beaucoup d'autres... On ne saura jamais. La plupart étaient des marginaux, mais certains appartenaient à un milieu assez particulier, assez branché, celui des noctambules dans lequel se côtoyaient des artistes de tous genres, musiciens, plasticiens... des bourgeois en quête de sensations et d'autres encore. Seuls deux d'entre eux sont décédés dans des circonstances similaires aux morts du stade Bollaert, c'est-à-dire de multiples fractures du crâne, la nuque brisée et la colonne vertébrale en pièces détachées ! Pour les autres... c'est une autre histoire... on les découvrit vidés de leur sang... Tous portaient les mêmes traces sur le cou, au niveau de la carotide, des traces de morsures... Voyez-vous où je veux en venir ?

Mylène ne répondit pas. Il poursuivit :

— Je n'ai malheureusement aucun document, aucun rapport datant de cette époque, prouvant ce que je viens de vous dire ! Par contre, sur la table, j'ai le rapport du légiste de Lens dans lequel vous pourrez lire que le jeune Laurent Suger présentait des cicatrices similaires au niveau du cou ! Pour en revenir à l'affaire originelle, à Nantes, l'enquête s'est bien évidemment orientée vers les milieux gothiques de la ville et vers la mouvance satanique comme je l'ai dit hier. Ma hiérarchie pensait que nous avions affaire à un groupe d'illuminés qui pratiquait des sacrifices rituels, des jeunes qui se prenaient pour des vampires. Les recherches que nous avions entreprises avec Vernier confirmaient que la piste était la bonne, mais nous avions compris que l'assassin était d'un tout autre acabit. Nous étions persuadés qu'il agissait seul, comme un prédateur qui cerne sa proie avant de fondre sur elle. Nous avons soigneusement vérifié les identités des victimes qui ne se connaissaient absolument pas. Le seul lien entre elles était ce goût des plaisirs de la nuit, du macabre...

Il se leva une nouvelle fois.

— Peut-être me prenez-vous pour un fou, ce n'est pas grave ! Vous allez tous les deux retourner à Montreuil et oublier cette histoire. C'est terminé ! Celui qui a tué Vernier me retrouvera tôt ou tard, et vous deux par la même occasion. Nos routes se croiseront fatalement, je m'en voudrais de risquer vos vies.

Il marqua un temps d'arrêt.

— Je ne vous remercierai jamais assez pour l'aide précieuse que vous m'avez apportée, mais c'est ainsi... De toute manière, sans Vernier et ses informations, il me paraît difficile de poursuivre cette enquête. Fin de l'histoire !

— Non, il n'en est pas question !

Le père Alexis Pontchartrain venait de se redresser et pointait le doigt vers son confrère :

— Jamais je ne vous laisserai tomber...

— Non, Alexis, les risques sont bien trop importants !

— J'ai fait le serment de combattre le Malin jusqu'à mon dernier souffle, jusqu'à l'ultime seconde de mon existence, je tiendrai ce serment coûte que coûte !

Le vieux prêtre se tourna vers Mylène :

— Toi, tu n'es pas obligée !

Les joues de la jeune femme s'empourprèrent.

— Vous êtes tous les deux de vieux cinglés ! Je devrais filer d'ici et prendre le premier avion pour les Antilles et oublier que vous existez... profiter de mes vacances ! Enfin, je devrais le faire, mais je ne peux pas vous laisser tomber, même si je suis persuadée que vous êtes deux vieux cinglés !

Les intéressés se regardèrent avec étonnement.

— Enfin, je...

— Notre décision est irrémédiable ! lancèrent en même temps Alexis et Mylène.

— Il est hors de question de vous laisser jouer les Van Helsing[1] en solo ! ajouta la jeune femme.

— Fort bien, nous allons...

Mylène interrompit le père Eustache.

— J'ai dit que je restais mais uniquement à condition de ne pas vous servir exclusivement de chauffeur comme aujourd'hui. En attendant, vous devez bien comprendre qu'il me faille vérifier certaines de vos affirmations. Je vais donc retourner ce soir à Écuires et comptez sur moi pour éplucher les dossiers sur l'affaire que je vais emporter dans leur intégralité. Demain matin, je contacterai mes collègues de la brigade de recherche d'Arras. Les parkings qui entourent le mémorial canadien sont sur le territoire de la brigade de gendarmerie départementale de Vimy. Je doute fort que ma hiérarchie les ait laissés se débrouiller tout seuls. Demain soir j'en saurai plus sur la mort de Vernier, nous ferons le point et réfléchirons à la meilleure des stratégies. La tâche sera ardue, nous allons devoir agir

---

1. Chasseur de vampires, adversaire de Dracula dans le roman de Bram Stoker.

seuls, sans aucune aide extérieure. C'est un défi que nous allons relever !

Elle réfléchit un instant et poursuivit :

— Vernier était-il marié ?

— Non, c'était un vieux célibataire !

— Où vivait-il ?

— À Lens, certainement, je ne sais pas !

— Lui reste-t-il de la famille ?

— Pas grand monde à ma connaissance, à par sa vieille mère qui demeure en Normandie, à Sotteville-les-Rouen.

— Vous la connaissez ?

— Je l'ai rencontrée à plusieurs reprises, lorsque j'avais son fils sous mes ordres, à Nantes

— Vous avez Internet ?

— Oui, bien sûr.

— Alors cherchez son adresse, son numéro de téléphone et appelez-la ! Vous vous présenterez comme étant l'un de ses vieux amis qui vient d'apprendre la terrible nouvelle à la radio. Vous avez une voiture ?

— La voiture de ma sœur, une vieille Citroën, une AX.

— La Normandie, c'est la porte à côté avec l'autoroute. Rendez-lui visite demain, dès que possible. Elle vous connaissait en tant que commissaire de police, ne lui cachez pas que vous êtes devenu un homme d'Église, un prêtre ; ce nouveau statut permettra toutes les confidences.

Mylène se leva et conclut par un :

— Rendez-vous demain soir, ici même à 20 heures !

Elle abandonna les deux religieux, ébahis et aphones.

Comme la veille, à une heure près, au grincement de la porte d'entrée de la maison, succéda un claquement de portière puis le vrombissement du moteur de la Golf. Le véhicule fit le tour de l'église, laissa sur sa droite la maison natale de saint Benoît et fila vers la sortie du village. Mylène alluma l'autoradio et le régla sur une station qui diffusait de la musique sans interruption.

Elle remarqua en entrant chez elle que la vieille horloge posée sur l'une des étagères de la salle indiquait qu'il était presque 20 heures. La jeune femme hésita à allumer le poste de télévision et préféra la complicité sustentatrice du réfrigérateur dont elle constata, en ouvrant la porte, un réel manque de coopération. Elle trouva, tout de même, quelques œufs dont la date limite de consommation n'était pas encore dépassée, un reste de gruyère râpé et trois tomates presque trop mûres. Elle mélangea le tout dans une poêle et dévora les œufs brouillés avec quelques tranches de pain de mie complet qu'elle passa, au préalable, au grille-pain.

Elle jeta ensuite un rapide coup d'œil aux copies des rapports de police mais sans insister. Elle avait surtout besoin de se changer les idées. Mylène se décida à allumer le téléviseur mais sélectionna une chaîne consacrée au cinéma. Le film en cours se terminait à l'instant, le titre du long-métrage suivant apparut en surimpression : *Blade*.

— C'est pas vrai ! s'exclama-t-elle.

Elle se laissa tout de même tomber sur le canapé et emporter par le rythme effréné de l'intrigue, les prouesses du chasseur de vampires. À peine le générique de fin était-il apparu sur l'écran qu'elle se leva, ferma le poste de télévision et s'en alla dans la chambre, allumer l'ordinateur. Elle se connecta à Internet et ouvrit le moteur de recherche. Elle frappa le mot « vampire » puis appuya sur la touche « entrée ». Après avoir sélectionné et ouvert les sites qui traitaient du sujet, d'une manière générale, elle focalisa ses recherches sur ceux qui abordaient le problème de manière plus scientifique, plus rationnelle. Elle remarqua le nombre incroyable de jeux de rôle qui évoluaient dans cet univers sombre et sanguinolent.

Il était près de 3 heures du matin lorsqu'elle se décida à déconnecter l'ordinateur. Elle se déshabilla, se glissa au fond de son lit et s'endormit aussitôt.

Chapitre 4

Jeudi 7 décembre 2006

Mylène rêva à nouveau d'une cité mystérieuse entourée de fortifications en ruines, sur lesquelles déambulaient des promeneurs aux vêtements d'un autre temps, d'une église qui ressemblait étrangement à l'abbatiale Saint-Saulve. Elle se glissa au milieu de cette foule, le long d'étals couverts de produits maraîchers, aux odeurs exquises, aux couleurs extraordinaires. Elle frôla plusieurs hommes, plusieurs femmes sans que personne ne semble remarquer sa présence comme si elle n'existait pas, comme si elle flottait entre deux mondes. Le son des cloches, qui annonçaient la huitième heure de la journée, déchiqueta brutalement l'image et mit fin sans apporter de réponses à cette étrange sensation.

La jeune femme ouvrit les yeux, se leva, se dirigea machinalement vers la cuisine et but un grand verre d'eau fraîche, puis elle fila sans attendre vers la salle de bains.

L'adjudant-chef Bertin, qui commandait la section de recherche au sein de la compagnie de gendarmerie d'Écuires, terminait de frapper un procès-verbal sur son ordinateur portable qui ne le quittait jamais, y compris sur le terrain. Il leva la tête et aperçut le gendarme Mylène Plantier qui venait d'entrer dans les locaux occupés par l'unité. La jeune femme était vêtue d'une tenue de sport rose fluo qui moulait une plastique irréprochable. Un bandeau de la même couleur contenait ses mèches blondes. Il jeta un œil sur sa montre.

— Bonjour Plantier, on voit que vous êtes en permission, c'est habituellement l'heure à laquelle vous revenez de vos deux tours de remparts !

— Mes respects, mon adjudant, il n'est pas si tard que cela.

Il remarqua une légère contrariété sur le visage d'ordinaire si souriant de la jeune femme.

— Je pensais que vous étiez partie en vacances ! Est-ce que tout va bien ?

— Je devais rejoindre une cousine et passer quelques jours en Provence, mais ce séjour a été annulé.

— Je vous sens un peu contrariée, quelque chose ne va pas ? C'est votre cousine ?

— Non, cela n'a rien à voir. Avez-vous entendu parler de ce commissaire de police qui aurait été assassiné à Vimy ?

— Oui, bien sûr ?

— C'était un cousin du côté de ma mère !

L'adjudant-chef se leva :

— Je ne connaissais pas ce lien de parenté, je suis désolé ! J'ignorais que le commissaire Vernier était votre cousin.

— Un lointain cousin, par alliance ! Je l'ai rencontré à plusieurs reprises, mais c'était il y a fort longtemps, lorsque j'étais enfant. Connaissez-vous les circonstances de sa mort ?

— Uniquement les faits qui ont été relatés par la presse. Drôle d'histoire, drôle de coïncidence. Je crois que c'est lui qui était chargé de l'enquête sur le triple meurtre de Bollaert.

— Je n'ai quasiment pas ouvert ni la radio, ni la télévision ces derniers jours, vous pensez que sa mort est liée à son implication dans l'affaire de Bollaert ?

— Je n'ai rien dit de tel ! J'ai simplement remarqué la coïncidence. D'après les premières constatations, il s'agirait, semble-t-il, d'un crime crapuleux. Quant aux meurtres de Bollaert, sa disparition ne va pas arranger les choses, je crois que les enquêteurs tournent en rond, c'est du moins ce que laissent entendre les médias. Peut-être sont-ils sur une piste, on ne sait pas.

Il referma l'ordinateur portable.

— Pour votre cousin, téléphonez donc à la brigade des recherches d'Arras, ils sont certainement chargés de l'enquête. Mais je vous rappelle que tout ce qui vous sera dit ne devra pas sortir du bureau ! Je vous fais confiance, Plantier !

Il se leva.

— Je vous laisse, j'ai rendez-vous avec le capitaine.

Il sortit et referma derrière lui. Mylène s'approcha du bureau et décrocha le téléphone. Elle composa le numéro du standard.

— *Gendarme-adjoint Allard, à qui ai-je l'honneur ?*

— Mylène Plantier, pouvez-vous m'appeler la brigade de recherche à Arras ?

— *Tout de suite, chef !*

Mylène raccrocha. Elle attendit durant une minute, puis le téléphone sonna. Elle décrocha.

— Oui !

— *Gendarme-adjoint Allard, je vous passe Arras !*

L'attente téléphonique dura quelques secondes et s'interrompit. Une nouvelle voix résonna dans l'écouteur :

— *Gendarme Marlot, à qui ai-je l'honneur ?*

— Mylène Plantier de la section de recherche d'Écuires !

— *Ah c'est toi, tu vas bien ?*

— On fait aller !

— *Votre GA n'était pas très clair, j'ai cru qu'il voulait me passer l'adjudant-chef Bertin !*

— Je suis dans son bureau, mais c'est bien moi !

— *Fait-il beau sur la côte ?*

— Il pleut !

— *Comme ici !*

— Dis Daniel, j'ai un renseignement à te demander : est-ce vous qui êtes en charge de l'affaire de meurtre de Vimy, tu sais le commissaire de police de Lens ?

— *Oui, tu parles. Le major est sur le coup avec le chef Dupont. Pourquoi me demandes-tu cela, tu as des informations ?*

— Non, pas du tout, ma démarche n'est absolument pas officielle, il se trouve que j'avais eu l'occasion de faire sa connaissance, il y a quelques mois, chez des amis communs. Cela m'a fait bizarre quand j'ai appris sa mort en écoutant les informations à la radio ! On sait ce qu'il s'est passé ?

— *Pas vraiment ! Tu le connaissais bien ?*

— Sans plus, j'ai dû le rencontrer à deux reprises ! On raconte que c'est un crime crapuleux !

— *Les médias racontent un peu n'importe quoi ! A priori, ce n'est pas un crime crapuleux, on ne lui a rien dérobé !*

— Il est mort de quoi ?

— *Le corps a été découvert par un promeneur, hier matin vers 8 heures, il gisait à une dizaine de mètres de sa voiture. D'après les premières constations du légiste, il a été battu à mort : multiples fractures à la tête, la nuque brisée, etc. Ils ne l'ont pas loupé !*

— Tu emploies le pluriel, il y avait plusieurs agresseurs ?

— *Nous n'en avons pas encore la preuve formelle, mais je ne l'imagine pas autrement, à moins que le tueur ne soit un ours !*

— Il paraît qu'il était lui-même en charge du triple crime de Bollaert, y aurait-il un lien entre les deux affaires ?

— *Directement non ! Il y a simplement une coïncidence qui n'est qu'une coïncidence : il s'agit dans les deux cas d'une affaire de mœurs !*

— Je ne comprends pas !

— *Tu es certainement au courant que l'on s'oriente, pour l'affaire de Lens, vers une histoire de règlement de comptes dans le milieu homosexuel, les médias en ont encore parlé aujourd'hui ! Eh bien, ton ami le commissaire n'était pas très clair non plus sur ce plan. Tu étais au courant ?*

— Pas vraiment, je ne le connaissais pas suffisamment ! et qu'est-ce qui permet d'affirmer ce genre de choses ?

— *Connais-tu la réputation nocturne des parkings du mémorial canadien, enfin les premiers lorsque l'on monte la crête à partir de la Nationale 17 sur l'axe Arras-Lens ?*

— Non, je n'ai jamais mis les pieds au mémorial canadien.

— *C'est pas jojo la nuit, c'est le moins qu'on puisse dire ! Les patrouilles de la brigade de Vimy et du PSIG en voient des vertes et des pas mûres.*

— Il avait peut-être rendez-vous ?

— *Il avait certainement rendez-vous, un rendez-vous qui a mal tourné ! J'ai une question à te poser, toi qui le connaissais, il était gay ?*

— Je ne sais pas, et je ne pense pas. C'était un vieux célibataire, et je ne sais rien d'autre sur sa vie privée.

— *On ne tardera pas à l'apprendre, et s'il n'avait pas rendez-vous avec des homos, ce devait être avec des putes ! C'est un vrai baisodrome, la nuit, ce parking ! Il faudrait sérieusement songer à en interdire l'accès en dehors des heures d'ouverture du monument.*

— Il y a certainement moyen de savoir avec qui il avait rendez-vous, en consultant son agenda par exemple.

— *Il n'avait rien sur lui. Nous attendons une commission rogatoire afin d'aller perquisitionner chez lui demain, nous en apprendrons peut-être davantage.*

Mylène se dit qu'il était temps d'abréger la communication, elle en avait appris suffisamment sur la mort du policier et il n'était pas question de mettre la puce à l'oreille de son collègue en cherchant à trop en apprendre.

— Eh bien, écoute Daniel, je te remercie de ces quelques précisions. En tout cas, je n'en reviens pas, je ne l'imaginais pas comme cela, lui si timide, si réservé !

— *On ne connaît jamais assez les gens. Vous n'êtes pas sortis ensemble au moins ?*

La jeune femme ne répondit pas mais elle changea brutalement de sujet, évoquant une affaire en cours sur laquelle travaillaient les deux unités de recherche, puis elle évoqua d'hypothétiques projets de voyages pour la suite de sa permission avant de saluer le gendarme Marlot et de raccrocher.

Mylène jeta un œil par la fenêtre, la pluie redoublait d'intensité. Elle n'eut plus du tout envie d'aller courir et préféra regagner son appartement. Elle se fit couler un bain, puis en fin de matinée, elle gagna le supermarché le plus proche afin de remplir le frigidaire et les placards de la cuisine qui lui semblaient désespérément vides.

C'est en terminant de déguster un pot de yaourt allégé, parfumé à la mandarine, qu'elle se souvint enfin du véritable nom du père Eustache dont elle cherchait à se souvenir depuis une bonne demi-heure.

— Alain Longèves, le commissaire Alain Longèves !

Elle nota le nom sur un calepin afin de ne plus avoir à torturer ses neurones pour s'en souvenir.

— Comment savoir ce qui s'est réellement passé à Nantes, il y a plus de dix ans ? Comment savoir... OUI, Grosjean...

La jeune femme décrocha le téléphone et composa un code de trois chiffres. Elle attendit que l'on décroche.

— *Allô !*

— Marie-Claude, bonjour, c'est Mylène Plantier, je crois que ton mari est en repos aujourd'hui ?

— *Oui.*

— Peux-tu me le passer ?

— *Pas dans l'immédiat... il est au petit coin...*

— Oui d'accord !

— *Dès qu'il sort, je lui demande de te rappeler.*

— Merci Marie-Claude, juste une question : avant de venir à Montreuil, il me semble que Lionel était en poste en Loire-Atlantique ?

— *Effectivement, à Ancenis... Attends... je te le passe...*

Quelques secondes s'écoulèrent, des chuchotements, des bruits de pas retentirent.

— *C'est incroyable, impossible d'avoir un peu de temps libre dans cette caserne ! On croit pouvoir savourer son temps libre en toute tranquillité et le téléphone sonne ! J'aurai dû m'engager dans la police... Au fait tu n'es pas en vacances ?*

— Si, pourquoi ?
— *Je te pensais à l'autre bout de la France, au soleil !*
— Eh bien non, c'est raté !
— *Tu t'ennuies du boulot, Natacha ?*
— Non, je n'ai pas vraiment le temps de m'ennuyer, j'ai un truc à te demander.
— *Je t'écoute.*
— Tu étais bien en poste à Ancenis, il y a une dizaine d'années ?
— *Oui, dans la gendarmerie départementale.*
— Avais-tu des contacts avec la police urbaine de Nantes ?
— *Pas vraiment, et je ne suis pas resté longtemps en poste à Ancenis, trois ans, le temps de passer OPJ, et j'ai changé d'affectation. Pourquoi me demandes-tu cela, tu veux changer de région ?*
— Non, pas du tout, j'ai servi de taxi au père Pontchartrain qui souhaitait rendre visite à l'un de ses confrères à Amettes. C'est un village paumé tout près de Lillers. Le copain en question est un curé assez étonnant, c'est le prêtre exorciste du diocèse d'Arras. Il m'a longuement expliqué en quoi consistait sa mission, c'était très intéressant. Bref, il y a une dizaine d'années, il se trouvait à Nantes et a évoqué une série de meurtres non élucidés que l'on a attribués, à l'époque, à une secte satanique. En rentrant à la maison, j'ai cherché à en savoir un peu plus, en surfant sur Internet, mais je n'ai pas trouvé grand-chose ! En as-tu entendu parler ?
— *Non, cela ne me dit rien.*
Le gendarme Grosjean ne fut pas surpris, il connaissait l'implication de la jeune femme dans son métier et sa passion pour les affaires qui sortaient de l'ordinaire et sa curiosité pour tout ce qui touchait à l'ésotérisme depuis qu'elle fréquentait Pontchartrain.

— *Fais tout de même attention, à fréquenter ces curés, tu vas finir par prendre goût aux soutanes ! Je t'imagine bien en bonne sœur !*

— C'est malin !

— *Trêve de plaisanterie, j'avais sympathisé, à l'époque, avec un collègue de la BR de Nantes, on mangeait souvent ensemble, et on se voit encore de temps à autre, lorsque je redescends en Loire-Atlantique. Je vais l'appeler tout de suite et lui demander de te téléphoner dans la foulée. Ne bouge pas de chez toi !*

— OK, je te remercie !

— *Je l'appelle, à bientôt !*

— Attends Grosjean, j'ai autre chose à te dire ! Pontchartrain raconte à tout le monde que je ressemble à Natacha Henstridge, il paraît que tu es au courant.

Le gendarme éclata de rire et raccrocha.

Une demi-heure plus tard, la sonnerie du téléphone retentit dans l'appartement.

— Allô !

— *Je suis bien chez Mylène Plantier ?*

— Oui, c'est moi-même.

— *Bonjour, je suis le chef Meslay de la Brigade de Recherche de Nantes. Je me permets de vous appeler, comme convenu avec Lionel Grosjean. Je ne vous dérange pas au moins ?*

— Pas le moins du monde, je ne pensais pas que vous alliez appeler aussi rapidement, je vous en remercie.

— *Si j'ai bien compris ce que m'a expliqué Lionel, vous cherchez des informations sur une série de crimes ayant eu lieu il y a une dizaine d'années à Nantes ?*

— Oui, c'est exact. Grosjean vous l'a peut-être expliqué, ma démarche n'a rien d'officiel, ni de professionnel.

— *Je suis au courant, il m'a effectivement expliqué. Vous avez un copain curé passionné par le paranormal et qui vous a transmis le virus !*

— Ce n'est pas exactement cela, je ne suis pas un Fox Mulder au féminin. J'essaie de comprendre certains événements afin de pouvoir expliquer de manière rationnelle les faits divers qui semblent puiser leur origine dans l'irrationnel. Si vous voyez ce que je veux dire !

— *Je comprends votre démarche.*

— Cet ami a évoqué une série de meurtres dans la région de Nantes il y a un peu plus de dix ans. Les victimes appartenaient au monde de la nuit. Le ou les coupables n'auraient pas été arrêtés.

— *Je ne vois pas ! L'enquête avait-elle été confiée à la gendarmerie ?*

— Non, je ne crois pas, plutôt à la police ! Si je me souviens bien le commissaire chargé de l'enquête se nommait Alain Longèves.

— *Ce nom me dit quelque chose... Oui, je me souviens... Il avait été sérieusement blessé en tentant d'arrêter le meurtrier. Il ne s'en est pas remis et a quitté la police peu après.*

— Savez-vous ce qu'il est devenu ?

— *Non, pas du tout. Il me semble que c'était l'affaire Berval, du nom de l'une des premières victimes. Je n'ai pas trop d'informations sur cette affaire. À l'époque, le courant ne passait pas trop entre la brigade criminelle chargée de l'enquête et les unités de recherche de la gendarmerie. Tout ce dont je me souviens, je l'ai lu dans la presse ou bien j'en ai entendu parler. En tout cas, ces crimes ont défrayé la chronique ! Plusieurs jeunes garçons et jeunes filles auraient été saignés à mort.*

— Des malades qui se prenaient pour des vampires ?

— *C'est ce qui s'est dit. L'enquête s'est orientée vers les milieux satanistes et gothiques.*

— Personne n'a été placé en garde à vue ?

— *Personne ! Aucune piste n'a abouti ! Et puis, du jour au lendemain, plus rien !*

— Vous souvenez-vous des dates ? Le premier crime, le dernier crime ?

— *Si je me souviens bien, la première victime a été découverte en fin d'année 1995 et la dernière juste avant l'été, en 1996.*

— Il y a eu neuf victimes, je crois.

— *Oui, effectivement. Vous voyez, vous en savez autant que moi ! Je ne vous suis pas d'un grand secours.*

— Bien au contraire, vos précisions me permettent de mieux cerner l'affaire. Et le commissaire Longèves ?

— *Que voulez-vous savoir ?*

— Vous le connaissiez ?

— *Personnellement non, de réputation oui ! C'était un bon flic, efficace, pugnace, méthodique.*

— Un peu illuminé, non ?

— *Pas du tout, bien au contraire ! Dans les milieux autorisés, on pensait qu'au moment de son agression, il était sur le point de coincer l'assassin. Je ne peux pas vous en dire plus, je n'en sais pas plus... Et je vois mon collègue qui me fait signe... Je dois vous abandonner. N'hésitez pas à me rappeler si vous avez besoin d'autres renseignements.*

— Je vous remercie, c'est déjà bien.

— *Eh bien au revoir, excusez-moi encore.*

— Au revoir et merci !

Mylène resta cinq bonnes minutes à réfléchir sur les quelques informations transmises par le gendarme. Elle se dirigea vers son ordinateur et lança une recherche sur l'affaire Belval, sans grand résultat. Elle consacra ensuite une grande partie de l'après-midi à étudier la copie des quelques rapports sur le triple meurtre du stade Bollaert, que le commissaire Verdier avait transmis au père Eustache. Elle relut certains paragraphes à plusieurs reprises, certains détails lui paraissaient encore nébuleux.

La nudité du journaliste et du jeune footballeur ne collait pas trop avec le contexte. Mylène n'avait jamais fait l'amour dans des toilettes d'un lieu public, encore moins dans celles d'un stade de football durant un match, mais elle n'imaginait pas que l'on puisse se dévêtir entièrement, à moins de rechercher l'excitation que peut provoquer le risque d'être découvert. Là, le risque était maximal. Malgré tout, si c'était le cas, où étaient passés les vêtements ? Le ou les tueurs les avaient emportés, pourquoi ? Cela sentait à plein nez la mise en scène ! Avait-on délibérément utilisé l'homosexualité de Jacques Fulcato pour brouiller les pistes ? D'autre part, les papiers des deux victimes en question devaient se trouver dans les poches des vêtements, personne n'avait fait allusion à ce détail. Comment avaient-ils été identifiés ? Au bout de combien de temps ? Elle se promit de poser la question au père Eustache.

Un autre détail la troublait : Maurice Gérard avait été projeté sur le mur et le choc lui avait défoncé la boîte crânienne, un choc d'une puissance incroyable. Seulement, les traces de sang sur le mur se trouvaient à presque deux mètres de hauteur. Les agresseurs devaient être de solides gaillards, de vrais colosses ! Il lui paraissait invraisemblable que personne ne l'ait remarqué ! Elle imagina une multitude de complicités ce qui aboutissait à une hypothèse qui la dépassait totalement. Elle imagina des scénarii qui aboutissaient inévitablement à un crime organisé, à un complot, ce qui ne tenait pas la route. Finalement, l'explication du père Eustache, la moins rationnelle mais la plus plausible techniquement ne paraissait plus aussi absurde qu'elle en avait l'air, cela lui fit froid dans le dos.

Elle s'attarda ensuite longuement sur le rapport du légiste qui évoquait les fameuses traces de dents dans le cou du jeune Laurent. L'allusion était fort courte et indiquait uniquement la fraîcheur de la cicatrisation.

La violence d'un coup de vent et les claquements qui lui succédèrent firent sursauter la jeune femme. La nuit tombait, elle se leva et alluma la lumière du salon. Mylène frissonna, réaction épidermique non pas provoquée par la fraîcheur nocturne qui glisse sur la peau et la griffe, mais par un sentiment trouble qui lui glaça l'âme, cette crainte ancrée dans les gènes depuis la nuit des temps qui se réveille parfois chez le plus cartésien des cartésiens confronté à un mystère qui le dépasse, l'angoisse de l'adolescente qui, pour la première fois, se livre au spiritisme. Elle se leva et composa le numéro de téléphone du père Eustache à Amettes. Elle laissa sonner durant près d'une minute, les deux prêtres n'étaient pas encore rentrés. Logique, l'horloge indiquait qu'il était à peine 17 heures. Le moindre bruit la saisissait, elle n'arrivait plus à maîtriser l'angoisse qui la prenait à la gorge. Elle regretta d'avoir laissé son pistolet dans le fond du sac de voyage.

Mylène se leva du canapé, se rendit dans la cuisine et but un grand verre d'eau. Il était inutile de rester plus longtemps. Elle ramassa les documents qu'elle glissa dans une pochette. Elle enfila son blouson et sortit.

Elle effectua le trajet en un temps record. Course poursuite contre le temps absolument inutile puisque les deux religieux n'étaient toujours pas rentrés lorsqu'elle stationna, comme à son habitude, la Golf noire devant la fenêtre. Elle alluma l'autoradio pour passer le temps. Une chanson et deux plages publicitaires plus tard, l'animateur présenta la météo du lendemain puis céda la parole au journaliste de service qui annonça les titres des informations de la soirée. Les pulsations cardiaques de Mylène s'accélérèrent brutalement :

« Rebondissement de dernière minute dans l'affaire du triple meurtre du stade Bollaert à Lens, le SRPJ de Bordeaux vient de placer en garde à vue trois supporters girondins. »

— Oh pétard ! s'écria-t-elle.

Elle augmenta aussitôt le volume. Une trentaine de secondes plus tard, la voix grave, presque solennelle, développait le premier des sujets.

La solution de l'une de ses interrogations du début d'après-midi fut dévoilée. Les papiers de Jacques Fulcato ainsi que de Laurent Suger avaient disparu avec les vêtements et... la carte bancaire du journaliste venait de réapparaître cinq jours plus tard. Quelqu'un l'avait utilisée aujourd'hui même pour tirer de l'argent dans un distributeur près de Mérignac. Une heure plus tard, elle servait à payer des achats dans un magasin du centre-ville de Bordeaux. L'intervention ultra-rapide de la police avait permis l'arrestation du possesseur de la carte bancaire. L'individu, petit délinquant au casier judiciaire bien chargé, et supporter des Girondins de Bordeaux, se trouvait dans les tribunes du stade Bollaert le jour du meurtre avec deux amis qui, eux aussi, furent placés en garde à vue. Le journaliste concluait en précisant qu'il était encore trop tôt pour se prononcer sur la culpabilité des trois hommes et changea aussitôt de sujet.

Mylène passa une dizaine de minutes à changer de fréquence pour tenter de grappiller de nouvelles informations sur d'autres radios, mais en vain. C'est à ce moment que les phares d'une voiture arrivant en face s'immobilisèrent juste devant elle et l'éblouirent. Ils s'éteignirent brutalement plongeant la jeune femme dans un gouffre d'obscurité. Deux silhouettes s'extrairent du véhicule. Elle reconnut les deux prêtres. Elle coupa la radio et sortit à son tour.

— Bonjour Mylène, tu nous attends depuis longtemps ? lança Alexis Pontchartrain tandis que le père Eustache ouvrait la porte de son domicile.

— Quelques minutes ! Avez-vous écouté les dernières informations à la radio ?

— Nous n'avons pas la radio dans la voiture, précisa le père Alexis.

— Entrez tous les deux, on sera mieux à l'intérieur pour parler.

Mylène les suivit dans le salon.

— La police vient d'arrêter les auteurs du triple meurtre à Bordeaux ! Il s'agit vraisemblablement d'un crime crapuleux.

Elle leur raconta ce qu'elle venait d'entendre un peu plus tôt.

— Ils ne passeront pas aux aveux pour la bonne raison qu'ils ne sont pas coupables ! se contenta de répondre le prêtre exorciste.

— Alexis, voudrais-tu allumer la radio ?
— Bien sûr !
— Vous n'avez pas de téléviseur ?
— Non, nous n'en avons pas !

Le vieux prêtre disparut vers la cuisine et revint avec un vieux transistor qui datait d'une bonne vingtaine d'années. Il tourna le bouton jusqu'à ce qu'il tombe sur une station présentant en continuité les événements de l'actualité. Le journaliste répéta au mot près ce que Mylène avait entendu, laissant entendre, cette fois-ci, que la police était persuadée de tenir les coupables du triple crime.

— Ils vont bientôt les relâcher faute de preuve, je leur donne deux ou trois jours, peut-être un peu plus !

commenta l'ancien commissaire de police. Je suis persuadé que les trois types sont tombés sur les effets de Fulcato et Suger que l'assassin avait abandonnés dans une poubelle ou dans un buisson, à l'extérieur du stade. Ils ont piqué la carte bancaire, le fric, et ont filé! De toute manière, les supporters des équipes visiteuses sont cantonnés sur la gauche de la tribune Tony Marek, tout près de la Trannin, et il n'y a aucun moyen de parvenir à changer de tribune, il est impossible de franchir les barrières.

— À moins que les trois Bordelais soient venus à titre individuel et aient acheté des places dans la tribune Trannin.

— Évidemment, mais j'en doute. Ils ne tarderont pas à prouver leur innocence. Pour le reste, c'est un menu larcin, ils ne risquent pas lourd!

Alexis Pontchartrain désigna le transistor:

— Je peux?

— Oui, c'est bon!

Il éteignit l'appareil et ajouta:

— Je vous abandonne, je vais préparer le dîner.

Mylène attendit qu'il soit parti et demanda:

— Je vous trouve bien sûr de vous!

— Vingt ans de carrière, dix années de méditation! L'expérience et le temps de la réflexion! Ces trois hommes sont innocents et l'assassin court toujours!

— Vous parlez de l'assassin, admettons que vous ayez raison, mais comment a-t-il pu sortir du stade avec les effets des deux hommes?

— Le service de sécurité fouille à l'entrée mais pas à la sortie! Sinon, où en êtes-vous de vos investigations?

La jeune femme raconta et commenta la discussion qu'elle avait eue avec son collègue de la brigade de recherche d'Arras.

— Reste à savoir ce qu'il faisait en pleine nuit sur le parking du mémorial canadien ! conclut-elle.

— Je n'ai aucun doute sur la moralité de Vernier, c'était un type bien, sans vices. Il n'était pas homosexuel et vivait paisiblement. Je ne lui connaissais pas de mauvaises fréquentations.

— C'était il y a dix ans. Peut-être a-t-il changé depuis ?

— C'est impossible ! Je suis certain que le rendez-vous avait un lien avec le triple crime, mais avec qui avait-il rendez-vous ?

Il marqua un temps d'arrêt.

— C'est lui, l'assassin de Bollaert, qui a également tué Vernier ! Richard devait avoir découvert un élément important, c'est ce qu'il m'avait laissé sous-entendre au téléphone, hier matin...

Le père Eustache se laissa aller et jura.

— Excusez-moi, la mort de cet homme me touche plus que vous ne pouvez l'imaginer. On va lui mettre la main dessus à ce salaud !

Il se leva et sortit de la pièce la larme à l'œil. Il revint cinq minutes plus tard. Il s'excusa une nouvelle fois et reprit sa place dans le fauteuil. La voix du père Alexis résonna dans la salle à manger :

— C'est prêt, vous pouvez passer à table !

Ils se levèrent sans un mot et s'installèrent en silence devant leur assiette respective. Le vieux religieux brisa la glace :

— J'ai entendu le début de la conversation avant que l'eau des pâtes ne commence à bouillir, j'ai cru comprendre que tu avais pu t'entretenir avec les gendarmes chargés de l'enquête, ont-ils pu t'éclairer sur les circonstances de la mort du commissaire ?

Mylène répéta ce qu'elle avait expliqué quelques minutes plus tôt. Le père Eustache resta silencieux, plongé dans ses pensées les plus sombres, laissant Alexis Pontchartrain exposer le résultat de leur journée.

— Le voyage en Normandie, chez la mère de ce pauvre Vernier, n'a rien donné. Nous avons réconforté la malheureuse femme qui ne nous a pas appris grand-chose. Son fils lui rendait visite en moyenne une fois par mois, lorsque son travail le lui permettait. Ils avaient prévu de se voir la semaine prochaine. Ils se téléphonaient souvent, mais le dernier appel remontait à avant le triple meurtre.

— Avait-il de la famille en dehors de sa mère ?

— Des cousins dans le Centre de la France, du côté de Montluçon avec qui il n'avait pas de relations suivies. Un coup d'épée dans l'eau !

— Pas du tout ! releva Eustache qui redressa sa grande carcasse et lissa sa longue barbiche. Il exhiba un trousseau de clefs. Richard Vernier avait laissé le double des clefs de son appartement à sa mère. Elle me les a données, ainsi que son adresse précise à Rouvroy.

— Je pensais qu'il vivait à Lens !

— Rouvroy est une ancienne cité minière à deux pas de Lens. Richard m'avait laissé son numéro de portable mais il ne m'avait pas précisé où il vivait. J'ai bien essayé de chercher sur l'annuaire et sur Internet, mais en vain. Il devait être sur liste rouge.

Mylène se leva brutalement, repoussant sa chaise qui bascula en arrière et tomba sur le sol.

— Les collègues d'Arras n'avaient pas encore reçu la commission rogatoire leur permettant de visiter le domicile de Richard Vernier. Ils ont prévu de le faire demain. Nous allons prendre les devants !

— C'est-à-dire ? demanda Alexis.

— C'est-à-dire que nous allons aller fouiller chez Richard Vernier !

— Nous n'avons pas le droit !

— Bien sûr que non ! Est-ce un problème ?

Alexis se tourna vers le père Eustache et le regarda avec étonnement.

— Je vais me changer, lança Mylène, je vous conseille d'en faire de même, il vaut mieux être à l'aise si nous avons à piquer un cent mètres !

La jeune femme monta dans sa chambre et ouvrit le sac de voyage. Elle enfila un vieux jean gris foncé et un pull à col roulé de la même teinte puis se débarrassa de ses baskets fluo au profit d'une paire de kickers noirs. Elle fouilla au fond du sac et sortit le pistolet automatique de son emballage. Elle introduisit un chargeur et glissa l'arme sous la ceinture du pantalon, dans le dos. Elle éteignit la lumière et regagna la salle. Les deux religieux l'attendaient. Ils ne s'étaient pas changés mais leur tenue noire faisait parfaitement l'affaire.

— Que proposez-vous ? demanda Eustache.

— Nous allons prendre votre voiture et nous rendre à Rouvroy. Il vaut mieux utiliser votre véhicule, je ne tiens pas à prendre de risques sur ce coup-là, ma voiture est trop reconnaissable ! Nous resterons stationnés à proximité de chez Vernier de manière à étudier les lieux. Alexis, vous resterez dans la voiture et ferez le guet. Avez-vous votre portable ?

— Oui.

— Fort bien, il faudra nous appeler en cas de visite impromptue ! Je réglerai le mien de manière à ce qu'il ne sonne pas et se contente de vibrer.

— Cela risque d'être dangereux, si j'aperçois l'assassin ?

— Si vous apercevez Dracula, vous téléphonez ! Nous lui tomberons dessus !

Mylène sortit le Sig Sauer et le remit immédiatement en place sous le pull.

— Il vaut mieux prendre ses précautions.

Frère Eustache sortit de son mutisme :

— Il n'est pas question qu'Alexis nous accompagne, je ne veux pas prendre ce risque ! Nous avons tous les deux l'expérience de ce genre d'aventure, ce qui n'est pas son cas, il restera ici ! Quant à vous, je vous trouve complètement inconsciente d'avoir apporté votre arme de service !

— Ce n'est pas mon arme de service, c'est un cadeau qui provient d'un stock d'armes confisqué par la prévôté française au Kosovo, ce pistolet n'existe pas, le numéro a été effacé. Je tiens à vous préciser que je sais parfaitement m'en servir !

— Pour cela, je vous fais confiance. Par contre, Alexis, tu boucleras portes et fenêtres derrière nous. Si quelqu'un cherche à s'introduire dans la maison, tu sais ce que tu as à faire ! Appelle tout de même la gendarmerie après ! Surtout ne prends aucun risque !

— Cela m'embête tout de même de vous laisser y aller seuls ! répondit le vieux prêtre qui se dirigea vers un placard mural.

Il ouvrit la porte et sortit un fusil de chasse. Il cassa le double canon et vérifia la position des deux cartouches.

— De la bonne vieille chevrotine à sanglier ! commenta-t-il.

— Faites tout de même attention, ce n'est pas un jouet !

— Nous prendrons bien soin de sonner en rentrant.

Le père Eustache enfila un vieux manteau noir et se coiffa d'un bonnet de la même couleur. Son allure avait quelque chose d'inquiétant. La longiligne et sombre silhouette se glissa au volant de la voiture familiale. Ils prirent la direction de Lillers et gagnèrent l'autoroute A 26 à la sortie de Burbure.

L'engagement de Mylène dans cette aventure se teintait encore d'incertitude. Ce qui la dérangeait tout particulièrement, c'était l'absence d'éléments concrets et l'inconcevable support sur lequel s'appuyait la logique des deux religieux.

Le père Eustache avait évoqué la mystérieuse affaire de Nantes vieille de plus de dix années, sans apporter aucune preuve de ce qu'il avançait. Les doutes du malheureux commissaire Vernier ne reposaient que sur des suppositions et la police bordelaise venait de placer trois suspects en garde à vue. Restait l'assassinat du policier. Encore fallait-il que le motif de sa mort soit directement lié à l'enquête qu'il menait ! Si la visite nocturne n'apportait rien de plus et si les investigations des gendarmes d'Arras n'établissaient pas de liens entre les deux affaires, la jeune femme s'était promise de tout laisser tomber, de rentrer chez elle et de filer en vacances, le plus loin possible du Pas-de-Calais.

Elle se tourna vers le père Eustache qui fixait la route, les mains crispées sur le volant, et dont le crâne luisant, libéré du bonnet, frottait le plafond à chaque aspérité sur la voie. Elle jeta un œil sur le compteur qui lui confirma que la vieille voiture roulait à peine à quatre-vingt-dix kilomètres à l'heure.

— Elle ne peut aller plus vite, et de toute manière, nous avons tout notre temps !

Mylène attendit quelques secondes et déclara :

— J'ai passé une partie de ma soirée à surfer sur Internet, et j'ai lu tout ce que je pouvais trouver sur les vampires. Je ne peux qu'avoir une approche rationnelle de la question. Or, certains chercheurs pensent que le mythe du vampire peut s'expliquer de manière scientifique. Pour un biochimiste canadien dont j'ai oublié le nom, le vampirisme serait lié à une étrange maladie : la porphyrie. Les malades atteints de cette affection ne supportent pas la lumière, et la rétractation de leurs gencives fait ressortir les canines. Je crois qu'ils ont un problème d'hémoglobine et que l'un des traitements consiste à boire du sang d'animal. D'autres théories évoquent la rage, la folie furieuse qu'elle provoque, l'hypersensibilité à la lumière, la rétractation des lèvres, etc. Je suis également tombée sur un site qui évoquait les différentes étapes dans la folie, je ne sais plus le nom de cette maladie mentale, il s'agit de dérangés qui gouttent au sang humain et en deviennent dépendants, de l'automutilation jusqu'au meurtre. Tous ces éléments m'incitent à penser qu'il y a dix ans, à Nantes, vous avez eu affaire à l'une de ces pathologies. Ce qui est peut-être aussi le cas aujourd'hui à Lens, bien que rien ne prouve que les traces de morsures dans le cou du jeune homme aient un lien avec sa mort. Qu'en pensez-vous ?

— Je pense que je ne vous ai jamais dit que le meurtrier était un vampire !

— Vous l'avez sous-entendu !

— Pas du tout ! Si cela avait été le cas, vous ne seriez pas là ce soir, vous m'auriez cru encore plus fou et auriez fui à toutes jambes.

— C'est vrai.

— Ma seule certitude se résume à ce que le criminel que j'ai traqué à Nantes était possédé par le démon et que sa force et son intelligence sortaient de l'ordinaire. Bien sûr, je ne peux le prouver, je l'ai simplement ressenti mais avec une telle puissance...

— Enfin, vous avez dit vous-même que la totalité des victimes portaient des traces de morsures dans le cou et que certaines avaient été vidées de leur sang !

— Oui, vous avez raison, ce qui prouve que nous sommes face à un véritable démon incarné. C'est tout ce que je peux dire...

— Les vampires sont des démons qui se nourrissent du sang de leurs victimes.

— Oui, vous avez encore raison, mais que sait-on ? Pas grand-chose ! Les vampires sont très à la mode depuis quelques décennies en littérature, au cinéma, etc. Ils ont été imaginés de bien des façons, ils se comportent de bien des manières. Vous avez pu vous en rendre compte en visitant tous ces sites qui ne font que se copier les uns les autres. Les vampires sont même devenus les héros d'une multitude de jeux qui les ont adaptés à leurs propres règles. J'ai, quant à moi, longuement étudié la démonologie sous toutes ses formes et dans le cas présent, à quoi avons-nous affaire ? Vous l'avez dit, à une créature qui vide le sang de ses victimes ! J'exclus d'emblée vos hypothèses scientifiques qui ne peuvent expliquer le problème auquel nous sommes confrontés. Voyageons dans le temps, plongeons-nous dans la Bible, le texte des textes. Il y est écrit noir sur blanc que Lilith buvait le sang des hommes. Plus généralement, dans toutes les religions, on évoque la consommation sacrée du sang humain : dans la Grèce antique ou bien encore en Inde avec la déesse Kali, et chez les Mayas. Et puis, tous ces guerriers qui s'abreuvaient du sang de leurs adversaires. Plus près de nous, je me rappelle de ce bon bol de sang frais que l'on prescrivait aux anémiques. Tout cela pour vous expliquer que la consommation de sang est une constante que l'on retrouve dans l'histoire de l'humanité sous un prétexte sacré ou profane. C'est pour cette raison que mes collègues ont privilégié la théorie d'une secte d'illuminés.

Le père Eustache s'arrêta de parler le temps de doubler un camion qui roulait à 70 km/h. Il attendit de s'être rabattu avant de poursuivre :

— Notre démarche à Vernier et à moi-même fut différente : nous avions jaugé la force herculéenne de l'assassin et sa résistance aux balles. Nous étions seuls, personne ne nous a crus. Peut-être portait-il un gilet pare-balles, me direz-vous ? Peut-être, je ne sais pas ! Moi, j'ai senti son souffle dans mon cou, j'ai senti les portes de l'enfer s'entrouvrir. C'est un démon !

— Encore faut-il croire aux démons ! On pourrait rétorquer que vos convictions religieuses ont influencé votre perception de l'incident ! D'ailleurs, vous êtes entré dans les ordres peu de temps après.

— On pourrait ! Tout comme je pourrais vous dire : un être qui suce le sang de ses victimes, qui possède une force colossale et qui résiste aux balles, ce ne peut être qu'un vampire ! Mais je ne le dis pas, je pense simplement avoir affaire à un être malfaisant possédé par le diable dont on connaît la puissance et le vice ! D'autre part je me suis longuement interrogé sur le motif de cet acte, et vous vous êtes certainement posé aussi le problème : pourquoi a-t-on vidé le sang de ces malheureux ? Le renouvellement du sang est un thème lié à l'immortalité, l'éternelle jeunesse et ce n'est pas nouveau. Le poète Ovide aborde la question dans *Les Métamorphoses* avec l'épisode des soins donnés par Médée au père de Jason, sans compter les pratiques similaires que l'on prêtait à Louis XI et au pape Innocent VIII. Avez-vous entendu parler de la comtesse Bathory ?

— Oui, depuis hier soir, j'ai lu pas mal de choses sur elle ! C'est une comtesse hongroise qui aurait saigné et sacrifié des centaines de jeunes filles pour préserver sa jeunesse et sa beauté. Il faut se méfier des Hongrois, c'est ce qui se dit dans certains syndicats de police !

— Que voulez-vous dire ?

— Rien, c'est une digression, une plaisanterie !

La voiture passa devant un panneau indiquant une sortie. Mylène eut vaguement le temps de lire ce qui était indiqué :

— Sortie numéro six point un, dans deux kilomètres, direction Lens, nous sommes presque arrivés !

— Pas encore, nous prenons la prochaine, je n'ai pas envie de traverser Lens et toute sa banlieue. Il vaut mieux prendre la numéro sept et sortir à Thélus, la route est directe pour Rouvroy.

— Vous êtes déjà venu ici ?

— Oui, à plusieurs reprises, pour traquer le Malin dans les corons !

Le reste du trajet se fit dans le silence. La vieille Citroën sortit à l'échangeur de Thélus, contourna Vimy et prit la direction d'Avion sous l'ombre inquiétante de la crête sur laquelle se dressait l'imposant monument édifié en mémoire des soldats canadiens tombés au champ d'honneur en 1917. À l'entrée d'Avion, le père Eustache tourna à gauche et s'engagea sur la route départementale quarante qui contournait Méricourt et menait droit à Rouvroy. Dès que les premières maisons apparurent, Mylène demanda :

— Savez-vous où nous allons ?

— Bien évidemment, 43 boulevard de la Fosse 22. Je suis, tout comme vous, un fervent utilisateur d'Internet. J'ai téléchargé le plan de Rouvroy ; l'ancienne cité minière n'a plus de secrets pour moi.

Les silhouettes des habitations s'égrainèrent le long de la route, dénotant une architecture chaotique où se mélangeaient d'anciens corons, des pavillons plus récents et de crasseux immeubles à trois ou quatre étages qui respiraient la misère et l'abandon.

Le véhicule tourna à gauche et s'engagea dans une vaste voie, le long de laquelle s'alignaient de petites maisons de briques, identiques et dérisoires témoignages d'un passé laborieux et glorieux qui dégoulinait de sueur et de poussières de charbon. Le père Eustache stationna la Citroën, arrêta le moteur et coupa les phares. Il désigna l'une des habitations.

— Le numéro 43, c'est ici !

— Je n'imaginais pas le commissaire Vernier vivre dans un coron, je le voyais plutôt dans un appartement cossu en plein centre-ville. Quelle idée de venir vivre dans un bled pareil ! La nuit c'est sinistre, mais je soupçonne que le jour, cela ne doit pas être mieux !

— Chacun voit midi à sa porte ! se contenta de répondre le prêtre.

Ils attendirent une dizaine de minutes, observèrent la rue, les maisons, les voitures alignées le long du trottoir, cherchant une présence humaine. La pluie recommença à tomber. Il n'y avait âme qui vive.

— Allons-y !

Ils sortirent de la voiture et fermèrent les portières le plus discrètement possible, sans les claquer. Ils s'approchèrent du coron. Eustache jeta un dernier coup d'œil aux alentours, puis il sortit la clef et ouvrit la porte. Ils entrèrent et refermèrent immédiatement derrière eux. Ils sortirent chacun une lampe torche qu'ils allumèrent. Le couloir dans lequel ils se trouvaient donnait sur un escalier qui menait à l'étage supérieur.

Ils explorèrent rapidement le rez-de-chaussée composé d'une salle à manger salon, d'une cuisine à l'arrière de la maison et d'une salle de bains attenante dans une partie ajoutée du bâtiment. La cuisine aux plans de travail encombrés par les vestiges de plusieurs repas, donnait sur un jardin dont l'obscurité ne permettait pas d'en définir les limites.

— Il n'y a rien d'intéressant, souffla le père Eustache, le bureau de Vernier doit se trouver au-dessus.

Ils revinrent dans le couloir et grimpèrent l'escalier. L'étage se composait de deux pièces : la chambre à coucher et une autre chambre que le policier avait aménagée en lieu de travail.

Mylène et le religieux commencèrent à fouiller, cherchant en priorité à mettre la main sur le carnet de rendez-vous du commissaire Vernier. Une étagère fixée au mur, supportait miraculeusement une pile de dossiers, plus volumineux les uns que les autres. La jeune femme prit le temps de lire les titres qui figuraient sur la tranche. Aucun ne correspondait à l'affaire du triple crime du stade Bollaert.

Le père Eustache, quant à lui, avait entrepris d'examiner tous les papiers qui traînaient sur le bureau. Il s'attaqua ensuite aux tiroirs ainsi qu'aux autres lieux de rangement sans trouver le moindre document intéressant, le moindre indice.

— Je vais dans la chambre fouiller la penderie, le carnet se trouve peut-être dans la poche d'un autre veston, on ne sait jamais !

Le prêtre acquiesça d'un signe de tête. Il resta dans le bureau et continua ses recherches.

Mylène s'apprêtait à ouvrir l'armoire, lorsqu'elle entendit un léger craquement dans l'escalier. Elle s'immobilisa et tendit l'oreille : d'autres petits bruits similaires retentirent à intervalles réguliers. Quelqu'un gravissait les marches, ils avaient de la visite. Elle éteignit la lampe torche, se saisit de son pistolet et avança lentement vers la porte, brandissant les deux objets à bout de bras.

La faible lueur virevoltante de la lampe du prêtre dans l'autre pièce lui permit d'apercevoir une ombre furtive qui se glissait sur le palier. Elle appuya sur l'interrupteur de la torche. La lumière jaillit, emprisonnant l'intrus dans un halo de lumière.

— Les mains en l'air ! On ne bouge pas !

La silhouette s'extirpa du piège lumineux et se jeta dans l'escalier dont elle dévala les marches quatre à quatre.

— Ne tirez pas ! Surtout ne tirez pas ! hurla le père Eustache.

Mylène se précipita vers l'escalier qu'elle éclaira, apercevant le dos du visiteur avant que celui-ci ne disparaisse.

Elle se lança à sa poursuite et dévala à son tour l'escalier. La porte de la cuisine qui donnait sur le jardin claqua. La jeune femme traversa la pièce en trois foulées et balaya l'arrière de la maison de sa torche : rien.

L'intrus avait réussi à prendre la fuite.

Le prêtre surgit à son tour derrière elle.

— Il a filé dans le jardin ! Regardez, la porte a été forcée !

Plusieurs lumières s'allumèrent çà et là. Un chien commença à aboyer, imité par un second, puis un troisième.

— Éteignez votre lampe et filons nous aussi avant d'attirer l'attention !

Mylène referma la porte de la cuisine, et suivit le prêtre dans le couloir. Le religieux ouvrit la porte d'entrée et jeta un rapide coup d'œil aux alentours.

— C'est bon, il n'y a personne.

Ils sortirent discrètement, donnèrent un tour de clef et gagnèrent la voiture. Deux minutes plus tard, ils quittaient Rouvroy.

Le père Eustache jeta son bonnet sur la plage avant et augmenta la vitesse des essuie-glaces.

— Mince, on l'a manqué d'un rien ! fit Mylène.
— Quelle importance !
— Attendez ! On le tenait presque !

— Vous pensiez le tenir, il vous a vu venir ! Moi, il ne m'avait pas vu. J'avais senti sa présence et je l'attendais dans l'obscurité. Sans votre intervention, je le coinçais ! J'ai même cru, l'espace d'un instant, que vous alliez lui tirer dessus.

— Je n'allais pas tirer.

— Il faut éviter les sommations d'usage, vous n'êtes pas en service. Il aurait mieux fallu lui tomber dessus !

— On ne savait pas à qui on avait à faire ! C'est dommage qu'il ait réussi à filer.

— Je le répète, cela n'a pas d'importance !

— Tout de même. J'ai à peine vu son visage. C'est un homme d'une vingtaine d'années.

— Vous ne pensez quand même pas qu'il s'agissait de l'assassin ? Si cela avait été le cas, nous ne l'aurions pas entendu venir, et serions certainement morts à l'heure qu'il est ! Il ne s'agissait certainement que d'un vulgaire cambrioleur amateur !

— Enfin, cambrioler la maison d'un commissaire de police, deux jours après son assassinat, alors que nous sommes déjà dans les lieux à la recherche du carnet d'adresses de la victime, vous ne trouvez pas cela éloquent de coïncidence !

— Peut-être, de toute façon, nous n'avons pas réussi à lui mettre la main dessus.

— Bref, nous sommes venus pour rien !

— C'est vous qui le dites.

— Que voulez-vous dire ?

— J'ai trouvé le carnet, déposé tellement en évidence sur le bureau que, dans un premier temps, nous sommes passés devant lui sans le voir. Vernier avait rendez-vous avec un certain Dominique Douchy, vous connaissez ?

— Ce nom ne me dit rien ! Dominique, cela peut-être aussi une femme.

— On cherchera sur Internet en rentrant.
— Avez-vous pris le carnet ?
— Bien sûr, afin de le passer au crible, nous y découvrirons peut-être d'autres pistes à explorer.
— Vous auriez pu le laisser sur place, afin de laisser mes collègues explorer la même piste, ou les mêmes pistes. Nous aurions eu une longueur d'avance sur eux. D'autre part, en laissant le carnet, nous aurions éliminé de leur esprit l'idée que le cambriolage ait pu avoir un rapport avec la mort de Vernier. Ils vont fatalement se poser des questions quand ils découvriront que la serrure de la porte de la cuisine a été forcée.
— Ne vous inquiétez pas pour eux. De toute manière la police tient ses suspects à Bordeaux et vos collègues ne tarderont pas à mettre la main sur une petite frappe qui aurait pu vouloir se venger de Vernier pour une raison ou une autre. Je ne les crois pas capables de faire le lien entre les meurtres et de résoudre ces affaires. Nous sommes seuls sur le coup, Mylène !
— Si vous le dites !

Le retour vers Amettes s'effectua beaucoup plus rapidement qu'à l'aller. Le père Eustache, certainement grisé par le déroulement de la visite nocturne chez le commissaire Vernier, appuya allégrement sur la pédale d'accélérateur. La vieille Citroën dépassa les 120 km/h à plusieurs reprises. Cela devait être une grande nouveauté pour le moteur et la carrosserie qui entamèrent une sonate faite de sifflements et de grincements, rythmée par le claquement régulier de la pluie sur le toit et les carreaux.
— Il y a un détail qui me préoccupe depuis hier : comment Jacques Fulcato et Laurent Suger ont-ils été identifiés alors qu'ils n'avaient aucun papier sur eux puisqu'ils étaient nus ?

— Je me suis posé la même question, Vernier m'a donné la réponse : le premier nommé, journaliste de son état, comme nous le savons, était connu des policiers qui l'ont reconnu, et le second a été identifié par l'un des agents de sécurité qui l'avait rencontré à la Gaillette.

— La Gaillette ?

— Le centre d'entraînement du Racing Club de Lens qui accueille également le centre de formation où le jeune homme était pensionnaire. Vous ne vous intéressez pas au football ?

— J'aime le sport en général. Je connais les règles du football, mes collègues de travail ne cessent de me rabâcher les oreilles avec le championnat de France ou les championnats européens et je me laisse parfois aller à regarder des matchs à la télévision. Cependant, je suis plus portée sur les sports individuels.

— L'athlétisme par exemple.

— Je vois que vous êtes bien renseigné, et je sais de qui vous tenez toutes ces informations.

— Il ne m'a pas tout dit, chacun doit conserver une part d'ombre sur son existence, vous ne croyez pas ?

— Si, bien sûr. J'ignorais par exemple que le père Pontchartrain avait combattu en Indochine avant d'entrer dans les ordres.

— C'est une période de sa vie qu'il n'aime pas évoquer. Je comprends tout à fait sa discrétion. Tout comme il ne m'a jamais parlé de votre vie privée.

— Il aurait pu difficilement le faire, je n'ai pas de vie privée, je n'ai pas le temps d'en avoir une.

— Je connais, j'ai vécu la même situation.

Le religieux sentit que la jeune femme ne souhaitait pas s'éterniser sur la question. Il changea de sujet de conversation :

— Il y a encore un détail, dans cette affaire, que je ne m'explique pas : que faisaient Jacques Fulcato et le jeune Laurent Suger dans le périmètre de la tribune Trannin ? Pourquoi se sont-ils rencontrés dans l'enceinte du stade Bollaert ? Nous en avions parlé avec Vernier, il ne croyait pas au rendez-vous galant : pour lui, la nudité des victimes n'était qu'une mise en scène destinée à lancer les enquêteurs sur une fausse piste !

— Les activités professionnelles des deux hommes peuvent peut-être nous indiquer la direction à suivre. On peut imaginer que le jeune homme avait des révélations à faire au journaliste, des révélations sur le Racing Club de Lens.

— D'accord, mais pourquoi se rencontrer au stade Bollaert ?

— Les révélations avaient peut-être un lien avec l'univers du football, avec le club de Lens ?

— Peut-être, mais les stades de football ne font pas partie des territoires de chasse du prédateur. Nous n'avons relevé, à Nantes, aucune victime dans ou à proximité du stade de la Beaujoire !

— Les corps ont pourtant été découverts dans les toilettes du stade Bollaert et l'une des victimes avait un lien direct avec le club !

— C'est vrai, et nous en saurons peut-être un peu plus demain.

— Pourquoi ?

— Nous avons rendez-vous avec la famille du jeune homme à 14 heures.

— Depuis quand ?

— Depuis hier.

— Vous ne m'en avez pas parlé !

— Je n'étais pas encore certain à cent pour cent du rendez-vous.

— Où vivent-ils ?

— Nous n'aurons pas loin à aller, ils habitent à côté de Houdain, tout près de Bruay-Labuissière. Vernier m'avait dit que le garçon était originaire de la région de Béthune. J'ai appelé mes collègues et je suis tombé sur le prêtre qui officie à Houdain et qui connaissait la famille. La mère est une femme très pieuse, d'origine polonaise.

— Et cette fois-ci, on se fait passer pour qui ?

— Pour ce que nous sommes : le père Eustache, prêtre exorciste du diocèse, et quelques-uns des membres de son équipe ! Certaines investigations nécessitent de la discrétion, comme notre petite escapade de ce soir. Cependant, d'autres peuvent se mener en pleine lumière. Mon confrère m'a expliqué que la pauvre femme lui avait confié que son fils, un garçon très croyant, ancien enfant de chœur, ne voulait plus mettre les pieds dans une église depuis qu'il avait intégré le centre de formation à la Gaillette. Elle le pensait influencé par d'autres jeunes, « par des forces obscures », a-t-elle déclaré.

— Logique, l'adolescence est une période de transition, de remise en cause, de rejet de certaines valeurs, etc., etc. Et puis Laurent avait certainement d'autres chats à fouetter, si je peux me permettre. La pratique d'un sport de haut niveau implique des sacrifices. En outre, en quittant le cocon familial, le jeune homme a dû découvrir une nouvelle vie basée sur d'autres certitudes.

— Je sais très bien. Cependant le père Ladislas, mon confrère, a évoqué des détails plutôt troublants. Connaissez-vous Marilyn Manson ?

— Oui, c'est un chanteur de rock à la dégaine un peu particulière.

— Laurent se serait découvert une passion pour ce chanteur et pour tous les artifices qui l'entourent.

— Des milliers de jeunes écoutent Marilyn Manson, s'habillent gothique et se donnent des allures un peu particulières, portent des croix à l'envers pour se donner un genre, jouent avec des symboles, des images dont ils ignorent totalement la signification. Est-ce ce que vous vouliez dire hier, lorsque vous évoquiez une attitude équivoque ?

— Oui tout à fait, sur cela et autre chose. Vernier s'est posé des questions et je m'en pose également.

— Sur son éventuelle homosexualité ?

— L'hypothèse a été formulée au début de l'enquête. La question a été posée à la mère et à l'entourage. Son côté efféminé a semé le doute mais rien n'a pu être établi.

— Cela ne veut rien dire.

— Non, c'est plutôt le côté satanique du mouvement gothique qui m'interpelle et me ramène plus de dix années en arrière.

— Quel âge avait Laurent Suger ?

— Dix-huit ans.

— Je ne pense pas qu'un stagiaire, un apprenti footballeur puisse mener une double vie nocturne comme les victimes de votre tueur nantais. Il faudra cependant essayer de savoir ce qu'il faisait à Bollaert samedi dernier !

— Comme Fulcato, il assistait à un match de football ! Pour la suite, on verra demain !

— Vous m'avez demandé si j'aimais le football, mais vous-même ?

— J'ai joué au foot lorsque j'étais enfant, la passion ne m'a pas quitté. À Nantes, j'assistais régulièrement aux matches du FC Nantes, enfin, quand mon emploi du temps me le permettait. Au monastère se fut un peu plus compliqué, nous avions heureusement un poste de télévision. Depuis que je suis installé à Amettes, j'ai eu l'occasion d'assister à plusieurs rencontres du Racing Club de

Lens. Je connais la tribune Trannin, j'ai pu me rendre compte de l'importance des mesures de sécurité. C'est aussi pour cela que je peux affirmer qu'un criminel ordinaire n'aurait pu tuer trois personnes dans l'enceinte sans attirer l'attention. Les responsables de l'enquête pensaient certainement la même chose que moi, mais du coup, ne savaient plus quoi penser. L'arrestation des trois supporters bordelais est une aubaine, mais je ne vois pas comment ils pourront expliquer le crime !

Le père Eustache cessa brutalement de parler de l'affaire. Il raconta une série d'anecdotes sur l'univers du ballon rond, certaines vécues, d'autres extraites de l'ouvrage *Libre arbitre* de Dominique Paganelli qu'il venait de lire, jusqu'à ce que le panneau d'entrée du village d'Amettes apparaisse dans un halo de lumière.

Ils sonnèrent à la porte qui s'ouvrit trois secondes plus tard laissant entrevoir le visage ridé du père Pontchartrain.

— Tout va bien ?
— Rien à signaler ! répondit le presque octogénaire.
— Fort bien !
— Et vous ?
— Promenade mouvementée mais fructueuse !

Le père Eustache vint s'asseoir sur le canapé. Mylène resta debout et demanda :

— Où se trouve l'ordinateur ?
— Dans mon bureau, au second étage.
— Y a-t-il un mot de passe pour la connexion ?
— Non.

La jeune femme fila dans les escaliers laissant le prêtre exorciste raconter à son confrère les détails de l'escapade nocturne à Rouvroy. À peine avait-il terminé que Mylène réapparaissait dans le salon.

— Dominique Douchy est journaliste au *Réveil de l'Artois,* tout comme l'était Jacques Fulcato. Drôle de coïncidence !

— Ce n'est pas une coïncidence !

— J'ai son adresse à Arras et son numéro de téléphone.

Elle déposa sur la table le bout de papier sur lequel elle avait noté les éléments et jeta un œil à sa montre.

— Il est presque minuit trente, l'heure d'aller au lit.

— Nous lui téléphonerons demain matin, bonne nuit.

Chapitre 5

Vendredi 8 décembre 2006

Mylène rêva une nouvelle fois d'une cité mystérieuse entourée de fortifications en ruines, sur lesquelles déambulaient des promeneurs aux vêtements d'un autre temps, d'un monument qui ressemblait étrangement à l'abbatiale Saint-Saulve. Elle marchait à pas lents au milieu de belles dames en robes du dimanche et chapeaux à fleurs, de messieurs élégants et distingués aux chefs couverts de melons ou de haut-de-forme. Elle suivit la procession jusqu'au porche d'une église, surmonté de statues décapitées et de gargouilles aux visages grimaçants qui se troublèrent soudainement... La brume se leva, noyant le paysage, figeant le décor. Comme la veille, le chant d'un coq déchira brutalement l'image.

Les aiguilles de l'horloge posée sur le marbre de la cheminée formaient une ligne presque parfaite qui partait du neuf et glissait légèrement vers le chiffre trois.

— Tu es en avance d'une demi-heure !

La jeune femme s'habilla et après quelques ablutions dans l'eau de la bassine en émail posée sur la coiffeuse en acajou, quitta la chambre et descendit au rez-de-chaussée de la vieille bâtisse. Il n'y avait âme qui vive. Elle chercha les deux prêtres dans la maison, les appela en vain. Elle regarda dans la rue puis dans le garage. La Citroën manquait également à l'appel. Les deux religieux devaient être sortis.

Elle retourna dans la cuisine, se prépara un copieux petit-déjeuner qu'elle consomma tranquillement en écoutant la radio. Mylène interrompit son repas le temps du résumé des informations de la matinée. Elle n'apprit rien de plus que la veille : les trois suspects demeuraient en garde à vue mais ils n'avaient toujours pas avoué le crime. La police, quant à elle, espérait éclaircir, grâce à leur témoignage, les multiples zones d'ombre qui planaient sur cette mystérieuse affaire.

Elle venait à peine de terminer qu'elle entendit le ronronnement fatigué de la vieille voiture s'essouffler et rendre l'âme le long du trottoir. La porte d'entrée s'ouvrit quelques secondes plus tard, laissant apparaître les deux hommes, les bras chargés de sachets plastiques à l'effigie du supermarché le plus proche. Ils déposèrent les victuailles sur la table de la cuisine à côté des vestiges de la collation.

— Nous nous sommes levés tôt et avons profité de ce petit temps libre pour faire quelques courses.

Alexis Pontchartrain commença à vider les sachets dont il transféra le contenu dans le frigidaire ou bien dans le placard.

— Tu as écouté la radio ? demanda-t-il.

— Oui, mais rien de nouveau !

— Pas étonnant ! se contenta de commenter le père Eustache.

— Avez-vous téléphoné à Dominique Douchy ?

— Pas encore, j'attendais que vous soyez debout.

Il sortit de la cuisine suivi de la jeune femme, entra dans le salon et se dirigea vers le téléphone. Il décrocha et composa le numéro de téléphone que Mylène avait griffonné sur le bout de papier. Il appuya sur la touche qui activait le haut-parleur.

— *Allô !*

— Bonjour madame, pourrais-je parler à monsieur Dominique Douchy ?

La voix se fit tremblotante, se métamorphosant presque en un sanglot timide et fatigué.

— *Je crains que cela ne soit pas possible, mon mari est décédé !*

Le regard du père Eustache s'agrandit et vint percer celui de Mylène.

— Veuillez accepter mes plus sincères condoléances, je l'ignorais, veuillez m'excuser de vous avoir dérangé.

— *Ce n'est pas grave. Vous êtes monsieur ?*

— Je suis le père Eustache du diocèse d'Arras.

— *Vous êtes un prêtre ?*

— Oui, votre époux voulait écrire un article sur moi, je devais le rappeler pour fixer un rendez-vous. Que s'est-il passé ?

— *Il a été renversé par une voiture il y a deux jours.*

— C'est terrible ! À Arras ?

— *Non, à Givenchy-en-Gohelle. Un chauffard qui a pris la fuite !*

— Je ne vais pas vous déranger plus longtemps.

— *Veuillez m'excuser, mon père.*

Elle raccrocha.

— Merde ! s'autorisa Mylène. Il est mort la même nuit que le commissaire Vernier !

— Ce n'est pas une coïncidence et encore moins un accident. Dominique Douchy, collègue de travail de Jacques Fulcato, a donné rendez-vous au commissaire Vernier qui enquête sur la mort du journaliste. Vernier est assassiné à son tour et un fou du volant écrabouille Douchy. Je suis certain qu'il avait découvert quelque chose d'important et s'apprêtait à le révéler ! C'est ce que m'avait laissé sous-entendre Richard la dernière fois que je lui ai parlé.

— Où se trouve Givenchy-en-Gohelle ?

— Entre Avion et le mémorial canadien, à quelques kilomètres du parking où l'on a découvert le corps de Vernier.

— Cela m'étonnerait fort que mes collègues de la BR d'Arras ne fassent pas le rapprochement entre les deux affaires, c'est bien trop flagrant, comme le nez sur la figure !

— Et après ? On tient les présumés coupables à Bordeaux, il ne faut pas s'attendre à un nouveau revirement de situation !

La silhouette d'Alexis Pontchartrain apparut à la porte.

— Tu as pris de gros risques en donnant ton identité, la police va remonter jusqu'à nous.

— Au contraire, pour eux ce n'est qu'un accident. Et si l'enquête progresse, je risque au pire d'être convoqué et interrogé sur la nature de mes liens avec Dominique Douchy. Je répondrai que je le connaissais à peine et qu'il avait projeté d'écrire un article sur la profession de prêtre exorciste. Si j'avais raccroché sans me présenter, ils auraient réussi tôt ou tard à localiser l'appel et il aurait fallu trouver encore autre chose pour le justifier ! C'est très bien comme ça !

— Si tu le dis !

— Et puis... il faut battre le fer quand il est chaud ! Alexis, pendant que nous irons rendre visite à la famille de Laurent Suger, tu rassembleras tout ce que tu trouveras sur la mort de Dominique Douchy, dans la presse locale, sur Internet, etc. On fera le point ce soir.

Il se tourna vers Mylène :

— Allez chercher vos clefs de voiture, nous partons tout de suite !

— N'avons-nous pas rendez-vous en début d'après-midi ?

— Oui, mais j'ai une course à faire en ville !

Il fila vers la porte d'entrée.

— Où va-t-on ? lança Mylène après avoir démarré la voiture.

— À Arras, au diocèse.

Comme la veille au soir, ils gagnèrent l'autoroute A 16. L'allure ne fut pas la même et la Golf gagna en un temps record l'échangeur de Thélus. Le prêtre s'inquiéta tout de même :

— Roulez un peu moins vite, il y a des radars !

— Pas de panique, je gère !

— Vous gérez les indulgences ?

— C'est malin !

La route nationale 17 les mena au centre-ville de la préfecture du Pas-de-Calais. Ils empruntèrent le boulevard Robert Schuman, puis le boulevard de la Liberté.

— Prenez à gauche, la seconde, la rue Baudimont !

Ils contournèrent la clinique Bon Secours et s'engagèrent rue d'Amiens. Le père Eustache indiqua la route à suivre jusqu'à l'Évêché. Mylène trouva facilement une place de parking à une centaine de mètres de l'entrée de la maison diocésaine Saint-Vaast.

— Cela ne vous dérange pas de m'attendre dans la voiture, je n'en aurai pas pour longtemps.

— Pas de problème !

Elle alluma la radio aussitôt qu'il mit le pied sur le trottoir. Elle patienta à peine une demi-heure.

— Je n'ai pas été trop long ? demanda-t-il en se glissant dans le véhicule.

— Quel est le programme ? Nous rentrons à Amettes ?

— Non, nous déjeunons à Arras et après on file directement à Houdain.

— C'est peut-être un peu tôt pour déjeuner, vous ne trouvez pas ? Il est à peine 11 h 30.

— J'ai encore une visite à effectuer.

Le religieux demanda à Mylène de suivre le boulevard du Président Allende. Ils contournèrent le centre hospitalier avant de s'engager rue Traversière.

— C'est ici ! Quelle chance, il y a une place juste devant la maison !

— Qui habite ici ?

— Pouvez-vous m'attendre encore une fois ? Je vais présenter mes condoléances à la veuve de Dominique Douchy, je ne pouvais faire moins. Il vaut mieux que je sois seul.

— Parce que nous sommes devant le domicile de Dominique Douchy ! Vous auriez pu m'en parler...

Il abandonna une nouvelle fois la jeune femme dont le regard reflétait de l'étonnement mitigé d'un soupçon d'agacement. Mylène le suivit des yeux pendant quelques secondes puis ouvrit la boîte à gants et sortit le roman dont elle avait commencé la lecture trois jours plus tôt. Elle retrouva, non sans un certain plaisir, Paul, le gendarme écolo, dont les certitudes et l'acharnement à découvrir la vérité sur la mort d'un vagabond en baie de Somme, commençaient à déranger sa hiérarchie, et dont l'enquête qui commençait à s'affranchir de la procédure, présentait quelques similitudes avec les événements invraisemblables dans lesquels elle nageait depuis quelques jours.

Quelques cinquante pages plus tard, l'ombre gigantesque du père Eustache se superposa aux vastes étendues lumineuses de la baie d'Authie. Il balaya d'un geste de bras les hérons, les phoques, les barques multicolores échouées sur des lits de salicorne et... ouvrit la portière.

— Fini la récréation, en route chauffeur !

— Où va-t-on, cette fois-ci ?

— Où vous voulez, vous choisissez le restaurant.

— Nous n'avons que très peu de temps pour déjeuner, il est presque midi trente et nous avons rendez-vous à Houdain à 14 heures ! Vous ne me laissez pas le choix, direction le McDrive !

Une moue sceptique déforma le visage du religieux.

— Vous m'étonnez, je vous pensais adepte d'une cuisine plus diététique, plus conforme à votre image de sportive !

— Salade marine, Coca light et salade de fruits. Il suffit d'éviter les vrais sodas, les frites et les sandwichs. Enfin, vous pouvez commander ce que vous voulez.

— Je n'aime pas trop manger dans la voiture, on peut salir.

— C'est mon problème et c'est moi qui nettoie !

— C'est bon, allons-y !

Mylène tourna la clef, le moteur ronronna. Elle appuya sur la pédale d'accélérateur et il rugit.

— Avez-vous appris quelque chose ?

— Je ne parlerai que le ventre plein !

La Golf regagna l'avenue Winston Churchill et traversa la zone industrielle. Elle slaloma entre plusieurs grandes surfaces et vint sagement attendre son tour en bout de file, derrière une petite dizaine de voitures. Un quart d'heure plus tard, le véhicule stationnait au fond d'un parking totalement vide jouxtant un magasin fermé durant les heures de repas.

Le père Eustache engloutit ses deux sandwichs et vida son gobelet de bière.

— Je me revois douze années en arrière : surveillance discrète, casse-croûte et cannettes de bière !

— C'est ce qui vous excite dans cette histoire, la possibilité de remonter le temps, de revenir en arrière.

— Pas du tout.

Il marqua un temps d'arrêt avant de poursuivre :

— Vous n'y croyez toujours pas.

— À quoi ?

— À notre enquête.

— Disons que je suis toujours aussi sceptique sur la nature de votre meurtrier, s'il existe, parce que, pour l'instant nous nageons dans l'incertitude ! Mais ma curiosité a pris le dessus et j'ai promis de vous aider et j'ai toujours tenu mes promesses.

— Vous découvrirez très vite que j'ai raison.

— Peut-être, on verra ! Mais dans l'immédiat, comment s'est déroulée votre visite surprise ? Avez-vous pu apprendre quelque chose de nouveau ?

— Comprenez-moi, je ne pouvais faire autrement que de rendre visite à cette malheureuse femme, et lui apporter le réconfort de l'Église. N'importe quel autre prêtre aurait agi de la sorte, vous saisissez ?

— Évidemment, ne pas venir aurait pu paraître suspect !

— Très juste, je n'avais pas le choix, je devais le faire.

— Ne cherchez pas à vous justifier et dites-moi ce que vous avez appris !

— Dominique Douchy travaillait effectivement au *Réveil de l'Artois* en compagnie de Jacques Fulcato.

— Ils se connaissaient bien ?

— Je n'ai pas trop insisté, tout ce que je sais, c'est que Fulcato occupait le poste de sous-directeur de l'agence de Lens et que Douchy avait pour spécialité le sport en général et le football en particulier.

— Nous y voilà : trois hommes sont assassinés au stade Bollaert durant un match. Parmi eux, nous trouvons le journaliste Fulcato. Le commissaire de police chargé de l'enquête est assassiné à son tour alors qu'il avait rendez-vous avec le collègue de la victime qui travaille dans le même journal et qui est spécialiste de football ! Cela fait beaucoup ! J'ai vraiment l'impression que la clef de cette affaire se trouve derrière les grilles du stade de football !

— Peut-être ! Vous pouvez aussi ajouter que Douchy a certainement été assassiné lui aussi !

— Madame Douchy vous l'a dit ?

— Non, bien sûr que non ! Son mari a quitté le domicile mardi soir vers 22 heures, sans préciser qu'il avait rendez-vous, et avec qui. Nous connaissons la réponse, vos collègues ne vont certainement pas tarder à l'apprendre, si ce n'est déjà fait. A-t-il rencontré Vernier ? Nous ne le saurons jamais. Deux heures plus tard, vers minuit, il gare sa voiture sur la petite place de Givenchy-en-Gohelle, et comble de malchance, il est percuté par une voiture alors qu'il se trouve au milieu de la chaussée. Le chauffard prend la fuite, et sans qu'il y ait un seul témoin !

— Gardons-nous d'affirmer quoi que ce soit, Douchy est peut-être mort accidentellement. Il n'a pas été massacré comme le commissaire Vernier ou les victimes de Bollaert.

Le père Eustache tendit le gobelet :

— Je fais quoi des boîtes ?

— Mettez tout dans le sachet en papier, il y a certainement une poubelle pas très loin. On jettera les emballages en partant.

— Pour en revenir à notre affaire, je suis certain que Dominique Douchy possédait des informations sur le triple meurtre et s'apprêtait à les divulguer à Richard Vernier. Peut-être a-t-il eu le temps de le faire ? Des informations qui avaient déjà coûté la vie à Jacques Fulcato.

— Dans ce cas, pourquoi un rendez-vous nocturne ? Pourquoi pas en plein jour au commissariat ?

— Je ne sais pas, peut-être parce que ces informations ne pouvaient être divulguées comme ça, sans précautions, à des oreilles incapables de comprendre, de percevoir le message !

— Pure spéculation !

— Vous avez peut-être raison ! Allez, on décolle !

La Golf noire regagna la départementale 266 afin de rattraper la nationale qui contournait Arras par le nord. Au premier rond-point, elle prit la direction de Bruay.

— Vous ne me cachez rien pour cet après-midi ?

— Bien sûr que non, pourquoi cette question ?

— Pour rien !

— Nous avons effectivement rendez-vous chez la mère de Laurent Suger.

— Chez la mère ? Il n'y a pas de père ?

— Il est décédé il y a quelques années. Madame Adamzyk élève seule ses quatre enfants. Je tiens toutes ces informations du père Ladislas qui officie à Houdain, celui qui m'a permis de remonter jusqu'à eux, à Ranchicourt.

— Je croyais qu'ils habitaient Houdain ?

— Non, Ranchicourt, c'est un village qui se trouve sur notre route, juste avant Houdain.

— Adamzyk, c'est un nom polonais ?

— La mère est d'origine polonaise, il me semble vous l'avoir déjà dit hier en revenant de Rouvroy.

— Oui c'est vrai, la communauté polonaise a la réputation d'être très croyante. Le père Ladislas est polonais, lui aussi ?

— Effectivement.

Le prêtre regarda par la fenêtre.

— Tiens, nous arrivons au Mont Saint-Éloi, êtes-vous déjà venue visiter les ruines du monastère ?

— Non, je n'y suis jamais allée. J'ai plusieurs fois remarqué les tours juste avant d'arriver à Arras, je m'étais promis d'aller jeter un œil, mais je n'ai jamais eu le temps de le faire.

— Nous irons les visiter un de ces jours en revenant à Arras. On aura bien l'occasion. L'abbaye a été fondée au VIIe siècle par saint Éloi puis reconstruite onze siècles plus tard. Les vieux murs furent les témoins de plusieurs batailles sous le règne de Louis le onzième puis, plus tard durant la Fronde, je crois. Elle fut désaffectée et en partie démolie à la Révolution. À la veille de la première guerre mondiale, il ne restait que les tours de façade qui servirent de tours de gué et qui furent en partie détruites durant les combats ou bombardées, je ne sais plus. Elles culminent encore à 53 mètres et la vue sur Arras est remarquable.

— Vous tenez ces informations de Pontchartrain ?

— Non, et levez le pied, Mademoiselle l'insolente, nous sommes en agglomération, c'est limité à 50 km/h. Je sais que vous vous en moquez, mais ce n'est pas une raison !

Ils ne s'arrêtèrent pas tout de suite à Ranchicourt, et poursuivirent leur route jusqu'à Houdain. Le père Eustache avait donné rendez-vous au père Ladislas à 14 heures devant l'église, l'horloge de bord indiquait 13 h 59 lorsque la voiture stationna devant l'édifice religieux. Le prêtre exorciste descendit et s'approcha d'un homme d'une quarantaine d'années tout de noir vêtu, presque aussi grand que lui, à la différence près qu'une tignasse blonde et filandreuse lui couvrait la tête et coulait sur ses épaules.

Ils se serrèrent la main et Eustache ouvrit la porte arrière côté passager.

— Ladislas, je te présente Mylène qui fait partie de mon équipe et qui me sert de chauffeur aujourd'hui.

— Enchanté de faire votre connaissance.

— Mylène est officier de police de profession et possède une solide expérience dans la lutte contre la délinquance juvénile. Elle nous sera bien utile pour comprendre ce qui n'allait pas chez le jeune Laurent. Les adolescents en difficulté, elle connaît !

— Très bien, fit le prêtre en s'installant sur la banquette arrière.

— Vous êtes lieutenant de police ?

— Pas exactement, je suis gendarme, et officier de police judiciaire.

— Ah ! commenta simplement le prêtre qui, visiblement, ne semblait pas comprendre la nuance.

Mylène hésita à lui expliquer la différence fondamentale entre la police nationale et la gendarmerie. Elle préféra finalement ne rien dire, ce n'était pas l'objet de leur rencontre.

Dès que la voiture dépassa le panneau indiquant l'entrée du village de Ranchicourt, elle suivit les instructions du père Ladislas qui la fit tourner deux fois à gauche puis à droite.

— C'est ici ! lança-t-il en désignant une ancienne fermette tout en briques d'un rouge noirci par la poussière du temps.

Le bâtiment principal avait été agrandi récemment, sur le côté droit, par une annexe en parpaings et en tôle ondulée, pas vraiment terminée, ce qui dénotait à la fois un manque d'argent dans la famille et un sentiment de vie inachevée, d'existence inaccomplie.

Mylène stationna sa Golf juste devant la porte qui s'ouvrit aussitôt. Elle coupa le moteur. Une jeune fille d'une vingtaine d'années, à la blondeur fade et aux gestes réservés, les invita à entrer à l'intérieur de la maison.

La pièce de vie qui occupait la majeure partie du rez-de-chaussée se divisait en deux parties : un coin salon rempli par un immense canapé et deux fauteuils qui entourait un *home vidéo*, et la partie salle à manger comprenant une vaste table, des chaises et un buffet couverts d'objets de décoration plus kitsch les uns que les autres. Ce qui frappa Mylène, ce fut la multiplicité d'objets voués à la religion catholique : crucifix, statues de la Vierge Marie, photos du pape Jean-Paul II, Benoît XVI...

Une octogénaire, au regard vif et au visage buriné entouré d'un fichu aux couleurs passées, trônait dans un vieux fauteuil garni de confortables coussins tandis qu'une autre femme plus jeune d'une trentaine d'années, à la maigreur maladive, aux yeux rougis par la douleur se tenait debout, droite, près de son aînée.

Madame Suger se précipita vers les religieux qu'elle salua avec dévotion et tendit une main hésitante et interrogative en direction de Mylène. Le père Ladislas présenta le père Eustache qui, à son tour et comme un peu plus tôt, présenta sa collaboratrice et insista sur la nature de ses activités professionnelles combinées à son service en faveur du diocèse, levant un voile suspicieux et justifiant la présence d'une jolie jeune femme à ses côtés. La maîtresse de maison présenta à son tour les membres de sa famille présents dans la pièce. Sa vieille mère qui ne quittait pas des yeux le père Eustache, sa fille Catherine et son autre fille Claudine, l'aînée certainement, grande femme austère âgée d'une petite quarantaine d'années et qui venait d'entrer dans la salle les mains chargées d'un plateau sur lequel fumait un pot de café.

Elle fit signe à sa fille de servir le café et convia ses invités à prendre place autour de la table. S'en suivirent les banalités d'usage, les politesses qui ne parvenaient pas à occulter l'ambiance autant glaciale qu'étouffante qui régnait dans la pièce. L'émotion exacerbée devenait presque palpable. Mylène réalisa que le jeune Laurent venait à peine d'être mis en terre, deux jours plus tôt précisément.

Madame Suger évoqua péniblement la cérémonie, remerciant le père Ladislas de sa bonté, de son soutien, ne cherchant visiblement pas à ouvrir le dialogue sur les raisons précises de la venue des deux religieux et de leur collaboratrice. Elle finit par éclater en sanglots, consolée par la plus jeune de ses filles.

Mylène remarqua combien le père Eustache pouvait être impressionnant. Vêtu de noir, le crâne luisant, paraissant encore plus grand que d'habitude, son visage reflétait à la fois la puissance et la rigueur de sa charge, et une compassion aussi éclatante que sur certaines vieilles illustrations représentant le Christ et ses apôtres que sa grand-mère lui montrait lorsqu'elle était enfant. Les propos qu'il tenait ne dénotaient pas de son allure. Il parlait juste mais avec une gentillesse qu'elle ne lui connaissait pas.

Pourtant, lorsque le prêtre exorciste évoqua la mort de Laurent Suger, la mère du jeune garçon se referma sur elle-même, restant le regard vide, sans réaction. Ce fut la sœur aînée qui répondit aux quelques questions qui demeurèrent dans la généralité. Mylène commençait à se demander pourquoi ils étaient venus.

Ce fut l'aïeule qui brisa la glace. Elle se redressa et baragouina en polonais quelques phrases avec une véhémence qui surprit les deux religieux.

— Que dit-elle ? demanda le père Eustache en se tournant vers son voisin.

— Que le diable est entré dans cette maison et qu'il s'est emparé de l'âme du jeune Laurent ! souffla-t-il à l'oreille de son interlocuteur.

Il s'adressa ensuite à la vieille femme.

— Que lui avez-vous dit ?

— Que vous êtes venus pour cela, pour comprendre, pour traquer le mal, que c'est votre sacerdoce !

La grand-mère continua à parler.

— Elle dit que ce n'est plus la peine, que le Malin a gagné, qu'il a emporté l'âme de son petit-fils en enfer !

L'évocation de ce mot fit à nouveau fondre en larmes la malheureuse mère. Le père Eustache se tourna vers la sœur aînée qui paraissait plus solide même si son regard venait de s'humidifier.

— Vous savez qui je suis et quelle est ma fonction au sein du diocèse d'Arras. Il s'agit maintenant de savoir pourquoi je suis ici, cet après-midi, parmi vous ! Que s'est-il passé dans cette maison ? En quoi le démon est-il lié à la mort de votre frère ?

Seule la sœur aînée paraissait en état de tenir une conversation. Il lui posa une multitude de questions sur Laurent, son enfance, sa scolarité, ses loisirs, ses fréquentations, sa vie spirituelle. Il essayait de cerner le problème sans l'affronter de face.

Il apparut clairement que Laurent Suger était un jeune sans histoires, comme beaucoup d'autres. Il avait compensé une scolarité médiocre par des dispositions en sport et en particulier en football ce qui lui avait permis d'aller jouer en promotion honneur au Stade de Béthune dans la catégorie des moins de quinze ans, et ensuite d'être remarqué par le Racing Club de Lens. Depuis la rentrée de septembre, il était pensionnaire au centre de formation du Racing Club de Lens, à la Gaillette.

— Quel âge avait votre frère ? intervint Mylène.

— Dix-huit ans, depuis cet été, le sept juillet.

Claudine Suger expliqua qu'il jouait dans sa catégorie d'âge et espérait se faire remarquer et jouer en championnat de France amateur avec l'équipe senior en CFA, comme certains de ses camarades, et rêvait d'intégrer un jour le groupe professionnel.

— C'était difficile pour lui, sept entraînements par semaine, plus le match, le dimanche, en championnat national.

— Habitait-il encore chez vous l'an dernier ?

— Oui, il n'a quitté la maison qu'en septembre, il vivait depuis en internat au centre de la Gaillette.

— Il était encore scolarisé ?

— Oui, bien sûr, il devait suivre des cours tous les jours en anglais et en informatique.

Mylène osa :

— Les problèmes qui ont été évoqués, coïncident-ils avec ce changement ?

— Non, il n'y a aucun rapport, tout a commencé l'an dernier, durant sa dernière année en BEP au lycée professionnel de Béthune.

— Que s'est-il passé ?

— Il s'est métamorphosé du jour au lendemain. Auparavant, il écoutait de la musique moderne, comme tous les jeunes, du rock, du rap, on est tous passés par là ! Mais ses goûts ont changé, il a commencé à s'habiller tout en noir comme un croque-mort. Et puis, il a refusé d'aller à la messe, lui qui vient d'une famille très pratiquante, lui qui avait été enfant de chœur, vous vous rendez compte ! C'est à cause de ce chanteur monstrueux qui porte un prénom de femme : Marie Manson.

— Marylin Manson !
— Vous connaissez ?
— Oui.
— Quel personnage répugnant ! Je ne sais qui lui a fait découvrir ce chanteur et qui lui a pollué l'esprit. Mon pauvre frère a changé du jour au lendemain. Il s'est mis à détester la religion. Au début, il refusait d'entrer dans une église, puis il a commencé à porter des croix à l'envers, il a même craché sur un crucifix ! C'est à cause de ce Marylin Manson et des idées sataniques qu'il véhiculait dans ses chansons.
— Vous parlez d'idées sataniques, Laurent vous a-t-il à un moment donné, avoué adhérer à une telle philosophie ? Ses camarades étaient-ils comme lui ?
— Il a laissé tomber ses amis d'enfance du village pour d'autres jeunes de Béthune.
— Vous les connaissiez ? Vous les avez rencontrés ?
— Non, mais nous le sentions que ce n'était pas catholique, surtout ma grand-mère. C'est elle qui a insisté pour que le père Eustache vienne à la maison. Non seulement il tournait mal mais elle sentait qu'une force démoniaque commençait à le manipuler.
— Pourquoi avoir attendu, pourquoi maintenant ?
— Je m'embrouille un peu. L'an dernier, il se tenait encore à peu près correctement. Lorsqu'il a été sélectionné pour rejoindre le centre de formation à Lens, nous avons pensé que les problèmes allaient disparaître tout seuls.

Claudine hésita puis se lança :
— Et puis, c'est un peu difficile à expliquer. Ma grand-mère pense qu'il a été trop loin, qu'il a pactisé avec le diable et qu'il en est mort !
— Cela coïncide-t-il avec son départ pour le centre de formation de Lens ?

— Je ne sais pas, je ne pense pas ! Il ne rentrait plus beaucoup à cause des matchs le dimanche. La dernière fois qu'il est revenu, c'était il y a environ trois semaines, fatigué, blanc comme un linge, agressif au possible. Il n'était pas dans son état normal. Il a refusé de rester dans cette pièce à cause des crucifix et des statues de la Vierge Marie. Il se passait quelque chose de vraiment pas catholique !

— Dialoguiez-vous toujours avec lui ?

— Il prenait ses distances, nous le sentions, mais il ne nous rejetait pas. Il racontait sa vie au centre de formation, la dureté des entraînements, les matchs. C'est à rien y comprendre !

— Savez-vous qui il fréquentait depuis son admission au centre de formation de Lens ?

— Non, il ne revenait pas régulièrement et ne restait pas beaucoup à la maison.

— Avait-il une voiture ?

— Il n'avait même pas le permis. C'est l'un de ses copains du centre de formation qui venait le chercher. On ne l'a d'ailleurs jamais vu ce garçon, il klaxonnait et restait dans sa voiture.

— Et où allaient-ils ?

— On ne sait pas.

— Votre frère passait-il ses soirées à jouer sur ordinateur ou bien sur Internet lorsqu'il vivait encore ici ?

— Nous n'avons pas d'ordinateur.

— Pratiquait-il les jeux de rôle ?

— Je ne sais pas de quoi vous voulez parler, je ne sais pas ce que c'est.

— Vous-même, vous vivez ici ?

— Non, nous habitons, mon mari et moi, à Houdain. Mais je ne travaille pas et viens régulièrement rendre visite à ma mère.

La sœur aînée se tourna vers le père Eustache.

— Lorsqu'ils ont apporté le corps, on a toutes remarqué la trace dans son cou. La morsure du diable, a dit ma grand-mère ! On aurait dit la morsure d'un vampire ! Ma grand-mère dit que le garçon qui est rentré à la maison il y a trois semaines, n'était pas Laurent, n'était plus Laurent, mais un autre. Le diable nous a volé Laurent !

Mylène n'osa regarder le père Eustache qui ne releva pas directement.

— Nous avons bien cerné les problèmes de votre frère par l'intermédiaire des questions de mademoiselle Plantier. J'aurais moi aussi quelques zones d'ombre à éclaircir, si vous le permettez.

Il désigna Mylène.

— Serait-il possible que ma collaboratrice aille jeter un œil dans la chambre de votre frère. La chambre d'un enfant reflète généralement sa façon d'être, son univers intérieur. Elle est souvent décorée à son image.

— Bien sûr, répondit Madame Suger devançant sa fille aînée, Catherine va vous y conduire. N'est-ce pas, Catherine ?

— Oui maman.

La jeune femme se leva et se dirigea vers une porte, au fond de la salle, qui donnait sur un couloir et l'escalier qui menait à l'étage. La chambre de Laurent se trouvait juste au-dessus de la cuisine et donnait sur le jardin qui prolongeait la maison.

Mylène s'attendait à trouver une chambre en désordre aux murs couverts de posters de groupes gothiques aux faux symboles ésotériques. Il n'en était rien. Elle fut surprise par la sobriété quasi spartiate de la pièce qui ne pouvait contenir que peu de meubles : un lit simple, une commode et un vieux bureau certainement récupéré dans une école primaire. Seules quelques pages centrales de magazines consacrés au football apportaient un peu de couleurs.

La sœur restait immobile à côté de la porte et observait Mylène, surveillant le moindre de ses mouvements.

— Il n'a jamais accroché de posters de groupes de musique sur les murs ?

Catherine répondit par la négative d'un signe de tête.

— Quand devait-il rentrer pour le week-end ?

— Je ne sais pas.

Mylène s'approcha du bureau, hésitant à regarder les quelques livres et les quelques objets hétéroclites qui le couvraient, hésitant aussi à examiner le contenu des deux tiroirs.

— Puis-je rester seule quelques minutes dans la chambre ? J'aurais besoin de prier.

La sœur hésita et s'apprêtait à s'en aller lorsque Mylène lui demanda en désignant une photographie punaisée au mur qui représentait une équipe de jeunes garçons aux couleurs du Racing Club de Lens :

— Laurent est-il sur cette photo ?

— Oui, c'est lui.

Elle désigna un jeune homme blond, un peu plus frêle que ses camarades. La gendarmette sentit les battements de son cœur s'accélérer. Elle pointa le doigt en direction d'un autre garçon plus trapu, entouré de deux grands joueurs de couleur.

— Et lui, le connaissez-vous ?

— Oui, c'est le garçon qui l'a conduit, les rares fois où il est rentré d'Avion.

— Pourquoi Avion ?

— Le centre de la Gaillette est à Avion, vous l'ignoriez ?

— Je ne savais pas, je pensais qu'il se trouvait à Lens. Enfin, c'est du pareil au même.

— C'est également lui qui venait le rechercher lorsqu'il repartait et aussi, lorsqu'il sortait le samedi soir.

Mylène resta le doigt pointé sur la photographie.

— Je pensais que son mystérieux chauffeur restait dans la voiture et ne se montrait pas.

— Je l'ai observé par la fenêtre.

— Connaissez-vous son nom ?

— Non, je l'ignore. Je peux partir maintenant ?

— Oui, bien sûr.

Elle s'éclipsa et disparut dans l'escalier. Mylène referma la porte derrière elle pour davantage de tranquillité. Elle décrocha la photo et la glissa dans la poche de son blouson puis elle ouvrit le premier tiroir. Elle redescendit un bon quart d'heure plus tard.

Les deux religieux se tenaient près de la porte d'entrée. Le père Ladislas enserrait la main de madame Suger entre ses deux poignes.

— Il vous faut être encore plus courageuse, l'entendit-elle susurrer à la malheureuse mère de famille.

— Nous n'attendions que vous pour partir, lança le père Eustache.

Mylène présenta ses respects et ils sortirent. Ils déposèrent le prêtre polonais devant le presbytère d'Houdain. Ils traversèrent Division puis Calonne-Ricouart et prirent la route d'Amettes. Il restait encore une dizaine de kilomètres.

— Cela n'a pas été trop difficile pour vous ? Je sais que la détresse des autres n'est pas toujours facile à supporter.

— Tout va bien, ce n'est pas la première fois que je me trouve dans ce genre de situation. Par contre, j'ai une question à vous poser : vous m'avez dit hier soir que la démarche de rencontrer la famille de Laurent Suger venait de vous. Or, j'ai cru comprendre que c'est eux qui avaient fait appel à vos services.

— Vous êtes terrible ! Aucun détail ne vous échappe. Il n'y a pas de lézard, comme on dit. C'est bien moi qui ai cherché à les joindre, et lorsque le père Ladislas leur a fait part de ma démarche, ils ont osé lui parler de Laurent et de son problème, car ce n'est pas facile, en temps normal, d'évoquer ce genre de chose.

La pluie commença à tomber. Une pluie d'automne, efficace et régulière. Mylène actionna les essuie-glaces qui entamèrent une danse à la régularité presque incantatoire, sur le pare-brise.

— Étrange famille que les Suger !

— Une famille comme tant d'autres avec ses peines et ses problèmes.

Il marqua un temps d'arrêt.

— Ne m'en voulez pas de vous avoir congédiée mais certaines pratiques de mon sacerdoce ne permettent pas la présence de personnes étrangères à la famille. Mes collaborateurs n'interviennent uniquement que lorsque le problème rencontré peut se régler par le dialogue et la psychologie. Lorsque la présence du Mal est avérée, j'interviens seul.

— Et c'était le cas ?
— Malheureusement oui.
— Si vous le dites.

Le prêtre ne releva pas et poursuivit :

— J'ai malgré tout eu le temps de grappiller d'autres informations qui m'ont permis de cerner davantage la personnalité de Laurent Suger, les bouleversements dans sa vie et en particulier son aversion pour la religion. J'avoue que j'ai eu un peu de mal à comprendre, les malheureuses femmes se contredisaient continuellement. Comme nous l'avons compris, c'est l'an dernier que Laurent s'est éloigné de Dieu, durant sa scolarité au lycée professionnel de Béthune. De nouvelles fréquentations, de nouvelles idoles ont alimenté sa révolte contre la société, contre sa famille, contre le Christ. Rien de plus normal, me diriez-vous ! Heureusement que cette métamorphose n'est pas aussi violente chez tous les jeunes ! Écouter les témoignages des siens m'ont permis de modérer mon jugement sur Laurent ? Enfin, le Laurent de l'an dernier.

— Pourquoi ?

— L'épisode du crachat sur le crucifix date d'il y a trois semaines. Si j'admets que l'attitude de l'an dernier est à mettre sur le compte de la révolte, l'emprise du malin ne fait aucun doute et elle est toute récente. Je l'ai ressentie et vous pouvez croire ce que vous voulez !

— Était-il homosexuel ?

— Il semble que non. Il a fréquenté une jeune fille du village pendant deux années, comme les gosses de son âge. Il a rompu l'an dernier pour une autre fille du lycée professionnel de Béthune, peut-être même de sa classe, une gamine pas très recommandable !

— Pourquoi donc ?

— Du genre mini-jupe, collants déchirés, rangers, tatouages et piercings ! Une sorte de punk au féminin !

— Ce n'est pas le portrait-robot de la belle-fille idéale ! Était-il encore avec elle ?

— Elles n'en savent rien. Laurent était presque devenu un étranger pour eux.

— Savez-vous si la police les a interrogées sur ce sujet ?

— Elles ne m'en ont pas parlé, et je n'ai pas demandé. Et vous, rien trouvé de plus dans la chambre ?

— Si, je vais vous montrer.

Mylène stationna sur le bas-côté de la route, à l'entrée d'un chemin. Elle sortit la photographie et la montra au père Eustache.

— L'équipe des moins de 18 ans du centre de formation du Racing Club de Lens. Lui, c'est Laurent Suger... et là le costaud, le camarade qui venait le reconduire chez lui et le ramenait à la Gaillette. C'est également avec lui qu'il sortait le samedi soir, ces derniers temps. Et, vous ne devinerez jamais, c'est le même garçon que nous avons surpris à Rouvroy, lors de notre visite nocturne chez Richard Vernier, celui qui est entré après nous et qui s'est enfui par le jardin !

— En êtes-vous certaine ?

— Sans l'ombre d'un doute, je l'ai bien reconnu !

— Vous connaissez son nom, il n'y a rien d'écrit dans la photo ?

— Malheureusement non.

— C'est l'élément qui nous manquait et qui indique clairement et sans discussion possible que la mort du commissaire Vernier est directement liée au triple meurtre du stade Bollaert, et certainement aussi celle de Dominique Douchy. On ne peut plus parler de coïncidence ! Les seconds rôles font parler d'eux dans cette affaire : le collègue journaliste de Fulcato qui meurt à son tour dans un étrange accident de la route alors qu'il a rendez-vous avec Richard Vernier, et ce jeune apprenti footballeur, copain de Laurent Suger, qui s'introduit de nuit dans la maison du commissaire Vernier !

— Cherchait-il la même chose que nous ?

— Cette histoire devient compliquée ! Quels liens entretenaient tous ces gens avec le tueur ? Quel est le lien avec le Racing Club de Lens ? Je vous avais bien dit que les supporters bordelais n'avaient rien à voir avec les meurtres. Ils ne tarderont pas à être libérés, vous verrez ! Allez, on décolle ! On fera le point à la maison avec Alexis.

— J'ai autre chose.

— Quoi donc ?

Mylène sortit une petite carte qu'elle brandit sous le nez du prêtre.

— C'est une invitation que j'ai trouvée dans le tiroir du bureau, dans la chambre de Laurent Suger.

— Une invitation pour quoi ?

— Une soirée privée qui se tiendra demain soir au Locuste. Ce doit être un bar. L'adresse est : Grand-Place à Arras.

— Quel genre de soirée ?

— Soirée gothique avec le groupe Rosa Crux. On y trouvera plein de jeunes gens branchés dans le style de Laurent Suger et de sa bande de copains du lycée de Béthune, costumés en Dracula, avec des croix à l'envers en pendentif ou au revers de la veste, des crânes sur le tee-shirt.

— Je vois le genre... C'est quoi ce groupe ?

— Un groupe français qui fait de la *dark wave*, c'est un style de musique très sombre, très glacial, avec des effets spéciaux. Ils ont une particularité amusante : ils chantent en latin. Leurs concerts sont de vraies performances, dans le sens artistique du terme, avec toute une mise en scène. Ils recherchent les lieux les plus insolites pour jouer.

— Vous connaissez ce groupe ?

— J'ai un CD à la maison, j'écoutais beaucoup de musique new wave quand j'étais adolescente, je m'habillais souvent tout en noir !

— De mieux en mieux. Drôle de nom en tout cas. Vous pensez vraiment qu'il faille aller y jeter un œil ?

— C'est une piste intéressante, Laurent Suger avait certainement pour projet de s'y rendre. L'invitation est valable pour deux personnes. J'ajouterai qu'elle n'est pas nominative. Nous allons y aller.

— Vous plaisantez ?

— Vous préférez que j'y aille toute seule, ou alors avec Pontchartrain ? De toute manière, il n'y a pas trente-six mille pistes à explorer : le mystérieux copain du centre de formation et cette soirée branchée.

— Vous en faites une belle de branchée ! Savez-vous ce que signifie le mot locuste ?

— Je crois que le locuste est un insecte, une sorte de criquet.

— C'est également le nom d'une célèbre empoisonneuse, une sorcière qui vivait sous terre dans une caverne, à Rome, sous le règne de l'empereur Caligula. À quelle heure a lieu ce concert ?

— 22 heures. L'univers des oiseaux de nuit, le terrain de chasse de votre prédateur, comme à Nantes, ne l'oubliez pas !

— C'est juste !

Le panneau indiquant la commune d'Amettes apparut au détour d'un virage.

— Nous y sommes, fit le prêtre.

Ils entrèrent dans la maison tandis que dehors la pluie redoublait d'intensité. Le rez-de-chaussée de la demeure était plongé dans une semi-pénombre bien en adéquation avec la grisaille qui enveloppait le village. Le père Eustache alluma les lampes du salon.

Une cavalcade de prêtre à la retraite qui dégringole les marches, retentit dans la maison.

— Alexis qui pique un sprint dans l'escalier, commenta Mylène.

Le vieil ecclésiastique surgit, à peine essoufflé, le teint frais comme celui d'un jeune homme. Il jeta un œil à sa montre.

— Il est à peine 16 heures, je ne vous attendais pas de si tôt. Avez-vous du nouveau ?

— Nous progressons lentement mais sûrement. Prépare-nous donc un café et apporte un paquet de galettes bretonnes, une pause s'impose !

— Pas de café pour moi, j'ai eu ma dose, précisa Mylène.

— Que veux-tu à la place, du thé ?

— Un verre d'eau fera l'affaire.

Quelques minutes plus tard, il vint les rejoindre au salon et déposa le plateau qu'il portait, sur la table basse. Eustache lui résuma les visites de la journée et s'attarda un peu plus longtemps sur les conclusions qui s'imposaient.

— Il faut aller dès ce soir faire le pied de grue devant le centre d'entraînement du Racing Club de Lens à Avion et mettre la main sur le copain de Laurent Suger ! proposa Alexis.

— Ce soir, cela me paraît inutile, les stagiaires ne doivent pas avoir le droit de sortir le soir, surtout la veille d'un match. Qu'en pensez-vous, Mylène ?

— Je ne sais pas, n'oubliez pas qu'hier soir, nous l'avons croisé à Rouvroy vers les minuits ! Peut-être est-il majeur et bénéficie-t-il de permissions le soir ? Peut-être fait-il le mur ?

— C'est vrai. On ne sait pas grand-chose de lui, à part qu'il joue dans la même équipe que Laurent. Que doit-on faire ?

— Rien pour ce soir. Par contre demain, nous passerons l'après-midi à Avion et essaierons de trouver le terrain sur lequel joue son équipe, et... on verra ensuite.

— Je ne tiens pas à ce que veniez. Il connaît votre visage. Nous irons tous les deux avec Alexis, il ne nous a jamais vus. La photographie nous permettra de l'identifier.

— Je fais quoi en attendant ?

— Quartier libre. Vous allez rentrer chez vous et prendre un peu de repos. Nous nous retrouverons ici-même, demain soir pour votre soirée.

— Alors, vous venez !

— Quelle soirée ?

— Je vais t'expliquer, Alexis.

— Et vous, qu'allez-vous faire maintenant ?

— Soigneusement étudier le carnet d'adresses de Richard Vernier, en espérant trouver quelque chose de nouveau, un nom, un lieu... je ne sais pas.

— Alors à demain, je serais là vers 20 heures. Mais en attendant...

Elle se précipita vers l'escalier, grimpa les marches quatre à quatre jusqu'au second étage, jusqu'au bureau du prêtre et redescendit cinq minutes plus tard.

— Le Locuste est réellement un bar qui se trouve Grand-Place à Arras, un tout petit bar dont on distingue à peine la façade sous les arcades. Vous aviez raison lorsque vous évoquez la sorcière qui vivait dans une caverne sous la cité de Rome, le concert de Rosa Crux est en fait organisé sous le bar dans les boves, ces galeries souterraines qui quadrillent la cité.

— Tout un programme !

Mylène n'insista pas. Elle reprit la route en direction de Montreuil. Elle prit un bain, dîna et s'allongea sur son canapé devant le poste de télévision. Elle s'apprêtait à suivre un meeting d'athlétisme sur une chaîne consacrée au sport lorsqu'elle eut une idée.

La jeune femme se précipita vers l'ordinateur qu'elle alluma. Elle s'était remémoré le gendarme Grosjean cherchant sur le site de la Fédération française de football, le calendrier des matchs de son fils qui jouait dans le club de Montreuil-sur-mer, chez les moins de 13 ans, en promotion honneur. Elle frappa les lettres FFF sur Google et ouvrit le site en question. Elle chercha puis sélectionna la rubrique « autres championnats » puis « championnat des moins de 18 ans ». Elle sélectionna le groupe correspondant aux clubs du nord de la France, puis le calendrier de l'équipe de Lens. La prochaine journée de l'équipe dans laquelle était engagée l'équipe en question s'afficha.

— Zut ! Ils ne jouent pas demain !

La prochaine rencontre était programmée le dimanche 17 décembre, en déplacement à Petit-Quevilly.

Mylène décrocha le téléphone et composa le numéro du père Eustache. Elle attendit deux bonnes minutes avant de raccrocher. Elle recommença une demi-heure plus tard sans le moindre résultat. Les deux religieux ne se trouvaient pas à Amettes.

Étaient-ils partis à Avion, surveiller les allées et venues autour du centre de la Gaillette ? Que manigançaient-ils ? Que lui cachaient-ils encore ?

La jeune femme haussa les épaules, bâilla à s'en décrocher la mâchoire et décida d'aller dormir.

Chapitre 6

Samedi 9 décembre 2006

Mylène rêva, comme chaque matin, à l'extrême frontière du royaume de la nuit, d'une cité mystérieuse entourée de fortifications en ruines, sur lesquelles déambulaient des promeneurs aux vêtements d'un autre temps, d'un monument qui ressemblait étrangement à l'abbatiale Saint-Saulve. Elle marchait à pas lents au milieu de belles dames en robes du dimanche et chapeaux à fleurs, de messieurs élégants et distingués aux chefs couverts de melons ou de hauts-de-forme. Elle suivit la procession jusqu'au porche d'une église surmonté de statues décapitées et de gargouilles aux visages grimaçants. Elle entra et avança seule le long de l'allée centrale. Les paroissiens se tournèrent vers elle, découvrant leurs visages menaçants, pareils à ceux des monstres de pierre qui ornaient les frises sur les piliers. Les faces grotesques se troublèrent soudainement et disparurent, emportés par une bourrasque brutale et soudaine qui balaya l'intérieur de l'édifice. Les corps sans visages restèrent, quant à eux, immobiles et raides, comme pétrifiés par l'apparition d'une gorgone. Une brume épaisse et tourbillonnante se mit à suinter du sol et noya le décor de pantins figés.

Le radioréveil se mit à beugler, déversant dans la pièce les notes mal assemblées d'une chanson de variété de mauvaise qualité. Mylène soupira, regrettant presque les puissantes vocalises du coq d'Amettes.

La jeune femme se leva, enfila sa tenue de sport, grignota quelques céréales et sortit de son appartement. Elle enchaîna deux tours complets des remparts de Montreuil-sur-mer, malgré la pluie fine et glaciale, puis passa le reste de la matinée à barboter dans la baignoire débordant de mousse.

Le sable s'écoula dans le sablier beaucoup plus vite que prévu. Les dernières heures du jour glissèrent vers le soir, emportées par l'activité débordante de Mylène qui, ces derniers temps, avait singulièrement négligé les tâches ménagères.

Vint le moment de choisir la tenue adéquate pour la sortie nocturne. Mylène se sentait aussi excitée qu'une lycéenne qui s'apprête à se rendre dans une soirée. Il y avait bien longtemps qu'elle n'était sortie un samedi soir. Encore une partie de sa vie qu'elle avait tendance à négliger... comme les corvées ménagères...

Comment concilier le plaisir d'assister à un concert de rock en toute harmonie avec l'ambiance électrique, avec les objectifs de la mission ? Il fallait pouvoir se fondre dans la masse des spectateurs, tout en étant opérationnelle.

Elle passa plus d'une heure à déballer vêtements et chaussures de la commode ainsi que du placard de la chambre à coucher et à essayer différentes tenues devant le miroir. Elle opta pour une jupe courte noir portée sur des collants en laine de la même couleur et un sweat bien échancré, noir également. Elle se chaussa de bottines aussi noires que le reste et enfila un blouson de cuir. Le maquillage particulièrement appuyé renforça l'allure gothique qu'elle voulait se donner. L'ensemble ne convenait pas spécialement au froid humide qui sévissait en ce début du mois de décembre. Mais qu'importe, il devait faire chaud, très chaud dans les entrailles de la terre, sous la place d'Arras.

Mylène démarra la Golf. L'horloge indiquait qu'il était presque 20 heures. Elle jeta également un œil sur la jauge de carburant et réalisa qu'en à peine une semaine, elle venait de brûler quelques dizaines de litres de gasoil.

— Je vais envoyer la facture au diocèse à Arras, songea-t-elle.

Elle glissa un CD dans le lecteur et prit la route. Les kilomètres défilèrent au rythme d'une compilation des plus grands succès du groupe *Depeche Mode*. La voix de David Gahan entamait *Blasphemous rumours* lorsque le véhicule, à 21 h 02, pénétra dans le village d'Amettes.

Les lumières du rez-de-chaussée brillaient dans l'obscurité. Mylène jeta un œil par la fenêtre et aperçut les deux religieux qui bavardaient, confortablement assis dans les fauteuils du salon. Elle sonna et attendit quelques instants. La clef tourna dans la serrure et la porte s'ouvrit.

— Te voilà enfin !

Mylène ne répondit pas et suivit Alexis Pontchartrain dans le couloir.

— Nous commencions à nous demander si tu n'avais pas pris la décision de te rendre seule à cette soirée à Arras.

Les deux religieux examinèrent la jeune femme des pieds à la tête sans oser le moindre commentaire, mais Mylène remarqua à leur mine qu'ils n'appréciaient pas spécialement son look, en particulier le maquillage outrancier qui cernait de noir son regard bleu et lui donnait le teint blafard d'une créature de la nuit. Peut-être aussi le ras-du-cou en cuir et métal qui se rapprochait plus du collier de chien que du bijou de marque.

Le père Eustache n'était pas mal non plus en costume noir et sous-pull de la même teinte sur lequel coulait sa longue barbiche. Son crâne oblong luisait comme un œuf.

— Je suis prêt ! lança-t-il.

— J'en ai pour une seconde.

Mylène monta les escaliers et revint avec le Sig Sauer qu'elle avait laissé sous le matelas du lit de la chambre qu'elle occupait. Elle exhiba l'arme avant de la glisser dans son sac à main.

— Il vaut mieux prendre nos précautions, j'ai l'intuition qu'il va se passer quelque chose ce soir !

— Allons-y ! se contenta de répondre le prêtre exorciste, nous avons de la route et je ne voudrais en rien manquer le début du spectacle.

Ils sortirent et grimpèrent dans la voiture.

— J'ai tenté de vous appeler, hier soir en rentrant, à propos de l'emploi du temps supposé du camarade de Laurent Suger, pour vous prévenir que c'était inutile d'aller le voir jouer demain, l'équipe ne joue pas et le prochain match aura lieu en Normandie, à Petit-Quevilly le 17 décembre... Mais en vain. Étiez-vous sortis tous les deux ?

— Nous avons dû nous rendre en urgence à Arras au diocèse et aujourd'hui j'ai effectué plusieurs visites qui m'ont pris la journée. Certes, cette enquête est importante, cependant, je ne dois pas négliger mon sacerdoce.

— Avez-vous eu le temps de jeter un œil sur le carnet de Richard Vernier ?

— Je n'ai pas eu une minute à moi !

— Et Pontchartrain ?

— Il m'a suivi comme mon ombre !

— Puisque vous étiez à Arras, peut-être avez-vous repéré le Locuste ?

— Nous n'y avons même pas pensé.

— Cela ne sera pas bien compliqué de le trouver sur la Grand-Place.

Les minutes suivantes furent silencieuses. Mylène trouvait l'attitude du prêtre un peu imprévisible. Il fonçait droit devant pour retrouver le ou les assassins du stade Bollaert et celui ou ceux de Richard Vernier, puis soudainement, s'autorisait une pause, retournait chasser le diable dans le cœur des possédés du Pas-de-Calais, ou alors se rendait à de mystérieux rendez-vous au diocèse, éloignant de la jeune femme le temps de vaquer à ces occupations.

— Parlez-moi un peu de ce groupe, Rosa Crux, je n'en ai jamais entendu parler, je nage dans l'inconnu, demanda le prêtre.

— Vous avez retenu le nom, c'est déjà bien.

— Vous savez certainement qu'en latin cela signifie la rose et la croix. Existe-t-il un lien entre ces musiciens et cette société ésotérique qui porte le même nom ?

— Non, je ne crois pas, enfin, je ne sais pas...

— Ce n'est pas grave.

— Pour en revenir à Rosa Crux, le groupe a été créé à Rouen, dans les années 80, et a réussi l'exploit de perdurer jusqu'au XXIe siècle. Comme je vous l'ai dit hier, leurs concerts sont de véritables performances qui naviguent vers de nouveaux univers au-delà de la musique en mêlant projections, chorégraphies d'avant-garde et utilisation de machines incroyables et infernales !

— Je n'aime pas ce mot !

— Ce n'est qu'une image, le groupe s'est donné pour objectif l'exploration de l'homme, de la dérision de son enveloppe corporelle, sa transformation – les danseurs sont parfois nus, souvent maculés et désarticulés –, la monstruosité qui existe chez chacun de nous, aux insondables abîmes de l'âme humaine.

— C'est tout un programme ! Si je me souviens bien, ils chantent en latin ?

— Oui, tout à fait

— Et la musique, c'est quel genre ? Je ne connais vraiment pas ce que vous avez appelé de la Dark Rave.

— *Dark Wave*, rectifia Mylène en souriant, j'irais même à définir leur musique comme du *Dark Ritual*, puisque les textes sont issus de la liturgie ou bien d'ouvrages ésotériques et païens.

Elle poursuivit son explication :

— C'est un peu compliqué à expliquer, il faut écouter pour comprendre, et j'ai oublié d'apporter mon CD. Pour simplifier, Rosa Crux jette une passerelle entre les techniques électroniques que nous connaissons aujourd'hui, et l'esprit du monde médiéval, « lorsque la civilisation industrielle rencontre le Moyen-Âge », écrivent-ils sur leur site Internet. Je crois avoir lu que le chanteur du groupe est un ancien élève des Beaux-Arts, et que c'est à la suite de la découverte de vieux textes grecs ou latins qui devaient être chantés il y a fort longtemps qu'il s'est lancé dans sa démarche artistique.

Mylène alluma l'autoradio et inséra un CD.

— C'est une compilation de groupes qui jouent une musique dans la même veine que Rosa Crux, en plus facile d'accès. Cela vous donnera une idée sur ce que nous allons écouter ce soir !

Le père Eustache écouta religieusement les titres de *Dead Can Dance*, *Virgin Prunes*, *Cocteau Twins*, etc. Le dernier morceau s'acheva au moment même où la Golf entrait dans Arras. La jeune femme stationna le véhicule dans une petite rue à proximité immédiate de la Grand-Place.

— Je crois que je vais laisser mon sac dans la voiture, il risque de m'encombrer.

Elle en sortit le pistolet automatique.

— Puis-je vous le confier ? Vous avez de grandes poches, ce qui n'est pas mon cas. Et puis, s'il y a un problème, on ne vous fouillera pas !

Le prêtre glissa le Sig Sauer au fond de son manteau en marmonnant.

Ils déambulèrent sous les arcades, au pied des vieilles demeures, cherchant l'enseigne lumineuse au-dessus de l'étroite façade, sur laquelle le mot Locuste surgirait comme le visage édenté de la vilaine sorcière de Rome. Seules quelques vitrines étaient éclairées, des restaurants et des bars. Ils n'eurent aucun mal à débusquer l'établissement.

Ils poussèrent la porte et entrèrent. Le bistrot compensait son étroitesse par une étonnante profondeur, le long de laquelle les tables, presque toutes vides, s'alignaient le long du bar sur lequel reposaient les coudes de quelques noctambules assoiffés.

Les yeux de Mylène et du père Eustache se figèrent sur l'immense fresque qui recouvrait le mur, au-dessus des tables. Elle représentait un champ de ruines antiques au centre duquel émergeait un cloaque repoussant et l'entrée d'une caverne de laquelle sortait une vieille femme d'une laideur repoussante au visage hirsute et terrifiant.

— C'est elle, Locuste, au milieu d'un quartier de Rome en ruines, souffla Eustache.

La tête de la sorcière que l'on aurait pu confondre avec le portrait de Méduse, la plus terrifiante des Gorgones, se retrouvait çà et là, incrustée sur le bois du bar, en surimpression sur la glace, sur les portes et le dossier des chaises.

La porte s'ouvrit et trois jeunes d'une vingtaine d'années entrèrent à leur tour. Les deux garçons, tout en cuir, arboraient une superbe crête sur le haut du crâne. La fille était enveloppée d'un long manteau noir dont les pans traînaient sur le sol et qui couvrait une robe d'inspiration médiévale. Les visages étaient couverts de piercings, dans les narines, les oreilles, les sourcils, etc.

Ils firent un signe de la main au barman et traversèrent l'établissement jusqu'à une porte. Ils cognèrent à trois reprises. La porte s'ouvrit laissant apparaître un colosse à la poitrine surpuissante enserrée dans un tee-shirt noir. Ils exhibèrent leur laissez-passer et s'évaporèrent.

— Je peux vous aider ?

Mylène se tourna vers le barman et présenta l'invitation qu'elle avait trouvée dans la chambre de Laurent Suger.

— C'est par là, bonne soirée !

Il désigna la porte derrière laquelle les trois jeunes venaient de disparaître. La jeune femme et le prêtre s'avancèrent à leur tour et frappèrent à trois reprises. La porte s'ouvrit à nouveau, laissant apparaître le cerbère qui examina soigneusement l'invitation avant de les autoriser à entrer, à leur tour. Il désigna du doigt un escalier qui s'enfonçait dans le sol.

Une trentaine de marches plus tard, ils débouchèrent dans une vaste cave aux murs tapissés de briques noircies par les ravages du temps. Ils remarquèrent à l'autre extrémité, une trappe dont le plateau de bois était redressé contre le mur. Ils s'approchèrent et remarquèrent l'échelle en bois qui permettait de descendre à un niveau inférieur. Ils s'engagèrent avec précaution et se retrouvèrent au milieu d'une galerie taillée à même la craie et dont les parois étaient balisées de torches enflammées.

— Une mise en scène digne des meilleurs jeux de rôles.

— Vous n'êtes pas sans ignorer, Mylène, que le sous-sol est truffé de galeries comme celle-ci, les boves dont les plus anciennes remontent aux origines de la ville, au Moyen-Âge, lorsque les habitants se servirent de la craie pour bâtir les édifices de la cité et les remparts. Elles furent en particulier utilisées et aménagées par les Anglais durant la première guerre mondiale. Elles leur permirent de surprendre les Allemands qui ne s'attendaient pas à les voir surgir si près d'eux.

— Merci de cette leçon d'histoire !

Ils suivirent la lumière en direction d'un brouhaha qui s'amplifiait peu à peu, se précisait, permettant aux oreilles initiées de reconnaître la rythmique répétitive et la voix caverneuse d'un groupe qui tentait d'imiter, sans être ridicule les *Sisters of Mercy*. Le couloir tourna vers la gauche à deux reprises, se prolongea sur une centaine de mètres avant de tourner à droite et de déboucher dans une vaste salle éclairée de mille feux qui scintillaient aux fluctuations de la musique.

Le groupe de musiciens, composé d'un chanteur guitariste, d'un bassiste et d'un troisième homme qui gérait la boîte à rythmes et les effets électroniques, jouait sur le devant d'une vaste scène cernée de jeux de lumières. Elle occupait tout le fond de la caverne. Une centaine de spectateurs gigotait devant la scène.

De l'autre côté, derrière l'espace réservé aux techniciens du son et à la sono, les organisateurs avaient installé un bar d'une rusticité quasi médiévale puisqu'il n'était constitué que d'une longue et solide planche de bois qui reposait sur plusieurs tonneaux. Une foule presque aussi nombreuse que devant la scène, bavardait et consommait.

— C'est eux Rosa Crux ?

— Non, il s'agit de la première partie, un groupe d'Arras.

Les yeux du prêtre s'arrondirent :

— Dites, c'est quoi tous ces trucs derrière la scène ?

Il désigna d'étranges instruments de percussions, une sorte de vieux clavier relié à tout un assortiment de cloches. Un étrange carillon qu'entouraient des écrans de projection, des tentures.

— C'est tout l'attirail scénique de Rosa Crux, les effets de mise en scène et les instruments dont ils sont les concepteurs. Les percussions sont reliées les unes aux autres et jouent toutes seules.

— C'est amusant ! Bon, que fait-on ?

— Allons prendre un verre au bar.

Il se glissèrent parmi la foule. Le père Eustache commanda un gobelet de bière tandis que Mylène prenait une boisson à la fois énergisante et alcoolisée.

— C'est pas terrible ce que vous buvez !

— Je n'aime pas la bière et ça fait grossir.

— Il fait chaud, vous ne trouvez pas ? ajouta-t-elle.

— Pas spécialement.

— Moi, je tombe la veste !

Elle ôta son blouson de cuir et s'approcha du barman derrière lequel trônait un portemanteaux. Elle lui tendit. Il le prit et lui donna un jeton en échange. Mylène se tourna vers le prêtre :

— J'en fais quoi, j'ai rien pour le garder ?

— C'est bon, donnez-le.

Il glissa le jeton dans l'une de ses poches de manteau.

— Bon, on fait quoi maintenant ?

— On écoute et on observe. Avec un peu de chance, on tombera sur le copain de Laurent Suger, et cette fois, on lui met le grappin dessus !

— Et comme c'est moi qui ai le pétard, aucun risque que vous ouvriez le feu dans la foule pour le neutraliser.

— C'est malin !

— Ce n'est pas comme cela que l'on procède dans la gendarmerie nationale ? Je croyais ! Après les sommations d'usage, bien évidemment !

— Arrêtez vos bêtises et taisez-vous, on pourrait nous entendre. Concentrez-vous sur ce qui nous entoure, peut-être que celui que vous cherchez se trouve ici, au milieu des spectateurs.

— S'il se glisse ici, ne vous inquiétez pas, je le sentirai.

La première partie s'acheva, le public convergea vers le bar tandis que les techniciens réaménageaient l'espace scénique.

— Je n'aime pas cette atmosphère, souffla le prêtre à l'oreille de la jeune femme en désignant la foule des spectateurs, plus excentriques les uns que les autres. Cependant, l'allure du père Eustache ne dénotait absolument pas. Il ressemblait à un prêtre, ce qui passait inaperçu.

Il s'approcha du bar et commanda une seconde bière, Mylène reprit également de son cocktail explosif.

Le public convergea vers la scène et soudain, les lumières s'éteignirent, plongeant la caverne dans le noir le plus total. Les percussions déchirèrent l'atmosphère. Les projecteurs inondèrent la scène, révélant Olivier Tarabo, le chanteur à la longue chevelure brune, et Claude Feeny, la musicienne qui déchaînait les plaintes métalliques du carillon. Les projecteurs inondèrent les murs d'images représentants un crâne de pierre qui semblait cracher sur les ossements qui le soutenait, ainsi qu'une monstrueuse tête d'homme déformée, le visage d'un Marlon Brando mongolien.

Ils écoutèrent les premiers morceaux.

— C'est un peu particulier ! C'est même très particulier ! Le religieux n'approuve pas cette mise en scène un peu païenne, le mélomane n'y trouve pas son compte, mais bon ! On supportera ! Et vous, vous aimez ?

— C'est génial !

— Si vous le dites.

— Approchons-nous de la scène, on verra mieux.

Ils se glissèrent sur le côté de la foule.

La grande tenture glissa sur le sol, révélant un homme et une femme, entièrement nus, agenouillés sur une draperie claire, devant deux bacs contenant de l'argile en poudre et de l'argile liquide. Ils commencèrent à s'en enduire le corps au rythme de la musique, exécutant un étrange ballet. Bientôt, il ne fut plus possible de différencier les cordages qu'ils serraient dans la bouche, de leur longue chevelure. Il émanait de cette performance une sensualité primitive qui ne pouvait laisser insensible.

— C'est la danse de la Terre, le cycle de la vie, la terre va et vient à intérieur et à l'extérieur du corps, avalement et vomissement. C'est très symbolique !

— Heureusement que nous n'avons pas demandé à Pontchartrain de nous accompagner, son vieux cœur n'aurait pas résisté !

À la fin de la performance, Mylène souffla au prêtre :
— Je vais faire le tour de la salle, je reviens.
— Je ne vous quitte pas des yeux, faites en sorte que nous puissions rester à vue, en permanence.
— OK, je vais faire attention.

Mylène s'éloigna et se glissa parmi les spectateurs. Elle tenta de gagner l'autre côté de la caverne. Lorsqu'elle fut parvenue à destination, elle chercha des yeux le père Eustache et lui fit un discret signe de la main.

La jeune femme laissa alors son regard errer dans la foule, cherchant, au hasard, un visage familier, tout en écoutant la musique. Elle s'attarda sur un profil aux cheveux courts. Le jeune homme tourna la tête dans sa direction.

Un hasard incroyable.

Elle reconnut le stagiaire du Racing Club de Lens, le mystérieux copain de Laurent Suger. Mylène fit un grand signe au père Eustache, lui indiquant le garçon du doigt, mais un groupe de punks, gesticulant comme des possédés s'intercalèrent entre les deux et elle perdit le religieux de vue.

Le footballeur regarda Mylène, la reconnut certainement et comprit aussitôt pourquoi elle le désignait. Il recula et fendit la foule vers l'arrière. Elle se lança à sa poursuite, contourna certaines bandes qui se lançaient dans des pogos effrénés.

Le garçon s'extirpa de la masse et se précipita en courant vers le couloir. Mylène espéra que le père Eustache avait vu son geste et avait compris, lui aussi. Le fugitif courait drôlement vite, il traversa le long couloir en un temps record, mais Mylène qui excellait en course à pied, le talonnait quasiment lorsqu'il tourna à la fin de la ligne droite.

Elle prit un virage, le plus serré possible et... tenta d'éviter quelqu'un qui surgit de l'ombre. La jeune femme dérapa, effectua un roulé-boulé et sentit son crâne percuter la paroi de l'autre côté du passage. Sa vue se troubla durant quelques instants.

— Ça va, mademoiselle ?

Elle redressa la tête et s'empara de la main qui l'aida à se relever. Elle chercha des yeux le jeune footballeur. Il avait disparu.

— Vous sentez-vous bien, mademoiselle ?

— Un peu sonnée ! répondit-elle en se frottant le crâne et en découvrant une bosse au-dessus de la tempe, sur la droite de la tête.

Elle planta enfin son regard dans celui de son interlocuteur, aussi bleu que le sien, encore plus clair, peut-être.

— Vous avez mal ?

— Non, ce n'est qu'une simple bosse.

L'inconnu, âgé d'une quarantaine d'années, portait une longue veste de cuir sur une chemise blanche au col largement ouvert qui laissait imaginer un poitrail musclé et velu. Les tempes grisonnantes et les cheveux coiffés à la brosse apportaient une touche de classe supplémentaire à un visage délicat et viril à la fois. Il ressemblait au personnage de Bob Morane, dans la version bande dessinée.

Un rayon de lumière s'en vint inonder le vide sentimental qui désolait la vie de la jeune femme depuis de longs et nombreux mois.

— *Une jolie fille comme toi, et toujours pas de fiancé ni de mari !*

— *Non toujours pas, je dois leur faire peur... peur de quoi ?*

L'inconnu ne semblait pas avoir spécialement peur, et de la manière dont il dévisageait et même déshabillait Mylène du regard, on le sentait prêt à briser sur-le-champ le manque affectif.

— *Après tout, pourquoi pas, il est plutôt mignon !*

— Vous sembliez particulièrement pressée. Vous avez manqué de me percuter de plein fouet, je n'ai eu que le temps de vous esquiver !

— Je suis désolée.

— C'est moi qui suis désolé, j'aurais dû vous retenir, ce qui vous aurait évité la chute ! Et votre jambe ?

Mylène s'aperçut qu'elle avait déchiré son collant à la jambe droite, juste au-dessus du genou.

— Ce n'est rien !

— Excusez-moi, je ne me suis pas présenté : je m'appelle Henry de Saint-Liphard, je suis le propriétaire du Locuste et l'organisateur de cette soirée.

— Mylène, Mylène Plantier.

Elle lui tendit la main, attendant qu'il la serre. Il la prit délicatement et effleura la pointe des doigts d'un presque imperceptible baiser.

— Je suis confuse !

— Il ne faut pas ! Venez, je vous invite à prendre un verre au bar. Vous me raconterez pourquoi vous couriez dans ce couloir à en perdre l'haleine... et puis non... chacun ses secrets, nous trouverons d'autres sujets de conversation.

La jeune femme hésita. Le footballeur s'était fait la malle, aucune chance de mettre la main sur lui. Et puis, le patron du Locuste avait beaucoup de charme, il savait être convaincant.

— D'accord, allons-y !

Ils regagnèrent la salle de concert. Il n'y avait guère de monde autour de bar, les spectateurs s'agglutinaient devant la scène. Elle chercha longuement des yeux le père Eustache sans parvenir à l'apercevoir.

— Que voulez-vous boire ?

Son regard s'attarda encore un peu au niveau du public, puis elle se décida à répondre :

— Gin tonic, vous avez ?

— Il n'y a qu'à demander ! Vous chercher quelqu'un ?

— Les deux modèles de la Danse de la Terre.

— Ils ont achevé leur prestation, ils sont partis se débarbouiller. Voulez-vous les rencontrer ?

— Pas spécialement, j'ai beaucoup aimé la chorégraphie, félicitez-les de ma part !

— Si vous avez un peu de temps à perdre après le concert, il sera possible de les rencontrer ainsi que les membres du groupe. Vous les féliciterez vous-même !

— On verra !

— C'est la première fois que vous venez ?

— Oui, c'est un ami qui m'a fait cadeau de son invitation, je ne regrette pas !

— Lorsque j'ai repris le bar, il y a plusieurs mois et que j'ai commencé à organiser des concerts dans les boves, j'ai tout de suite compris qu'il fallait sélectionner le public en réservant l'entrée à une clientèle triée sur le volet.

— Vous avez organisé beaucoup de concerts ?

— C'est le quatrième.

— Que du gothique ?

— Que du gothique ! Et un public d'initiés !
Le barman tendit un verre à Mylène.
— Vous êtes venue avec votre ami ?
— Non, je suis venue seule.
— Alors qui pourchassiez-vous dans le tunnel ?
— Chacun ses secrets, avez-vous dit !
— Effectivement !

Ils échangèrent quelques banalités jusqu'à ce qu'un couple s'approche d'eux. Ils dénotaient singulièrement des autres spectateurs du concert. L'homme âgé d'une bonne cinquantaine d'années rondouillarde et débonnaire, portait un costume croisé bleu marine sur une chemise rose. La dame, brune et coupée au carré, était gainée d'une robe de soirée noire et fort décolletée qui glissait jusqu'à ses escarpins.

Le type fit un signe de la main au maître de maison, reposa son verre sur le comptoir et lança :
— À très bientôt, Henry, je suis parti !
— Permettez, je vous abandonne quelques instants, le temps de saluer mon ami Ludovic, Maître Ludovic Lartigot, c'est mon avocat !
— Vous avez des soucis ?
— Non, pourquoi ?
— Quand on fait appel à son avocat c'est que l'on a des soucis !
— Non, ce n'est qu'un ami, ne bougez pas d'ici, je reviens.

Il fit signe au barman et lui demanda de préparer un second gin tonic à Mylène. Henry de Saint-Liphard s'éloigna de la jeune femme et rejoignit le couple.

Mylène en profita pour observer le public, scrutant plus intensément les zones plus sombres, espérant y découvrir la longue silhouette et le crâne chauve du père Eustache, mais en vain.

Le maître des lieux revint vers Mylène, cinq minutes plus tard, en compagnie de la dame qui accompagnait l'avocat, après que celui-ci ait disparu dans le couloir.

— Ma chère Lisa, voici la charmante jeune femme dont je vous ai parlé et que j'ai manqué d'assommer il y a un quart d'heure. Drôle de manière de faire connaissance.

— Charmante, en effet ! se contenta-t-elle de commenter en accrochant le regard de Mylène et en s'y incrustant.

— Je vous remercie, répondit Mylène soutenant avec peine les grands yeux à la couleur si particulière : un vert clair et limpide parsemé d'or.

Difficile de donner un âge à l'inconnue : 40 ans, une petite cinquantaine, peut-être davantage, peut-être moins. Les traits de son visage, à la fois lisses et épanouis, n'apportaient aucun indice. Une taille fine et un ventre plat, à peine bombé, contredisaient le message laissé par la lourdeur des seins comprimés sous le décolleté et la courbure prononcée des reins que moulait la robe.

— Tenez, fit Henry de Saint-Liphard, en tendant à Mylène le gin tonic que le barman venait de préparer avec un peu de retard.

— J'aime beaucoup ce groupe, lâcha Mylène en trempant ses lèvres dans le breuvage.

Cette banalité lui permit d'échapper au regard de la compagne de l'avocat et de se placer face à la scène.

— Votre mari ne semblait pas apprécier, ajouta-t-elle.

— Ce n'est pas mon mari, juste un ami !

La remarque fit sourire le maître des lieux qui tendit un verre à Lisa et en prit un pour lui.

— Trinquons à notre rencontre et au succès de cette soirée.

Il porta le gobelet à ses lèvres.

Mylène se décala légèrement sur le côté afin de leur permettre de profiter pleinement du spectacle. Ils restèrent quelques minutes à écouter et à regarder.

Elle termina son verre qui lui laissa un goût étrange dans la bouche comme si un autre alcool avait été associé au cocktail.

La jeune femme sentit que la tête lui tournait légèrement, sa vision devenait floue.

— J'ai trop forcé sur l'alcool, songea-t-elle, manque d'habitude !

D'autre part, elle se sentait légère, comme du coton... fourmillant de partout...

Elle tourna la tête à plusieurs reprises pour croiser le regard de Lisa qui ne la quittait pas des yeux. Henry de Saint-Liphard lui sourit.

— *Qui est-elle pour lui ? Une simple amie, sa maîtresse ? Me voit-elle comme une rivale ? Lui aurai-je aussi tapé dans l'œil ? Préfère-t-elle les femmes ? J'ai vraiment trop bu, j'imagine n'importe quoi !*

Mylène chancela, perdit l'équilibre et partit en arrière. Le propriétaire la rattrapa avant qu'elle ne tombe.

— Vous ne vous sentez pas bien ?

— Ce n'est rien, juste un étourdissement. J'ai les jambes en coton et la tête en coton... Les oreilles qui bourdonnent...

— Voulez-vous que nous allions prendre l'air, que nous sortions ? Je crois que vous avez besoin de respirer.

— Si vous voulez !

Elle sentit le bras de Lisa qui se glissa sous le sien. Henry fit de même de l'autre côté. La vision de Mylène se rétablit complètement mais au ralenti, engourdie comme si elle se mouvait dans une matière molle.

Elle se sentit un peu mieux lorsqu'ils sortirent du bar. Elle ne se souvint pas avoir gravi les escaliers.

— Voulez-vous que nous vous emmenions faire une petite promenade ?

— Je ne sais pas, il me faut récupérer mon blouson, s'entendit-elle répondre.

— Nous nous en occupons.

Ils marchèrent encore. Elle se sentait sans volonté, le cerveau anesthésié, sans réaction. Elle chancela encore. Ils l'aidèrent à se glisser sur la banquette arrière d'une grosse berline. Elle ne perçut que les lumières qui glissaient autour d'elle et le bruit des gouttes de pluie sur les vitres et la carrosserie de la voiture.

Combien de temps dura le trajet ? Elle avait perdu toute notion de durée.

Les pneus crissèrent sur un sol couvert de gravillons. La voiture s'immobilisa et la portière s'ouvrit. Mylène sortit toute seule, pieds nus, sans se soucier qu'elle avait ôté ses bottines. Il pleuvait des cordes. En peu de temps, elle fut trempée jusqu'aux os.

— Vite rentrons à l'intérieur !

La voix paraissait si lointaine et si proche à la fois. Les sons semblaient flotter, gonflés comme de grosses baudruches, si volumineux et si légers à la fois.

Les quelques marches du perron lui semblèrent aussi hautes que les niveaux des grandes pyramides. Les franchir lui parut un exploit hors du commun. Lorsque la lumière inonda son champ de vision, l'irréalisable venait d'être réalisé.

Un autre escalier surgit devant elle, bien plus haut, immense. Lisa lui prit la main et l'entraîna. Elles flottèrent toutes les deux le long de la rambarde en bois jusqu'à un nouveau palier aussi lumineux. Ils entrèrent dans une vaste pièce.

Mylène frissonna. Le froid, la pluie...

La pression de la peau de Lisa contre la sienne devint brûlante. Mylène sentit son sang se réchauffer, puis bouillir dans ses veines, ses artères.

Le contact se rompit. Comme par enchantement les vêtements gorgés d'eau glissèrent l'un après l'autre sur le sol, les collants, la jupe, le sweat. Mylène sentit les deux agrafes de son soutien-gorge sauter l'une après l'autre. Elle resserra les épaules afin de permettre aux bretelles de glisser, à la poitrine d'apparaître, libre de tout tissu. La petite culotte s'enfuit, elle aussi.

Le regard doré de Lisa revint se planter dans celui de Mylène. Elle colla sa bouche contre celle de la jeune femme. Mylène répondit, totalement soumise, totalement inhibée. Les langues s'entremêlèrent, entamant un ballet ensorcelé. Les lèvres de Lisa s'échappèrent, coulèrent sur le menton, laissant une trace humide avant de descendre dans le cou...

— Non pas encore !

L'injonction se répercuta sur les murs, résonnant comme un gong. Mylène chercha des yeux le stentor. Elle se retourna. Henry de Saint-Liphard apparut, entièrement nu, tout en muscles.

Il contourna la jeune femme et vint poser les mains sur les épaules de Lisa. Il fit glisser les bretelles de la robe de soirée et tira vers le bas, l'aida à glisser jusqu'aux chevilles. Dessous, Mylène ne découvrit rien d'autre qu'une peau à la douceur inouïe.

Elle sentit Henry de Saint-Liphard revenir se coller contre son dos, lui enserrer la poitrine. Elle se retourna, il s'empara de sa bouche avant de la porter sur le lit.

Le reste ne fut qu'une succession d'images, de sensations, d'explorations... et puis cette odeur de violette, puissante, enivrante qui suintait de chaque parcelle des corps de ses deux partenaires et dont elle cherchait à s'abreuver sans fin... La verge d'Henry qui allait et venait au fond de son ventre, la bouche de Lisa qui lui mordait le cou, le sang qui coulait sur sa poitrine...

Plusieurs détonations... Un grand cri :

— Le feu... il y a le feu...

Et puis le néant...

Chapitre 7

Dimanche 10 décembre 2006

Mylène rêva encore d'une cité mystérieuse entourée de fortifications en ruines, d'un monument qui ressemblait étrangement à l'abbatiale Saint-Saulve. Mais il n'y avait âme qui vive. Rien. Le vide.

Le coq ne chanta pas, elle se réveilla naturellement, toute seule. Elle ouvrit les yeux, un cadre lumineux entourait le volet, il faisait jour dehors. Elle tenta de se redresser, sans vraiment y parvenir tant la tête lui tournait, tant les tempes étaient douloureuses. Mylène resta allongée sur le dos un petit moment mais elle ne se sentait pas très bien. Elle fut prise d'une nausée soudaine, et dut malgré tout se lever et se précipiter vers la bassine en émail qu'elle savait sur la coiffeuse en acajou. Elle ne se libéra que d'une substance bileuse qui lui brûla la gorge.

Elle respira longuement et alluma la lumière. Mylène s'appuya sur le mur, son manque d'équilibre la surprit. La jeune femme se regarda dans la glace et s'exclama :

— Qu'est-ce que c'est que cette tenue ?

La chemise de nuit semblait sortie tout droit du feuilleton *La Petite Maison dans la prairie*.

— Et c'est quoi ce pansement dans le cou ?

Elle chercha sa montre qu'elle aperçut sur la table de nuit.

— Il est 15 heures !

On frappa discrètement à la porte.

— Entrez !

La porte s'ouvrit et entra une grande femme aux cheveux blancs qu'elle ne connaissait pas.

— Vous n'auriez pas dû vous lever, vous devriez vous recoucher !

— Pourquoi ? Il est 15 heures.

Le visage lui paraissait familier.

— À qui ai-je l'honneur ?

— Je suis Andrée Longèves, la sœur du père Eustache, et vous, vous vous prénommez Mylène, vous souvenez-vous ?

— Oui, je sais ! Je sais qui je suis !

C'est tout ce qu'elle savait en fait, qu'elle s'appelait Mylène. Pour le reste tout était flou, incertain. Elle s'assit sur le lit. La brume se dilua peu à peu, les souvenirs affluèrent, remontèrent en surface : la vie de Mylène, la gendarmerie, Pontchartrain, le père Eustache, cette chambre où elle avait déjà dormi, l'étrange enquête, une multitude d'autres détails jusqu'au concert de la veille... et puis plus rien.

— Comment vous sentez-vous ?

— Ça va ! Est-il possible de prendre une douche ? Pour me remettre les idées en place.

— La salle de bains est à l'étage inférieur, sur le palier.

Mylène ramassa quelques vêtement dans son sac de voyage et quitta la chambre. Elle resta longuement sous l'eau chaude, s'habilla et descendit.

Le père Eustache, sa sœur et Alexis Pontchartrain bavardaient assis tous les trois autour de la table de la cuisine. Ils se levèrent dès qu'ils l'aperçurent.

— Tu n'aurais pas dû te lever si vite ! fit le vieux prêtre.

— Je me sens bien, et il est plus de 15 heures…

À peine avait-il prononcé ce dernier mot qu'elle eut violemment envie de vomir. Elle se précipita vers les toilettes et recracha une nouvelle fois cette même bile nauséabonde. Elle se passa de l'eau sur le visage et revint dans la cuisine.

— Ça va mieux ?

— Oui, je me sens nauséeuse et l'équilibre n'est pas très sûr, comme pour une gueule de bois. Je ne me souviens pourtant pas avoir bu hier soir.

— De quoi te souviens-tu ?

— De pas grand-chose, en fait.

— Le concert à Arras au Locuste ?

— Je m'en souviens, mais c'est très vague. Ai-je trop bu hier soir ?

— Un petit peu, mais sans plus, tu as surtout été droguée à ton insu !

— Qu'est-ce que vous racontez ?

— Tu as été droguée, répéta le père Eustache, on t'a fait boire une cochonnerie, peut-être du GHB, ou tout du moins une drogue similaire.

— La drogue des violeurs, vous voulez dire que j'ai été violée ?

— Fort probablement !

— Excusez-moi de ne pas vous épargner les détails, Messieurs les ecclésiastiques et Madame, je viens de prendre ma douche et je n'ai rien remarqué de tel !

— Vous connaissez les effets de la GHB, vous étiez parfaitement consentante, à votre insu !

La mémoire à court terme, paralysée par la substance, lâcha du lest, libérant quelques images de corps enlacés, d'un plaisir partagé... Mylène frissonna.

— Cependant, vous avez failli y perdre la vie !
— Je ne me souviens de rien !
— Allons dans le salon pour en discuter tranquillement et confortablement. Mais peut-être as-tu faim, veux-tu une légère collation ?
— Non merci, sans façon ; par contre, avez-vous du Coca-Cola ?
— Non, mais Andrée va aller en acheter à la boulangerie, c'est juste à côté.
— Je ne veux pas vous déranger ! Et puis, les boulangeries sont fermées le dimanche après-midi !
— Pas chez nous.

La sœur du religieux enfilait déjà son manteau. Elle avait compris le message et sortit. Ils s'installèrent dans les fauteuils.

— De quoi te souviens-tu ? lança immédiatement le père Eustache.

La chronologie des événements de la veille se précisait et s'ordonnait peu à peu. Mylène fut capable de reprendre dans les détails les moments de la soirée depuis le départ d'Amettes jusqu'à l'arrivée à Arras, l'entrée au Locuste, le concert, la fameuse Danse de la Terre. Mylène se souvint également avoir aperçu le jeune footballeur qui s'était aussitôt enfui. Elle raconta aussi avoir fait la connaissance du propriétaire du Locuste avec qui elle avait pris un verre.

— Vous souvenez-vous de son nom ?
— Henry de Saint-Liphard. Il y avait une femme avec lui, très belle. Elle se prénommait Lisa, je crois. Et ensuite... plus rien !

— Plus aucun souvenir ?

— Non, enfin presque. Excusez-moi encore, Messieurs, j'ai tout de même quelques brides de souvenir, je me souviens... d'avoir fait l'amour !

Alexis Pontchartrain fronça les sourcils et se signa.

— Et vous, père Eustache, je me souviens vous avoir cherché à plusieurs reprises, sans vous trouver. Où étiez-vous ? Que s'est-il passé hier soir ?

— Lorsque nous nous sommes séparés, je vous ai suivie des yeux un moment puis vous avez disparu. Moi aussi je vous ai cherchée dans le public, sans vous trouver. Puis vous êtes réapparue avec cet homme, puis cette femme est venue vous rejoindre. Je me suis mis à trembler bien malgré moi, ma gorge s'est nouée, mon cœur s'est emballé. J'eus une intuition, plus qu'une intuition : un message du Tout-Puissant, j'avais en face de moi le prédateur que je cherchais depuis plus de dix années, le prédateur de Nantes, le tueur du stade Bollaert !

— Vous l'avez reconnu ?

— Non, puisque je ne l'ai jamais vu, mais je savais qu'il s'agissait de lui ! C'est difficile à expliquer rationnellement. Je l'ai ressenti dans mon âme, dans ma chair, le démon venait de surgir à quelques mètres de moi !

— Et alors ?

— Vous avez chancelé et ils sont partis en vous tenant le bras. Je ne comprenais plus. J'avais une seule certitude, vous étiez en danger, il fallait agir rapidement. J'ai récupéré votre blouson et je vous ai suivis le plus discrètement possible. Vous êtes partis en voiture, j'ai couru jusqu'à la Golf, et par un coup de chance incroyable, j'ai pu retrouver votre trace qui me conduisit jusqu'à Rivière, un village au sud d'Arras. La voiture dans laquelle vous vous trouviez est entrée dans une propriété, la grille s'est refermée. J'ai garé votre voiture à proximité et j'ai escaladé le mur.

Il respira un coup et poursuivit :

— Je suis entré par effraction dans la demeure, une sorte de vaste manoir abandonné, aux meubles couverts de draps blancs, comme dans les films. Mon instinct m'a guidé jusqu'au premier étage, jusqu'à cette chambre et...

— Qu'avez-vous vu ?

Il hésita, un peu gêné.

— Vous faisiez l'amour avec cet homme et cette femme, tous les trois, dans une posture d'une lubricité diabolique, et... c'est alors que j'ai vu leur vrai visage à tous les deux, leur regard démoniaque. J'ai vu ce monstre vous chevaucher comme un bouc en rut tandis que vous et cette succube vous vautriez dans la lubricité comme des animaux en chaleur. J'ai croisé son regard, rouge comme la braise alors qu'elle s'apprêtait à vous mordre dans le cou ! Au même moment, deux hommes sont apparus en haut de l'escalier, portant chacun une torche ! Ils m'ont découvert et ont hurlé. J'ai ouvert le feu sur eux, plus pour les effrayer. Je ne crois pas les avoir touchés. Ils ont lâché leurs torches et ont disparu dans la nuit. L'une est tombée de l'escalier et a enflammé un meuble au rez-de-chaussée. J'ai ramassé l'autre et l'ai jetée dans la pièce en hurlant : au feu, au feu ! Un sofa s'est embrasé. Les deux démons ont filé par une autre porte, pour échapper aux flammes. Je vous ai enveloppée dans mon manteau et j'ai couru le plus vite possible pour échapper à l'incendie qui se propageait à une vitesse incroyable ! Je me suis retourné une seule fois : le manoir était en flammes !

Il marqua une nouvelle pause.

— Je vous ai déposée à l'arrière de la voiture et je suis revenu le plus vite à Amettes. Nous avons monté la garde tout le reste de la nuit, tandis que ma sœur dont vous avez fait la connaissance à votre réveil, vous mettait au lit et vous veillait.

— Votre sœur ?
— Elle est rentrée de Rome hier, mais n'était pas à la maison lorsque vous êtes passée me chercher.
— Est-elle au courant ?
— Oui.
— Voulez-vous dire qu'Henry de Saint-Liphard a abusé de moi, ainsi que son amie Lisa, tous les deux ?

Le visage de Mylène était devenu pâle à faire peur. Les deux religieux n'étaient pas au mieux, non plus.

— Elle m'a mordue dans le cou ?
— Une blessure superficielle, sans conséquence ! Andrée l'a désinfectée et pansée.

Mylène passa le doigt sur la plaie. Elle avait retiré le pansement sous la douche, mais n'avait pas vu grand-chose à cause de la buée sur le miroir.

La jeune femme se leva, marcha jusqu'à la fenêtre, regarda dehors, le regard dans le vide.

Elle avait du mal à suivre, son esprit cartésien lui interdisait d'imaginer que cela puisse être possible. Depuis qu'elle avait à peu près retrouvé ses esprits, Mylène s'efforçait d'arracher le voile opaque derrière lequel se cachaient les dramatiques événements dont elle n'avait plus aucun souvenir. Seules quelques sensations physiques et émotionnelles d'une rare intensité, remontaient à la surface et semaient le trouble. Son intellect s'insurgeait contre la manière dont elle avait été abusée et s'effrayait de l'hypothétique conclusion de ce viol.

Et si le père Eustache ne se trompait pas ? Difficile à croire, tout de même !

À l'inverse, son corps vibrait encore du plaisir ressenti avec cet homme et cette femme, ce qui la perturbait encore davantage car elle n'avait jamais eu de rapport homosexuel.

Elle respira longuement et se tourna vers les deux hommes. Son visage avait repris des couleurs.

— Et quelles sont vos conclusions ? Si l'on ne veut que s'en tenir aux faits, j'ai été droguée par Henry de Saint-Liphard qui voulait m'associer à une partie de jambes en l'air avec sa copine. C'est idiot, un bel homme aurait pu arriver à ses fins sans avoir besoin de cet artifice, il doit avoir toutes les femmes qu'il veut !

— Oh ! s'exclama Alexis Pontchartrain outré, tu te rends compte de ce qu'ils t'ont fait !

— Je me rends parfaitement compte, mais que puis-je faire ? Déposer une plainte pour viol à l'Hôtel de police d'Arras. Le GHB s'élimine du sang et des urines en moins de six heures. Seule une analyse du cuir chevelu peut permettre d'en trouver des résidus. Et après ? Pour le reste, rien ne prouve son implication dans les meurtres que vous avez évoqués ! Votre intuition n'est pas une preuve. Je pense, d'autre part, que vous ne souhaitez pas que la police s'en mêle !

— Vous comprenez que non !

— Elle s'en mêlera de toute manière. En plus, vous avez mis le feu à cette maison, tiré des coups de pistolet. Les pompiers ont dû intervenir, il va y avoir une enquête pour déterminer les causes de l'incendie, qui ne peuvent être que criminelles dans une maison abandonnée. Est-elle réellement abandonnée ? Ils retrouveront peut-être également les douilles dans les ruines !

— Mais elle vous a mordu au sang, il fallait que je l'en empêche !

— Pour faire de moi un vampire ? Soyons sérieux !

— Ce n'est pas ce que j'ai dit !

— Voyons, Mylène ! s'insurgea Pontchartrain, la créature était là, prête à te sacrifier ! Quelques secondes de plus et tu étais morte ! Réfléchis un peu !

— Vous avez peut-être raison, sans votre intervention, père Eustache, on ne peut savoir ce qui me serait arrivé !

— Nous ne le savons que trop bien ! En tout cas, s'il y en a un que nous commençons à croiser à tous les coins de rue, c'est le jeune stagiaire de la photo. Êtes-vous certain que ce soit bien lui que vous avez vu durant le concert ?

— Sans le moindre doute ! Il m'a également reconnue et il a filé comme un lapin.

— Ce n'est plus une coïncidence !

— Rien n'indique qu'il connaissait Henry de Saint-Liphard !

Le prêtre réfléchit une seconde et demanda à la jeune femme :

— Savait-il qui vous étiez ?

— Saint-Liphard ?

— Oui !

— Je ne crois pas, enfin j'en sais rien, je ne souviens pas…

— Maintenant, il sait qui nous sommes. Nous n'aurions pas dû nous séparer, je m'en veux ! Vous souvenez-vous d'un autre détail, à part vos galipettes dont nous ne voulons plus rien savoir !

— Non, à part un détail, le souvenir d'une odeur, une odeur très forte, celle de la violette !

— Mon Dieu ! hurlèrent simultanément les deux prêtres en se signant.

— Que se passe-t-il ?

— Il est écrit dans certains vieux grimoires, traitant de sorcellerie, que certains démons sont reconnaissables à l'odeur de violette qui émane de leur enveloppe corporelle !

— On trouve aussi des savons parfumés à la violette, des sirops, des bonbons, et bien d'autres produits... Il y a même une association à Montreuil qui se nomme « Les compagnons de la Violette » et les membres n'ont vraiment rien de démoniaques !

— Après ce qui s'est passé, vous n'êtes toujours pas convaincue ?

— Que nous chassons un démon, Alexis ? Non ! Que j'ai un compte à régler avec le patron du Locuste et sa copine, oui !

— Cessons ce débat stérile, trancha le père Eustache, il faut agir maintenant !

— Mais que faire ? ajouta Pontchartrain.

— Je vais aller voir Henry de Saint-Liphard et lui demander quelques explications.

— Pas seule !

— NOUS irons lui demander quelques explications ! Vous vous présenterez comme le père Eustache et vous lui demanderez de rendre des comptes. Vous lui apprendrez que je suis une religieuse, une novice qui avait fait le mur du couvent et donc qu'hier soir, il a abusé d'une bonne sœur !

Pontchartrain la fusilla du regard.

— C'était pour rire !

— Ce n'est pas drôle du tout.

— Elle n'est pas dans son état normal, elle n'a pas encore entièrement récupéré ! Les effets de la drogue n'ont pas encore été annihilés.

Le religieux se frotta le haut du crâne.

— Et où allons-nous le cueillir, au Locuste ?

— Pas question aujourd'hui d'aller fouiller dans le manoir, il y aura les gendarmes qui vont poser des scellés... mais j'y pense, hier soir, avez-vous eu le temps de relever la plaque de la voiture de Saint-Liphard ?

— Oui, sur mon carnet, vieille habitude professionnelle qui ne disparaît pas !

Le religieux se leva, alla fouiller dans les poches de son manteau et revint avec le carnet en question.

— Vous permettez ?

Mylène prit le carnet et décrocha le téléphone. Elle composa un numéro.

— *Compagnie de gendarmerie d'Écuires, gendarme-adjoint Caloin, à qui ai-je l'honneur ?*

— Mylène Plantier, tu me passes la section de recherche ?

Elle attendit quelques secondes :

— *Gendarme Grosjean, à qui ai-je l'honneur ?*

— C'est moi, Mylène ! Tu travailles de dimanche ? Il y en a qui ont de la chance !

— *Qu'est-ce que tu me veux, Natacha ? Me narguer ?*

— J'ai un petit service à te demander.

— *J'écoute.*

— Hier après-midi, à Arras, il y a un crétin qui a grillé un feu rouge devant moi, j'ai klaxonné, il m'a fait un bras d'honneur et a filé. Mais j'ai eu le temps de noter son numéro. Peux-tu aller vérifier à qui appartient la voiture ?

— *Tu vas faire quoi : lui crever les pneus, aller lui mettre deux balles ?*

— Il est déjà mort ! Non, je vais aller lui casser les pieds, inspecter le véhicule, histoire de trouver quelques anomalies, pneus lisses ou autres !

— *Tu ferais ça, toi ?*

— Faut pas me chercher !

Mylène lui donna le numéro.

— *OK, je regarde et je te rappelle !*

Il raccrocha.

— Au fait, où se trouve mon sac à main ? Il va appeler sur mon portable !

— Vous l'aviez glissé sous le siège passager, je l'ai rentré. Il doit être dans la cuisine.

— J'espère que la batterie est encore chargée !

Le temps que Mylène se précipite dans la cuisine, trouve le sac à main, l'ouvre, le téléphone sonnait :

— Allô !

— *C'est Grosjean ! J'ai les infos !*

— Tu as fait vite ! Alors ?

— *Le propriétaire du véhicule est une SARL nommée Locuste dont le siège se trouve à Arras sur la Grand-Place.*

— C'est tout ?

— *C'est tout ! Rien de plus, je ne peux pas te dire en quoi consistent les activités de cette société, ni même qui la dirige.*

— C'est un bistrot !

— *Tu connais ?*

— Eh oui ! Je te remercie. À bientôt.

Elle raccrocha.

— Alors ? demanda le père Eustache.

Mylène exposa les résultats de la recherche.

— On est bien avancé !

La porte d'entrée s'ouvrit, Andrée Longèves traversa la pièce portant une baguette et quelques boîtes de Coca-Cola. Elle disparut dans la cuisine.

— Vous sentez-vous mieux, voulez-vous manger quelque chose ?

— Non, je ne me sens pas capable d'avaler quoi que ce soit. Par contre, je vais boire un Coca.

Elle se leva, traversa la pièce, entra dans la cuisine et revint avec une boîte qu'elle ouvrit.

— Où est le Sig Sauer ?

— Dans le tiroir du buffet.

Mylène le récupéra, retira le chargeur et vérifia que la chambre était vide. Elle compta les balles.

— Vous avez tiré à trois reprises.

Elle remit le chargeur et glissa le pistolet sous sa ceinture.

— Nous retournons à Arras, au Locuste.
— Maintenant ?
— Oui, maintenant ! Peut-être y trouverons-nous Henry de Saint-Liphard ou, tout du moins réussirons-nous à glaner d'autres informations sur lui.
— D'accord, allons-y, mais Alexis vient avec nous. Dorénavant, nous resterons à trois, en permanence. Le prédateur va lui aussi se lancer à notre recherche.
— Et votre sœur ?
— Elle va aller attendre notre retour chez la voisine d'en face. Elle pourra ainsi surveiller les allées et venues éventuelles autour de la maison.

Mylène se tourna vers le père Pontchartrain :

— Allez chercher votre tromblon et cachez-le dans le coffre de la Golf !

Ils quittèrent le village et filèrent vers Arras. Le résultat ne fut pas à la hauteur de leurs espérances. Le rideau de fer avait été descendu sur la vitrine du Locuste, sans qu'aucun écriteau ne précise les dates et horaires de réouverture. Les renseignements glanés chez les enseignes ouvertes malgré le repos dominical n'apportèrent rien de concluant. Le bar avait repris six mois plus tôt, le gérant se prénommait Norbert mais personne n'en connaissait le propriétaire.

— Que fait-on ? On rentre à la maison ?
— Et si on repassait par Rivière ?
— La nuit tombe, on ne prend pas de risque inutile ! décida le père Eustache.

— Nous reviendrons visiter Rivière demain matin, aux premières lueurs du jour, êtes-vous d'accord ?

Les deux religieux acquiescèrent.

— Nous décollerons d'Amettes à 7 heures demain matin de manière à pouvoir entrer dans la propriété aux premières lueurs de l'aube. Nous verrons bien ce que nous trouverons.

— L'idéal serait que j'appelle la brigade de gendarmerie dont dépend le village ou bien directement la compagnie d'Arras pour obtenir les résultats des premières constatations, suggéra Mylène.

— Vous avez suffisamment sollicité vos collègues ces derniers temps, laissez tomber, inutile de leur mettre la puce à l'oreille !

— Par contre, si vous passiez un coup de fil au curé de la paroisse dont dépend le village de Rivière, il pourrait peut-être nous apprendre à qui appartient le manoir et si quelqu'un y vivait ces derniers temps !

— C'est une excellente idée, nous appellerons en rentrant.

À peine étaient-ils rentrés qu'Andrée Longèves apparut. Elle n'avait rien remarqué d'anormal durant leur absence. Le père Eustache sortit son agenda, chercha durant quelques dizaines de secondes. Il emporta le combiné du téléphone et monta à l'étage.

— Il ne veut pas que nous écoutions ! s'étonna Mylène.

— Je ne sais pas ! répondit Alexis Pontchartrain, il a peut-être d'autres appels à passer pour son sacerdoce.

Le prêtre exorciste revint un bon quart d'heure plus tard.

— Je n'ai pas appris grand-chose. Le manoir est inoccupé depuis plusieurs années : les derniers propriétaires sont morts en laissant une multitude d'héritiers dont certains ne veulent pas vendre. Personne n'y vivait ces derniers temps, c'est une certitude. En ce qui concerne l'incendie, les pompiers n'ont rien pu faire, le bâtiment est presque entièrement détruit.

— Personne n'a remarqué que le manoir était « squatté » ?

— Non, personne, apparemment. Il est situé à l'écart du village, à plus de 500 mètres de la première maison, au fond d'un bois.

— Les derniers occupants devaient être d'une remarquable discrétion.

— Ce qui est le cas lorsque l'on ne sort que la nuit !

Mylène ne releva pas.

— Le prêtre que vous avez contacté, sait-il si les gendarmes ont découvert quelque chose, à propos des occupants et du départ du feu ?

— Je ne sais pas !

Mylène ne s'attarda pas après le dîner. Elle monta dans sa chambre, se coucha et s'endormit presque aussitôt.

Chapitre 8

Lundi 11 décembre 2006.

Mylène ne rêva pas. Elle ne fut pas réveillée par le chant du coq mais par les craquements réguliers du parquet dans le couloir. Elle jeta un œil à sa montre.

— Déjà 6 heures !

La jeune femme attendit encore un peu, puis se décida à se lever. Elle s'habilla puis descendit à la cuisine pour découvrir le père Eustache et Alexis Pontchartrain attablés autour d'un grand bol de café fumant ainsi que de tronçons de baguette tartinés de beurre et de confiture.

— Avez-vous bien dormi ?
— Oui, et vous ?
— Nous avons beaucoup prié et pris chacun un tour de garde.
— Et dans la tête, ça va mieux ? ajouta Pontchartrain
— C'est encore un peu confus.

Mylène mourait de faim. Elle se fit chauffer du lait et vint s'asseoir auprès des deux religieux.

— Votre sœur n'est pas encore levée ?

— Elle dort chez la voisine, depuis son retour de Rome. C'est beaucoup plus prudent. De toute manière, vous occupez sa chambre.

Alexis alluma le transistor qui après avoir déversé dans la pièce un assortiment de notes de musique et de publicité criardes, révéla les premières informations du matin. Rien de vraiment passionnant à part la mise en examen des deux supporters bordelais dans l'affaire du triple meurtre du stade Bollaert.

Mylène et le père Eustache se regardèrent sans faire le moindre commentaire.

Ils prirent la route à pile 7 heures du matin. La Golf noire s'engagea sur l'autoroute 26 et fila vers Arras. Le visage des deux religieux ne reflétait aucune émotion, si ce n'est la concentration et la détermination. Elle observa attentivement Alexis Pontchartrain dont le regard décidé croisa le sien.

Peut-être ressentait-il ce sentiment confus d'avant la bataille, mêlant la peur et l'excitation qui avait dû être son quotidien, il y a bien longtemps durant la guerre d'Indochine ? Alexis partait en compagne contre les forces du Mal, le crucifix et le fusil de chasse à portée de main.

Le père Eustache venait de fermer les yeux.

Priait-il ? Certainement.

Ou alors visualisait-il l'escalier à moitié éboulé et encore couvert de gravâts fumants, qui le mènerait à une crypte, la tanière des monstres, profondément enfouie sous le manoir, et dans laquelle ils découvriraient deux cercueils soigneusement alignés ? Elle l'imagina dénudant la poitrine de Lisa et y enfonçant une dague, juste à l'endroit du cœur après avoir effectué la même opération sur Henry de Saint-Liphard.

La réalité serait certainement bien différente !

Ils contournèrent Arras et prirent la direction de la côte. Suivant à la lettre les indications du père Eustache, Mylène emprunta une petite route sur la gauche, puis tourna encore à gauche. Elle avait laissé son atlas routier à Écuires et ne connaissait pas précisément le chemin qu'il fallait suivre pour atteindre Rivière. Elle eut l'impression de s'engager dans un labyrinthe au centre duquel elle trouverait, non pas le Minotaure, mais peut-être la réponse à ses interrogations.

Le véhicule traversa le village encore endormi, et s'engagea le long d'une toute petite voie qui longeait un bois. Eustache fit signe à Mylène de prendre à droite et de s'enfoncer dans la forêt sur un chemin de terre à peine praticable.

Un mur de brique d'une hauteur de près de 3 mètres apparut juste devant eux, barrant le chemin.

— Stationnez la voiture, coupez le moteur et éteignez les phares ! souffla-t-il comme s'il craignait que l'on puisse l'entendre.

— Que fait-on maintenant ?

— On attend les premières lueurs du jour.

L'opacité vespérale commença peu à peu à perdre de sa profondeur. La lumière s'infiltra et éclaircit le paysage tandis que les oiseaux matinaux entamaient leur tour de chant. La nuit s'effaça laissant la place aux prémices d'une matinée grise et brumeuse.

— Il est temps d'y aller ! lança le père Eustache.

Alexis Pontchartrain ouvrit le coffre et en sortit le fusil de chasse. Ils avancèrent jusqu'au mur et tournèrent à gauche le long d'un sentier qui longeait l'enceinte de la propriété. Ils progressèrent ainsi sur 500 mètres. À cet endroit, le mur, partiellement éboulé atteignait à peine un mètre de hauteur. Ils passèrent sans problème dans la propriété et progressèrent droit devant.

Ils parvinrent à la lisière d'une vaste clairière au centre de laquelle ils distinguèrent, perçant la brume, les ruines du manoir. La toiture, les planchers et les boiseries avaient entièrement brûlé ne laissant qu'une vaste carcasse de briques noircies.

L'endroit d'où ils avaient surgi, se trouvait sur le côté ouest de la bâtisse. Ils pouvaient apercevoir le perron aux marches encombrées de gravats et de poutres calcinées.

— Que fait-on ? demanda Mylène.

Le père Eustache lui fit signe de se taire.

Ils approchèrent de l'entrée du manoir, ou tout du moins, ce qu'il en restait. La rosée du matin mouillait les chaussures. L'odeur forte de l'herbe humide se mêlait aux effluves encore stagnantes de l'incendie. Un ruban rouge à l'efficacité purement symbolique bloquait les différentes entrées potentielles du bâtiment, interdisant l'accès. Ils commençaient à gravir les marches lorsque le prêtre exorciste leur fit signe d'arrêter.

— Ce que nous cherchons se trouve de l'autre côté !

Il désigna un parc que l'on apercevait au travers des trouées, de l'autre côté du manoir, et qui courait en pente douce jusqu'à la forêt. Mylène n'osa lui demander ce qu'il espérait trouver et le suivit avec curiosité et un soupçon de résignation.

— Faisons le tour, cela pourrait être dangereux de traverser.

Ils revinrent sur leurs pas et contournèrent la vaste demeure. La brume qui se levait peu à peu laissait entrevoir la silhouette d'une chapelle néogothique à l'autre bout du parc. Ils s'en approchèrent à pas de loup.

Lorsqu'elle fut suffisamment proche pour en observer les moindres détails qui se détachaient dans la lumière évanescente, Mylène réalisa qu'il ne s'agissait aucunement d'une chapelle, mais qu'elle avait devant les yeux un mausolée à la décoration pour le moins surprenante.

Le tombeau était surmonté d'un étrange toit conique sur le bord duquel grouillait une multitude de gargouilles et autres créatures imaginaires dont le regard moqueur semblait ne jamais vouloir quitter des yeux le visiteur. Sur le côté droit, par rapport à l'entrée, une statue, haute d'un bon mètre quatre-vingt avait été collée contre le mur. Le drapé qui couvrait le corps avait été rabattu sur le visage dont il cachait les traits. Le bras semblait ramper contre le mur et la main agrippait le rebord d'une petite fenêtre aux barreaux en fer forgé dont la croisée centrale était ornée d'un blason.

L'entrée était barrée par une grille, elle aussi en fer forgé. Une grosse serrure en réglementait l'accès.

— Elle est fermée, et il n'y a pas de clefs ! constata le père Eustache.

— Mais non, elle est ouverte, la serrure a été forcée !

— En effet !

Le prêtre poussa la grille qui s'ouvrit en grinçant. Il sortit une lampe torche de l'une de ses poches et éclaira l'intérieur du tombeau. Les deux religieux hésitèrent puis se glissèrent à l'intérieur.

Mylène s'approcha de la statue et leva les yeux vers une frise que semblaient protéger les gargouilles. Les lettres formaient une phrase en latin dont elle ne parvint pas à saisir le sens.

C'est alors qu'elle entendit un craquement venant de derrière le mausolée, le pas d'un homme qui écrase une branche. Elle sortit son pistolet, s'approcha et tomba nez à nez avec deux hommes. Ils étaient tous les deux vêtus de grands manteaux noirs qui les enveloppaient des pieds à la tête. Une sorte de scapulaire leur couvrait la tête et dissimulait le visage. L'un des hommes tenait une arbalète qu'il dirigea aussitôt en direction de la jeune femme. Elle les braqua avec son Sig Sauer et hurla :

— Posez votre arme et levez les mains au-dessus de la tête !

L'inconnu n'obtempéra pas. Les quelques secondes qui suivirent s'égrainèrent avec une lenteur insoutenable. Mylène ne cessait de fixer le trait en acier dirigé vers sa poitrine, n'osait tirer...

— Obéissez, si vous ne voulez pas goûter de ma chevrotine ! entendit-elle.

Alexis venait de surgir derrière les deux intrus et les braquait avec son fusil de chasse. Le premier des deux hommes leva les bras, imité par son comparse qui déposa doucement l'arbalète sur le sol avant de lever les bras à son tour.

— Découvrez-vous ! ordonna le père Eustache qui venait de surgir derrière Pontchartrain.

Les deux hommes obéirent. Le plus vieux des deux, âgé d'une bonne cinquantaine d'années, au crâne presque entièrement dégarni, interpella le prêtre exorciste :

— Êtes-vous le père Eustache ?
— C'est moi, en effet !
— Je suis l'abbé Valdes, et lui c'est Fra Dolcino !

Il désigna du doigt son compagnon au regard d'acier et à la mâchoire carrée. L'homme à l'arbalète semblait âgé d'une trentaine d'années.

— Arrêtez de jouer aux rigolos et déclinez votre véritable identité, intervint Mylène sans cesser de les tenir en joue.

Le père Eustache la regarda avec étonnement.

— Avez-vous *Au nom de la rose* d'Umberto Eco, mon père ?

— Évidemment !

— Ces deux noms ne vous rappellent rien ?

— Si bien sûr !

— Deux hérétiques qui vivaient au Moyen-Âge !

— Mademoiselle Plantier, ou plutôt gendarme Plantier, nous sommes réellement les personnes que nous prétendons être, lança le plus vieux des deux hommes.

Il parlait avec un léger accent qui dénotait des origines espagnoles ou sud-américaines.

— Comment connaissez-vous mon nom ?

— J'ajouterai que votre compagnon est le père Alexis Pontchartrain, ancien prêtre de Saint-Saulve à Montreuil-sur-mer !

Mylène resta muette.

— Père Eustache, avez-vous un portable ?

— Oui.

— Alors appelez le numéro que je vais vous donner et expliquez la situation à votre interlocuteur !

Il énuméra dix chiffres.

— C'est le poste de l'abbé Fontaine ?

— Lui-même !

Le religieux sortit son téléphone et composa le numéro. Il s'éloigna pour ne pas que l'on entende sa conversation.

— C'est bon, Mylène, Alexis, vous pouvez ranger vos armes, ces personnes sont bien celles qu'elles prétendent être ! Je vous présente l'abbé Valdès, Edouardo Valdès et non Pierre Valdès... L'abbé Valdès œuvre à la Curie, à Rome, sous les ordres du cardinal Monterubio ! Il est accompagné de Fra Dolcino, de l'ordre des Dominicains, son garde du corps en quelque sorte... Vous ne l'entendrez pas, il a fait vœu de silence !

Il marqua un temps d'arrêt :

— Mes frères, voici mademoiselle Mylène Plantier, dont vous avez entendu parler et le père Alexis Pontchartrain, le plus précieux de mes collaborateurs. Bon, ne restons pas ici, on nous attend !

Le moine à la carrure de lutteur ramassa son arbalète.

— Je vais monter avec vous, je crois que nous avons beaucoup de choses à évoquer ! Où êtes-vous stationnés ?

— Au centre du village, devant l'église.

Le père Eustache se tourna vers Mylène :

— Retournez tous les deux à la voiture et rendez-vous à Arras, à la maison diocésaine.

— Est-ce que vous pouvez m'expliquer ce que tout cela signifie, Alexis ? lança Mylène au père Pontchartrain.

Elle introduisit la clef dans le démarreur et reposa ses deux mains sur le volant.

— Je n'en ai aucune idée !

— C'est complètement insensé, vous avez vu ce décor, cette brume, ce manoir en ruine, cette chapelle... et puis ces deux types... on se serait crus dans un épisode du feuilleton *Highlander*... Encore quelques minutes et Mac Leod surgissait l'épée à la main !

Mylène se cessait de penser à l'arbalète dirigée vers son cœur. Elle avait cru mourir de peur, elle était encore toute retournée.

— Nous nageons dans le délire le plus total ! Vous avez vu la tronche du moine muet, la montagne de muscles, et celle de l'autre, Valdès ! On aurait dit des inquisiteurs portant des noms d'hérétiques... du délire... du délire... Qu'est-ce que vous en pensez ?

— Je ne sais que répondre !

— Enfin, que venaient-ils faire à Rivière ?

— Je pense qu'ils cherchent la même chose que nous !

— Qui sont ces deux moines, et qui est ce cardinal Machin dont ils dépendent ?

— Un personnage important de la Curie romaine, peut-être un proche conseiller de sa sainteté...

— Le Pape ?

— Oui, le Pape ! Quant à nos deux visiteurs, j'ai une petite idée sur la question, je vais utiliser un vieux terme militaire pour te faire comprendre la nature que j'imagine être de leurs fonctions : je crois qu'il s'agit de deux barbouzes, si tu vois ce que je veux dire ! Des barbouzes en soutane !

Mylène songea une nouvelle fois à l'arbalète et frissonna.

— Le père Eustache nous cache des choses, il nous mène en bateau !

— Je ne crois pas, la situation vient seulement de prendre une tournure différente ! Tu démarres ?

— Où allons-nous ?

— À la Maison diocésaine, tu n'as pas écouté notre vieil ami Eustache ?

— Je ne fais que ça, l'écouter !

La voiture fit un demi-tour devant le mur, sortit du chemin forestier et gagna le centre du village. La jeune femme et le vieux prêtre aperçurent une énorme Mercedes démarrer en trombe devant l'église.

— Je suis prête à parier qu'ils n'ont aucune notion du Code de la Route !

Elle prit la même direction.

— Je n'ai pas eu le temps de temps de lire la plaque, est-elle immatriculée en France ?

— Je ne sais pas !

Mylène essaya de suivre le bolide mais en vain.

— Bon, Alexis, expliquez-moi ce qui se passe ? répéta-t-elle.

— Je n'en sais pas plus que toi, je te l'assure !
— Et qui est cet abbé Fontaine ?
— Le vicaire général du diocèse, le bras droit de Monseigneur l'Évêque.
— Et qu'est-ce qu'il vient faire dans cette histoire ?
— Je ne sais pas.
— Vous ne savez pas grand-chose !
Le vieux prêtre haussa les épaules.

Quelques minutes plus tard, Mylène stationna la Golf noire à quelques encablures du numéro 103 de la rue d'Amiens, qui abritait la Maison diocésaine. Après avoir servi de refuge aux religieuses de la congrégation du Saint-Sacrement, les bâtiments avaient abrité le Grand Séminaire avant d'être occupés par les services administratifs et pastoraux du diocèse d'Arras et la Maison « Jean XXIII » qui accueille les prêtres aînés.

À peine avaient-ils franchi le seuil de la porte qu'un jeune homme vint à leur rencontre et indiqua :
— Père Alexis, l'abbé Fontaine vous attend au service diocésain Saint-Irénée !
Ils s'éloignèrent.
— Vous le connaissez ?
— C'est un laïc qui travaille pour le diocèse. Je viens souvent ici, à la bibliothèque pour y effectuer des recherches. Connais-tu le service diocésain Saint-Irénée ?
— Non, pas du tout !
— C'est le domaine du père Eustache, l'antre de l'exorciste ! Il ne t'a jamais fait visiter ?
— Je n'ai pas eu cette chance !

Alexis Pontchartrain, en habitué des lieux, entraîna la jeune femme dans un dédale de couloirs. Il reconnut la voix du père Eustache dans la petite salle de réunion qui jouxtait le bureau du prêtre exorciste. Il frappa deux coups. La porte s'ouvrit aussitôt. La tête du père Eustache apparut :

— Pouvez-vous attendre un petit peu, j'ai besoin de discuter seul à seul avec les deux moines. Nous n'en avons plus pour longtemps, quelques minutes...

La porte se referma. L'attente se prolongea au-delà des quelques minutes annoncées par le prêtre exorciste.

La porte s'ouvrit enfin... plus de trois quarts d'heure plus tard.

— Bonjour Alexis !
— Bonjour Maurice !
— Vous êtes mademoiselle Plantier ? Je suis l'abbé Maurice Fontaine. Je fais enfin votre connaissance.

Le vicaire général désigna une vaste table de forme ovale derrière laquelle siégeaient le père Eustache, l'abbé Valdès et Fra Dolcino.

— Installez-vous, je vous en prie !

Il attendit que les derniers arrivants aient pris place avant d'aller s'asseoir à côté du père Eustache.

— Mademoiselle Plantier, je tiens tout d'abord à vous remercier de l'aide que vous avez bien voulu apporter au père Eustache dans le combat qu'il mène contre les forces du mal. Je sais que vous vous posez beaucoup de questions, nous allons tenter de vous apporter quelques réponses.

— Vous êtes donc au courant de l'affaire ?

— Bien évidemment, le père Eustache me rend compte quotidiennement de l'avancée de son enquête, et c'est avec l'accord de Monseigneur l'évêque qu'il s'est lancé sur les traces de cette créature, conformément à la mission qui est la sienne, c'est-à-dire lutter contre le démon, sous toutes ses formes !

Le père Eustache avait été particulièrement évasif sur ce point, la situation se clarifiait. L'abbé Fontaine poursuivit :

— Si j'insiste sur ce fait, c'est qu'il m'a fait part de votre scepticisme quant à la nature diabolique de notre adversaire. Je sais que vous avez accepté de l'aider par amitié envers le père Pontchartrain, et certainement aussi parce qu'au plus profond de vous, vous saviez qu'il fallait aller jusqu'au bout de l'enquête. Tout ce que vous a dit le père Eustache est vrai. J'ai eu l'honneur de rencontrer le commissaire Vernier avant sa mort, nous avons longuement bavardé, le tueur en série de Nantes et l'assassin du stade Bollaert sont la même créature, c'est une certitude !

— Je veux bien vous croire, mais...

— Vous ne croyez pas au diable !

— Je crois que nous avons à faire à un criminel hors normes mais pas à un démon ! Je n'arrête pas de la dire au père Eustache ! Et puis, je crois savoir que l'Église catholique a plus ou moins laissé tomber l'idée que le pendant de Dieu est une bestiole cornue qui se fait appeler Satan.

— Sur ce point, vous avez raison, Satan n'est que la matérialisation d'un concept, cependant le mal est une réalité et peu importe ce qui en est à l'origine. C'est un vaste débat philosophique et théologique !

— C'est vrai, je ne sais pas vraiment quoi en penser, à part que ce n'est pas aux prêtres de traquer les criminels mais à la police.

— Si l'on veut ! Je sais que c'est aussi pour cette raison que vous avez accepté de collaborer avec moi, intervint le père Eustache, pour veiller à ce que je ne dépasse pas trop les limites de la légalité. Là où je ne suis pas d'accord, c'est qu'il existe malgré tout des adversaires contre lesquels la police ne peut rien faire ! Je vais laisser la parole à l'abbé Valdès qui va nous expliquer en détail les raisons de sa présence ce matin dans la propriété d'Henry de Saint-Liphard. Nous avons disposé de quelques minutes pour en parler dans la voiture sur le trajet entre Rivière et ici, puis ensuite dans cette salle, ses révélations vont vous permettre de comprendre quel type de combat nous menons !

— Avant cela, père Eustache, intervint à son tour l'abbé Valdès, je pense qu'il serait honnête également de révéler à mademoiselle Plantier ce que vous avez omis de l'informer.

La jeune femme, un peu surprise, se tourna vers le prêtre.

— Je ne vous ai pas tout dit à propos des crimes de Nantes, j'ai occulté des détails, certainement importants pour la compréhension des deux affaires. Je voulais vous protéger de ce que vous alliez fatalement découvrir, mais aussi ne pas vous effrayer !

— Au point où on en est ! Allez-y, parlez ! Plus rien ne peut m'étonner !

— Le tueur de Nantes n'a tué que des jeunes filles et des jeunes femmes et les a vidées de leur sang ! Je vous ai menti à propos de Richard Vernier, nos retrouvailles remontent à plus d'un mois. Richard travaillait sur la disparition de plusieurs jeunes filles dans la région. Lorsqu'il m'en a parlé, il a réouvert une trappe vers un monde que j'avais réussi à oublier. Puis, il y a une quinzaine de jours, il a été contacté par Jacques Fulcato qui, selon ses dires, venait de découvrir de nouveaux éléments concernant ces disparitions. Ils devaient se revoir. Vous connaissez malheureusement les conditions dans lesquelles Fulcato fut assassiné sans pouvoir révéler quoi que se soit... J'ai volontairement minimisé le seul détail qui importait : les traces de morsures dans le cou du jeune Suger... Excusez-moi Mylène, mais si j'avais dit la vérité, je pense que vous ne m'auriez pas suivi !

L'abbé Valdès se leva de son siège et s'approcha de la jeune femme vers qui il pointa le doigt comme pour appuyer davantage son regard perçant :

— Fort bien, les choses sont dites ! Croyez-vous aux vampires, mademoiselle Plantier ?

— Non, je suis désolée !

— Vous portez pourtant la marque de l'un d'entre eux sur votre cou, je l'ai tout de suite remarquée !

— Peut-être, mais je n'y crois pas !

— Vous avez raison, les vampires n'existent pas mais, contrairement à ce que vous semblez penser, le diable est bien réel. Certaines âmes sont sous son emprise. L'avis de l'Église est partagé sur cette question, je vous l'accorde ! Cependant moi, je le côtoie, je l'affronte depuis de nombreuses années, comme le père Eustache.

— Qui êtes-vous, monsieur Valdès ?

— Excusez-moi, la présentation de tout à l'heure a été bâclée et appelez-moi mon Père, s'il vous plaît ! Nous appartenons, Frère Dolcino et moi-même, à un service qui n'apparaît nulle part sur les nomenclatures présentant les diverses structures de la Curie à Rome. Cependant, comme nos illustres ancêtres, les premiers dominicains, notre mission consiste à traquer les représentants de Satan sur la Terre.

— Comme au temps de l'Inquisition dont les Dominicains avaient la lourde responsabilité ?

— Cette époque est révolue, cependant que le diable se manifeste toujours ! Pour employer un terme militaire, puisque je sais que vous êtes un petit soldat, nous appartenons à une unité spéciale vouée à la traque et à la destruction des démons. À votre place, je ne sourirais pas, vous qui avez effleuré la mort !

Il fit glisser son doigt sur la droite de son cou.

— N'ayez aucune crainte, vous n'allez pas devenir l'un d'entre eux, je le répète, les vampires n'existent pas, c'est de la littérature, imaginée au XIXe siècle ! De la littérature bien documentée ! Dracula, c'est du cinéma !

— Je suis contente de l'apprendre !

— Fort bien ! Je vais vous poser une question : avez-vous déjà entendu parler du comte d'Erlette ?

— Ce nom me dit quelque chose...

Mylène réfléchit quelques instants et lança :

— C'est un écrivain français vivant au XVIIIe siècle dont il est fait allusion dans certaines nouvelles fantastiques du romancier américain Lovecraft qui a inventé le personnage. Il aurait écrit un ouvrage démoniaque intitulé *Le Culte des Goules*, mais je ne vois pas le rapport !

— C'est très bien, je vous félicite ! L'information va certainement vous surprendre, François-Honoré Balfour, comte d'Erlette, a réellement existé, et il a bien écrit *Le Culte des Goules* !

Mylène mit quelques secondes à assimiler cette affirmation et à trouver une explication logique :

— C'est certainement la même imposture que pour le fameux Nécronomicon, le livre maudit que l'on retrouve à tous les coins de pages chez Lovecraft, le fameux grimoire serait une pure invention mais on peut aujourd'hui le trouver en librairies dans une version moderne pour amateur de jeux de rôles !

— Vous vous trompez, le comte d'Erlette était un aristocrate français qui vécut à cheval sur le XVIIe et le XVIIIe siècle et qui passa la plus grande partie de sa vie à voyager un peu partout dans le monde.

— En avez-vous la preuve ?

— J'ai un dossier dans lequel figure une copie du registre paroissial sur lequel il est enregistré ainsi que d'autres pièces administratives. Pour en revenir à ce qu'il a écrit, *Le Culte des Goules* est une sorte de compilation des notes qu'il prit lors de ses pérégrinations. C'est un peu ce que l'on appellerait aujourd'hui un ouvrage d'ethnologie. Malheureusement, une grande partie du livre est consacré à l'étude du cannibalisme, de cultes nécrophages et bien d'autres pratiques sataniques qu'il découvrit chez certaines peuplades. Lovecraft précisa que les premiers exemplaires de l'ouvrage étaient reliés en peau humaine ! C'est bien évidemment faux ! Par contre, il est établi que le comte d'Erlette fut accusé de sorcellerie et qu'il dut quitter précipitamment le royaume de France. L'Église condamna le livre qui fut systématiquement détruit. Une telle histoire ne pouvait qu'inspirer Lovecraft !

— Je suis contente de l'apprendre, mais cela n'explique pas votre présence à Arras.

— J'y viens ! Rome conserva tout de même un exemplaire du livre qui est rangé, depuis plus de 250 ans, dans la partie la plus secrète des archives du Vatican, celle consacrée à la démonologie et à la magie noire. Or, il y a deux mois, sur Internet, une énigmatique correspondance attribuée au comte d'Erlette, présentée comme son testament, a été mise en vente sur un site spécialisé dans les ventes aux enchères d'incunables et de vieux ouvrages. Le prix de départ, exorbitant, semblait indiquer qu'il ne s'agissait pas d'un canular ou d'un complément au scénario de l'un de ces jeux de rôles inspirés par l'univers de Lovecraft. Les services du Vatican ont immédiatement fait pression pour stopper la vente, et l'enquête, rapidement diligentée, a permis de localiser le vendeur, un bouquiniste new-yorkais. L'expertise des documents a confirmé leur authenticité et la nécessité absolue d'en faire l'acquisition...

Nous sommes au XXIᵉ siècle, mais certains textes ne peuvent être rendus publics, avec tous ces fous en liberté, toutes ces sectes qui pullulent ! Le dernier message expédié par l'un de nos experts, indiquait que l'une des lettres expliquait que le comte d'Erlette, à l'heure de sa mort, possédait encore la version originale du livre et qu'il avait demandé de l'emporter avec lui dans la tombe. Il était également précisé que le reste des exemplaires, ceux que l'Église avait détruits et le dernier qu'elle possédait encore, n'étaient que des copies incomplètes.

Il marqua un temps d'arrêt et poursuivit :

— Et nous arrivons à ce qui nous intéresse directement : dans la version originale du *Culte des Goules*, il serait question des étranges pouvoirs du sang humain et de l'immortalité pour ceux qui en consommeraient sous certaines conditions ! Vaste programme ! Seulement, dans les heures qui suivirent, les deux documentalistes mandatés pour l'acquisition des lettres et le bouquiniste américain furent assassinés et la correspondance dérobée...

L'enquête menée par la police de New York ne donna strictement rien. La seule information intéressante indiquait que le bouquiniste avait été en contact, quelques jours plus tôt, avec un certain monsieur Ficzko dont personne ne retrouva la trace malgré la photo fournie par la police. Inconnu au bataillon ! L'affaire fit grand bruit au Vatican. En haut lieu, il fut décidé de tout mettre en œuvre pour localiser, de toute urgence, le lieu de sépulture du comte d'Erlette, afin de mettre la main sur l'édition originale du *Culte des Goules* avant le ou les voleurs, en espérant que le comte soit revenu mourir sur la terre de ses ancêtres et ne soit pas enterré au bout du monde. Il fallut un peu de temps à nos archivistes et à nos généalogistes pour découvrir que le comte n'était pas originaire des Ardennes mais de l'Artois, et que son seul descendant indirect du côté de son frère aîné, possédait un manoir dans la région d'Arras, dans le village de Rivière... François-Honoré Balfour, comte d'Erlette, mourut lui sans descendance connue.

Nous sommes arrivés il y a trois jours et nos premières investigations nous ont permis de découvrir que le manoir en question était à l'abandon depuis la mort du dernier propriétaire, en raison de sombres affaires de succession. Le chemin était donc libre pour aller visiter le domaine et chercher la sépulture de François-Honoré Balfour.

— Vous ne vous êtes pas rendus au cimetière ?

— Si, bien évidemment, mais nous n'avons rien trouvé. D'autre part, il était de tradition dans l'aristocratie française de se faire inhumer dans la chapelle du château.

— Parfois aussi, dans l'église.

— Il n'y avait rien, non plus ! C'était il y a deux jours. Notre visite nocturne a tourné court. Non seulement le manoir était loin d'être inoccupé, mais à peine avions-nous posé un pied dans le parc, que des coups de feu retentirent et qu'un incendie se déclara aussitôt après. Nous nous sommes cachés dans les buissons et avons vu le père Eustache sortir par la porte principale, puis d'autres personnes de l'autre côté, trois hommes et une femme.

— En pleine nuit ?

— Nous sommes équipés de jumelles à infrarouge !

— On ne se refuse rien au Vatican ! Avez-vous pu les prendre en photo, la femme en particulier, avec un équipement du même acabit ?

— Nous ne disposons pas de ce type de matériel ! Ensuite, les pompiers sont arrivés, suivis des gendarmes.

Par discrétion, nous avons attendu ce matin pour retourner au manoir de Rivière et... vous connaissez la suite !

— Avez-vous découvert la sépulture du comte d'Erlette ?

— Non, il était impossible d'accéder à la cave, sous le manoir, et il ne figurait pas parmi les membres de la famille enterrés dans la chapelle.

— C'était à prévoir !

L'auditoire se tourna vers Alexis Pontchartrain.

— Et pourquoi ?

— La région d'Arras fut le théâtre de violents combats durant la première guerre mondiale et a subi de nombreuses destructions. J'ai bien observé le manoir ainsi que la chapelle, et je m'y connais en architecture, croyez-moi : les deux édifices datent des années 20, c'est de la reconstruction d'après-guerre ! Je suis certain que les sépultures dans la chapelle sont relativement récentes.

— Oui, vous avez raison. Où faut-il chercher ?

— Dans les bibliothèques, aux archives, afin de connaître l'emplacement précis de l'ancien château.

— Le père Pontchartrain est le spécialiste de ce type de recherche !

Mylène commençait à s'impatienter :

— C'est une histoire incroyable, mais où nous mène-t-elle ? J'ai cru comprendre que vous êtes parfaitement au courant de l'enquête que mène le père Eustache !

— C'est exact, et nos routes ne se sont pas croisées par hasard : d'un côté ce démon incarné qui se repaît du sang de ses victimes, de l'autre les mystérieux écrits du Comte d'Erlette ! Il y a de fortes chances que nous ayons affaire aux mêmes criminels !

— Que savez-vous sur Henry de Saint-Liphard que nous ignorions ?

— Nous pensons que cet homme et le mystérieux monsieur Ficzko ne font qu'une seule et même personne !

Nous l'avons reconnu le soir de l'incendie ! Une quarantaine d'années, le plus âgé des trois !

— Ce serait également lui le tueur de Nantes ?

L'abbé Valdès garda le silence, laissant le soin au père Eustache de répondre à la question.

— Il y a encore un détail important que j'ai omis de vous révéler, le démon que j'ai traqué à Nantes, n'était pas un homme mais une femme. Il s'agit de cette femme, cette Lisa...

— J'ignorais ce détail ! Cette histoire est encore plus monstrueuse que vous ne pouvez l'imaginer !

Les regards convergèrent en direction d'Alexis Pontchartrain.

— Monsieur Ficzko ! Ce nom ne vous rappelle rien ?

Le silence qui s'ensuivit confirma l'ignorance des autres religieux et de la jeune femme.

— Ficzko était le nom du serviteur et complice de la monstrueuse comtesse Erzsébeth Bathory ! révéla Alexis.

— Une étrange coïncidence, fit l'abbé Valdès.

— Qui est cette comtesse Bathory ? demanda l'abbé Fontaine.

Le père Alexis Pontchartrain posa ses deux coudes sur la table et se redressa. Il fixa l'auditoire à la manière d'un professeur devant ses étudiants.

Mylène connaissait quelques détails de la vie de celle qui comptait parmi les plus grandes tueuses en série de l'histoire de l'humanité. Elle se souvenait avoir évoqué ce nom lors d'une discussion avec le père Eustache.

— Erzsébeth Bathory était une comtesse hongroise qui vécut au croisement du XVIe et du XVIIe. Sa famille comptait parmi les plus puissantes d'Europe centrale : l'un de ses oncles fut d'ailleurs roi de Pologne. On prétendait qu'elle était d'une très grande beauté, et son époux appartenait, je crois, à la famille royale de Hongrie. Cette succube fut accusée d'avoir torturé et tué plus de six cents jeunes filles. Lors de son procès, il fut révélé qu'elle se baignait dans le sang de ses victimes, qu'elle s'en abreuvait également afin de prolonger sa beauté et sa jeunesse. Elle fut condamnée par le roi de Hongrie à être emmurée vivante dans le donjon de son château.

Alexis tourna la tête vers le vicaire général :

— Si vous souhaitez en apprendre davantage, Maurice, je vous suggère d'aller effectuer une recherche sur Internet. Il existe plusieurs sites bien documentés sur lesquels vous pourrez découvrir tous les détails de cette affaire et en particulier les comptes-rendus du procès !

Le regard du vieux prêtre vint croiser celui du moine dominicain :

— Vous avez parlé de coïncidence, je ne pense malheureusement pas que cela soit le cas. Si l'on tient pour acquis le fait qu'Henry de Saint-Liphard et le mystérieux monsieur Ficzko soient une seule et même personne et que sa compagne Lisa, comme l'a révélé Eustache, s'avère être le tueur en série de Nantes, nous dépassons le stade des coïncidences. Qui plus est, Lisa est le diminutif d'Élisabeth, c'est-à-dire Erzsébeth en hongrois ! Je ne m'attarderai pas sur les préférences saphiques de la comtesse Barthory que l'on retrouve chez cette Lisa comme peut en témoigner mademoiselle Plantier, ici présente !

Mylène se sentit rougir, n'osant affronter les regards qui convergeaient vers elle. Elle pesta contre Pontchartrain, cherchant un trou de souris, en bas des murs, le long des plaintes, afin d'aller s'y cacher.

— Sans oublier l'essentiel : le goût immodéré du sang humain ! Mais ne me faites pas dire ce que je n'ai pas dit : la comtesse Bathory est morte depuis près de quatre cents ans !

— Alors que doit-on en conclure ?

— Que nous avons un démon incarné qui renouvelle les crimes de la comtesse Bathory ! poursuivit Pontchartrain. La créature a sévi à Nantes puis déplacé son territoire de chasse, dix années plus tard, dans le Pas-de-Calais, et maintenant, avec l'aide de ses complices, elle recherche le testament du comte d'Erlette et les fameux secrets qu'il contient !

— Peut-être, mais tout reste à prouver, tout reste à faire : découvrir leur véritable identité et mettre hors d'état de nuire ce Saint-Liphard et cette Lisa, mais aussi prouver leur culpabilité dans les crimes dont on les accuse et bien sûr retrouver les documents avant qu'ils ne mettent la main dessus, s'il n'est pas trop tard ! Nous avons du pain sur la planche !

Mylène se tourna vers le père Eustache et l'abbé Fontaine, vicaire général du diocèse qui se tenaient côte à côte.

— Vous continuerez sans moi ! J'arrête tout et je rentre à Montreuil ! Et si je peux vous donner un conseil : avertissez les autorités compétentes avant qu'il n'y ait d'autres morts. J'ai déjà pris suffisamment de risques en vous apportant mon aide en dehors du cadre légal, je ne peux malheureusement pas aller plus loin.

Elle désigna du doigt les Dominicains :

— Je suis militaire. Ces deux moines n'ont de moine que la bure ! Ce sont surtout des agents appartenant à une puissance étrangère, le Vatican, et menant une action sur le territoire français sans y avoir été invités ! Je risque trop gros en continuant, vous tous aussi d'ailleurs ! Je le regrette sincèrement, mais je ne peux faire autrement !

— Il serait dommage de ne plus vous compter dans nos rangs. Ne vous inquiétez pas, je m'occupe de vous faire changer d'avis, lança l'abbé Valdès qui ajouta :

Pouvez-vous patienter encore quelques instants avant de partir ?

Il sortit son portable et quitta la pièce.

Il revint dix bonnes minutes plus tard. Mylène n'était pas revenue sur sa décision malgré l'insistance du père Eustache et d'Alexis Pontchartrain.

— Tout est arrangé ! Je vous informe que son éminence, le cardinal Morgan Spencer, archiviste de la bibliothèque apostolique du Vatican, arrivera ce soir à l'aéroport de Lille par le vol de 20 h 15 en provenance de Rome. Il séjournera quelques jours à Arras, à la Maison diocésaine. Il vient étudier quelques vieux incunables que possède la librairie de l'évêché. Cette visite se veut discrète et en dehors de tout protocole. Frère Dolcino et moi-même, sommes officiellement chargés de sa sécurité avant, pendant et après le séjour. En effet, son éminence, qui est de nationalité américaine, a tenu autrefois des propos et pris des positions qui ne lui ont pas valu que des amitiés. Il ne quitte plus Rome sans une protection rapprochée...

D'autre part, et comme vous l'avez si justement fait remarquer : nous ne pouvons accomplir notre mission qu'en étroite collaboration avec les autorités françaises. Un policier ou un militaire français va nous assister et donc être détaché à la protection du Cardinal Spencer durant son séjour à Arras.

Mylène devina où il voulait en venir.

— Vos vacances sont terminées, mademoiselle Plantier ! La Curie va soumettre votre nom, le choix ne peut être qu'approuvé par vos supérieurs ! La réquisition – je ne sais si c'est le terme qui convient – émanant directement de la Direction de la gendarmerie arrivera sous peu sur le bureau de votre commandant de compagnie !

— Bien joué, vous êtes très fort !

— Entre nous, son éminence ne viendra pas à Arras, ni ce soir, ni plus tard, c'est un prétexte. On va faire traîner les choses. Le temps que sa visite soit reportée puis officiellement annulée, nous aurons quelques jours pour mettre hors d'état de nuire le gang de criminels qui projetaient son enlèvement et dont nous découvrirons qu'ils étaient l'auteur de crimes de sang aux États-Unis et en France.

— Je suis supposée faire quoi, maintenant ?

— Je pense que votre portable ne va pas tarder à sonner et que l'on vous demandera de rentrer le plus rapidement possible à la caserne.

Le moine se tourna vers le vicaire général :

— Disposez-vous d'un appartement au sein de la Maison diocésaine pour les visiteurs de marque ?

— Oui, bien sûr.

— Eh bien, faites-le préparer pour son éminence, nous en occuperons une partie avec Frère Dolcino. Faites également préparer une chambre pour le père Eustache, le père Pontchartrain et mademoiselle Plantier. Pour raisons de sécurité, tout le monde reste ici ! Je pense, d'autre part, que vous n'allez pas tarder à être avisé officiellement de la venue de son éminence !

Mylène observa l'un après l'autre les occupants de la salle de réunion.

Le visage de l'abbé Fontaine exprimait la confusion. Il paraissait dépassé par les événements. Il ne parvenait visiblement pas à assembler les différentes pièces du puzzle. Le cardinal Spencer, archiviste du Vatican, allait-il vraiment venir à Arras ? Il ne comprenait plus.

Alexis Pontchartrain fronçait les sourcils, sans cesser de fixer la jeune femme. Que voulait-il exprimer ? Quel message voulait-il passer ?

Le regard du père Eustache fuyait aussi loin que possible, par-delà la fenêtre, galopait sur les toits d'Arras, ou dans les recoins les plus sombres de la pièce, se faufilant derrière les toiles d'araignée, cherchant à traverser les murs.

Le visage de Fra Dolcino, quant à lui n'exprimait rien du tout. Il ouvrait et fermait les yeux comme un gros chat satisfait... prêt à bondir au moindre bruit suspect.

Mylène n'attendit pas que son téléphone sonne, elle salua les religieux et quitta la salle de réunion. La sonnerie du portable résonna bien plus tard, alors que la Golf noire contournait Hesdin. Elle ne décrocha pas, c'est interdit par le code de la route !

La première partie du trajet s'effectua dans les mêmes conditions émotionnelles que le mardi précédent lors de son retour d'Amettes, le jour-même de sa rencontre avec le père Eustache. Le trouble provoqué par les derniers événements ainsi que par les multiples révélations et l'incroyable manipulation du père Valdès s'estompa lorsqu'elle réalisa à quel point elle venait d'échapper à la mort. Elle comprit qu'elle se devait d'aller jusqu'au bout, non seulement pour aider le père Eustache et Alexis Pontchartrain comme elle l'avait fait depuis le début, elle leur devait bien cela, mais aussi pour retrouver les criminels, les confondre et les remettre à la justice. Aurait-elle le choix, d'ailleurs ?

À peine avait-elle posé le pied dans son logement de fonction que l'un de ses deux téléphones fixes sonna à son tour, celui relié directement à la compagnie. Elle décrocha.

Mylène se changea, enfila la tenue de service et se dépêcha d'aller frapper à la porte du bureau du capitaine, commandant la compagnie d'Écuires.

Ce dernier, fort surpris et quelque peu ennuyé, la remercia d'être venue si rapidement et lui annonça qu'elle devait reprendre son service aujourd'hui même et que les derniers jours de permission qui lui restaient seraient pris plus tard, à la fin du mois. Les mots furent différents mais le contenu ressembla comme deux gouttes d'eau aux prédictions du père Valdès. Le capitaine conclut son propos en l'informant qu'elle devait se rendre immédiatement à Arras pour prendre contact avec le père Valdès, responsable de la sécurité du Cardinal Spencer qui devait arriver le soir même à Lille-Lesquin. L'officier insista sur la confidentialité et la discrétion qui entouraient la venue du prélat. Il ajouta que le sous-officier devait passer le plus tôt possible à la Légion de gendarmerie à Villeneuve-d'Ascq pour régulariser quelques documents administratifs afférant à la mission.

— Je suis aussi surpris que vous, et ce qui m'étonne c'est que les services de sécurité du Vatican aient insisté pour que cette mission vous soit confiée alors que nous disposons de militaires spécialisés dans ce type de mission !

— Je ne vois pas d'explication, mon capitaine !

— J'ai entendu dire que vous possédiez des amitiés dans le clergé. J'espère que cette collaboration ne s'éternisera pas et ne se prolongera pas au-delà de la visite du prélat. Si vous preniez le voile, je perdrais l'un de mes meilleurs officiers de police judiciaire ! ironisa-t-il.

— Pas de danger.

— C'est une mission de routine, mais faites en sorte qu'il n'arrive rien ! D'accord, cela risque d'être un peu ennuyeux, mais c'est l'affaire de quelques jours ! Et peut-être que vous aurez l'opportunité, vous aussi, de consulter les fameux incunables !

— Peut-être !

— Allez vous changer, vous êtes autorisée à opérer en tenue civile, et ne traînez pas à Montreuil.
— Dois-je emporter mon arme de service ?
— Évidemment !

Mylène était parvenue à feindre l'étonnement, elle s'abstint de tout commentaire, salua l'officier et quitta le bureau. Son estomac gargouillait, rappelant avec fermeté qu'elle n'avait rien avalé depuis un bon moment. La jeune femme regarda sa montre qui lui indiqua qu'il était près de midi. Elle rentra chez elle et prit le temps de déjeuner avant de reprendre la route.

Quelle direction prendre en premier ? Elle opta pour Lille et s'engagea sur la route départementale 126, non sans avoir une idée derrière la tête. Un léger détour la vit débouler au beau milieu du village d'Amettes. Elle sonna à la porte du père Eustache. La maison semblait inoccupée. Elle s'apprêtait à partir lorsque Andrée Longèves sortit de la maison d'en face.

— Vous venez chercher vos affaires ?
— Oui, en effet !
— Mon frère est passé tout à l'heure avec le père Pontchartrain. Ils ont emporté votre sac à Arras.
— Restez-vous ici ?
— Non, personne ne doit rester dans la maison ! Je pars quelques jours à Lourdes.
— Je voulais vous remercier pour ce que vous avez fait pour moi, hier !
— Ce n'est pas moi qu'il faut remercier, mais mon frère ! Sans lui, vous seriez morte, ne l'oubliez pas !

Elle s'approcha de la jeune femme et lui serra la main.

— Nous nous reverrons certainement lorsque tout sera terminé. Prenez soin de vous, et continuez de veiller sur mon frère ! Que Dieu vous garde !

Mylène reprit la route. Elle gagna la capitale de la région Nord-Pas-de-Calais, qu'elle contourna pour gagner Villeneuve-d'Ascq. Elle perdit un peu de temps pour trouver la Légion de gendarmerie et encore plus de temps à chercher le bureau qui avait réceptionné l'ordre venu de la direction à Paris... pour simplement y apposer une signature.

Ce n'est qu'en sortant de l'enceinte de la caserne et après avoir salué le planton qu'elle réalisa que le fusil de Pontchartrain se trouvait toujours dans le coffre de la Golf.

Les premiers terrils apparurent un peu plus tard, et un peu plus loin le panneau indiquant la prochaine sortie pour Lens. Mylène eut une idée. Elle s'engagea sur la bretelle et quitta l'autoroute A1. Elle abandonna ensuite la rocade et prit la direction du centre de Lens et chercha un endroit pour stationner tranquillement. Elle appela les renseignements téléphoniques pour obtenir le numéro qu'elle souhaitait et le composa immédiatement après.

— *Centre technique et sportif de la Gaillette, Mélanie à votre service !*

— Gendarme Mylène Plantier, pourrais-je parler au président du club ou bien au directeur général ?

— *Un instant, s'il vous plaît.*

La petite musique ne dura qu'une dizaine de secondes.

— *Il n'est pas joignable, il faudrait rappeler demain matin.*

— Ce n'est pas grave, et le directeur de la communication ?

— *C'est une directrice ! Attendez, je vais voir !*

Nouvelle attente, encore plus courte. L'appel fut transféré.

— *Oui, allô !*

— Gendarme Mylène Plantier ! Êtes-vous la chargée de communication du centre de la Gaillette ?

— *Oui, c'est moi-même.*

— Serait-il possible de vous rencontrer ?

— *C'est à quel sujet ?*

— C'est confidentiel, je ne préfère pas parler au téléphone.

— *Vous êtes de la brigade de Lens ?*

— Pas du tout, Direction générale de la gendarmerie !

— *C'est à propos des meurtres au stade Bollaert ?*

— Non, absolument pas ! Je peux simplement vous dire que c'est en rapport avec la visite, dans la région, d'un membre du gouvernement d'un pays frontalier. C'est assez urgent, pouvez-vous me recevoir ? Je suis actuellement à Lens, je peux être chez vous dans un quart d'heure !

— *Oui, si vous me dites que c'est urgent ! Rappelez-moi votre nom.*

— Gendarme Plantier !

— *Je vous attends dans un quart d'heure, lorsque vous serez à l'accueil, demandez Martine Baudimont.*

— Je vous remercie, à tout de suite !

La notion de confidentialité n'avait aucune raison d'être puisque le cardinal Spencer ne viendrait pas à Arras et n'en avait certainement jamais eu l'idée. Savait-il d'ailleurs où se trouve la préfecture du Pas-de-Calais ? Existait-il vraiment d'ailleurs ? Mylène se méfiait des deux Dominicains. Elle se promit d'aller vérifier l'organigramme de la Curie romaine sur Internet dès qu'elle le pourrait.

Le Golf noire regagna la rocade de Lens et prit la direction de Vimy qu'elle quitta à la sortie « Avion centre-ville ». Il suffisait ensuite de suivre les panneaux jusqu'à l'entrée du complexe sportif. Elle s'engagea dans le centre et emprunta une voie qui longeait un premier terrain. Mylène stationna la voiture devant le stade François Blin juste en face des bâtiments administratifs. Elle se présenta à l'accueil et l'hôtesse la conduisit immédiatement dans les bureaux de la cellule communication où l'attendait Martine Baudimont, une grande quinquagénaire brune, coiffée très court.

Mylène commença par présenter sa carte et par expliquer, pour lever toute ambiguïté, que les gendarmes ne portaient pas toujours l'uniforme, et que pour certaines missions il valait mieux opérer en tenue civile. Elle poursuivit en expliquant qu'elle était chargée d'assurer la sécurité du cardinal Spencer, éminent personnage de la Curie romaine, qui devait arriver dans la soirée à Arras et y séjourner quelques jours sans préciser l'objet de sa visite.

— Le cardinal Spencer est un passionné de football, de *soccer*, comme on dit aux États-Unis dont il est originaire ! C'est un fervent supporter de l'AS Roma ! Mon correspondant des services de sécurité du Vatican m'a informée que le prélat voudrait très certainement profiter de son passage pour visiter les installations du RC Lens, rencontrer les joueurs, et si son emploi du temps le permet, assister à une rencontre au stade Bollaert. Je n'en sais pas plus, on ne m'a pas encore communiqué l'emploi du temps du cardinal. J'ai cependant préféré prendre les devants et prendre contact avec vous.

— Je vois !

— Dès que l'emploi du temps du cardinal Spencer aura été établi, le diocèse vous préviendra officiellement de sa visite.

— Suffisamment à l'avance, j'espère ?

— Je l'espère aussi, c'est la première fois que je travaille avec eux, je ne connais pas encore leur façon de fonctionner !

— Vous êtes de la région ?

— Je viens de la compagnie d'Écuires, près de Montreuil-sur-mer, j'ai été détachée pour cette mission.

— Êtes-vous déjà venue à la Gaillette ?

— Non, jamais !

— Je vous propose de visiter le centre d'entraînement et les installations, cela vous permettra de préparer la visite de votre cardinal.

La visite dura une bonne heure. La jeune femme découvrit un à un la douzaine de terrains qui portent tous le nom d'un célèbre stade européen, utilisés à la fois par les jeunes et l'équipe professionnelle. Elle put admirer le dôme de l'Aréna, le plus haut de France qui abrite un terrain synthétique et les différents locaux administratifs et sportifs.

Qu'espérait Mylène ? Apercevoir le jeune inconnu qui lui filait entre les pattes depuis la visite nocturne à Rouvroy ? Elle ne rencontra que quelques joueurs de l'effectif professionnel qui se retournèrent sur son passage, jetant une succession de regards admiratifs et connaisseurs sur sa silhouette blonde et élancée.

Son initiative fut cependant récompensée lorsqu'elles revinrent dans le hall d'accueil. Mylène s'attarda sur un panneau représentant les différentes équipes dont celle des moins de dix-huit ans.

— Quel terrible drame que ces trois meurtres au stade Bollaert !

— Ne m'en parlez pas, un vrai cauchemar ! Et ce n'est pas terminé, les tueurs sont en garde à vue mais n'ont toujours pas avoué ! Une bien mauvaise publicité pour le football français !

Elle pointa le doigt sur un joueur pris au hasard :
— C'est lui Laurent Suger ?
— Non, c'est le deuxième en partant de la droite.
— Et lui, son visage ne m'est pas inconnu !
— Attendez !
Elle s'approcha de la photo.
— C'est possible, il est du coin, ses parents habitent Arras. Vous l'avez peut-être croisé à Arras.
— Est-ce normal que les stagiaires sortent le samedi soir ?
— En principe non, sauf s'il n'y a pas de matchs et que les jeunes rentrent dans leur famille.
— Je l'ai effectivement croisé samedi soir lors d'un concert à Arras, il s'est montré, comment dirais-je, un peu entreprenant ! Il a fallu que je montre ma carte pour qu'il laisse tomber !
Un sourire apparut sur le visage de la chargée de communication.
— Ce gamin a un potentiel incroyable, il a joué en CFA2 l'année dernière alors qu'il n'avait que dix-sept ans. Mais je ne sais pas ce qui s'est passé en ce début de saison, il n'est plus aussi sérieux à l'entraînement et il sèche les cours. C'est dommage pour lui et pour le club !
— Vous connaissez son nom ?
— Maxime Balfour !

La nuit commençait à tomber lorsque Mylène entra dans les locaux administratifs de la Maison diocésaine. Elle monta directement au bureau du père Eustache. La porte était entrouverte. Elle entra sans même frapper.
— Mylène, s'exclama le religieux, mais où étiez-vous donc ?
— J'ai été retenue par quelques formalités administratives.
— J'ai réellement cru que vous nous abandonniez !

— Ce n'est pas l'envie qui m'en a manqué, mais je n'ai pas eu le choix ! La Direction de la gendarmerie m'a détachée à la sécurité du cardinal Spencer. Je suis à la disposition de notre ami l'abbé Valdès... Vous allez devoir me supporter encore un peu !

Le père Eustache baissa la tête, un peu confus :

— Je voulais vous dire pour tout à l'heure... J'ai été d'une maladresse inacceptable... la liste conséquente des importants détails que j'ai omis de...

— Laissez tomber, on s'en moque, j'ai du nouveau...

Le prêtre ne lui laissa pas le temps de poursuivre.

— Moi aussi, et ce n'est pas réjouissant ! Le père Ladislas m'a appelé dans le courant de l'après-midi, Catherine, la plus jeune des sœurs de Laurent Suger a disparu...

— Comment disparu ?

— Elle a été enlevée hier matin par deux hommes qui l'ont embarquée de force dans une grosse berline noire, à deux maisons de chez elle !

— Y a-t-il des témoins de l'enlèvement ? A-t-on pu relever la plaque ?

— Les témoins sont deux vieilles dames qui n'ont même pas su dire de quelle marque était la voiture. Je n'en sais pas plus.

— Vous pensez que cet enlèvement a un rapport avec nous ?

— C'est évident, et c'est ce qui m'inquiète ! D'après Ladislas, les gendarmes n'ont pas avancé dans leur enquête, ils n'ont aucune piste. Je crains le pire ! Il faut la retrouver au plus vite !

— Nous allons nous y employer ! Où est Alexis ?

— Aux archives diocésaines, il cherche à localiser l'emplacement du manoir ancestral de la famille d'Erlette sur d'anciens plans.

— Et les deux hérétiques ?

Le père Eustache fronça les sourcils.

— Dans leur chambre, je suis censé les prévenir de votre arrivée.

Il décrocha le téléphone.

Les deux moines surgirent dans le bureau à peine deux minutes plus tard en compagnie d'Alexis Pontchartrain. Très respectueuse du règlement, Mylène remit à l'abbé Valdès le document officiel récupéré à la Légion de gendarmerie de Villeneuve-d'Ascq.

— Je vous remercie.

Il glissa le document dans sa mallette et annonça sans l'ombre d'un doute et sans sourire :

— Je viens d'avoir Rome au téléphone, le cardinal Spencer a repoussé son voyage, il n'arrivera que mercredi !

— C'est bien dommage.

— Mademoiselle Plantier, je pense que le père Eustache vous a informé de l'enlèvement de cette jeune fille. Nous devons agir vite et retrouver Ficzko et ses complices avant qu'il n'y ait de nouvelles victimes !

— Cela ne va pas être facile et j'espère qu'il n'est pas trop tard ! Je suis passé devant le Locuste. La grille est encore baissée mais il y avait une affichette qui informait la clientèle que le bar était fermé pour travaux et ne rouvrirait pas avant le début de l'année 2007. Cependant, rien n'est perdu, je connais enfin l'identité du jeune footballeur !

Mylène raconta sa visite au centre d'entraînement de la Gaillette et expliqua en quelles circonstances elle avait découvert l'identité du mystérieux complice de Saint-Liphard.

— Ce qui signifie que ce garçon est un descendant indirect du comte d'Erlette ! commenta Pontchartrain.

— Et l'un des nombreux héritiers du manoir qui a brûlé ! Reste à savoir pourquoi ce garçon s'est mis au service de ces monstres !

— L'emprise du Malin ! Le sang corrompu du comte d'Erlette coule dans ses veines ! Il faut lui mettre la main dessus !

Mylène haussa les épaules et s'adressa à l'abbé Valdès :

— Mon père, dans cette affaire, nous disposons de plusieurs pistes : Maxime Balfour et le reste de sa famille ainsi que le Locuste ! Il faudrait pouvoir interpeller le garçon, le placer en garde à vue pour le faire avouer ce qu'il sait, on sait tous à quoi il occupe ses journées faute de connaître les secrets de ses nuits. Il faudrait obtenir l'adresse du propriétaire du Locuste en s'adressant à la chambre de commerce d'Arras ou à la Préfecture : malheureusement, nous n'en avons pas le pouvoir. Je n'arrête pas de répéter qu'il aurait fallu informer les autorités policières et judiciaires des informations que nous détenons... seulement c'est un peu tard... comment pourrions-nous justifier le cambriolage de la maison du commissaire Vernier, l'incendie du manoir... les coups de feu ? Le père Eustache, le père Pontchartrain et moi-même avons décidé d'agir dans l'ombre, nous ne pouvons faire autrement que de continuer de manière occulte !

Elle pointa le doigt vers le moine bénédictin :

— Par contre, ce n'est pas votre cas ! Vous pouvez très bien informer les autorités françaises et demander à collaborer avec elles pour coincer Ficzko et retrouver le grimoire, ce qui serait la moindre des choses puisque vous opérez sur le sol français. Avec les informations dont vous disposez, Interpol aurait pu lancer un mandat d'arrêt contre Ficzko ce qui aurait permis, après de rapides investigations et avec les preuves que vous détenez déjà, l'arrestation de Saint-Liphard et de ses complices...

— Pour votre gouverne, Interpol a lancé un mandat d'arrêt contre Ficzko. Mais nous ne ferons rien tant que nous n'aurons pas mené à bien notre mission ! L'existence même de ce livre doit rester secrète !

— Enfin ! Il y a des vies en jeu !

— Il y a beaucoup plus en jeu que de simples vies !

— C'est n'importe quoi !

— J'ai des ordres venus de tout en haut, au Vatican ! Ce livre est une véritable bombe ! Dès que nous le récupérerons, il disparaîtra de la face du monde, une bonne fois pour toutes.

— Que contient-il donc de si terrible ?

— Un secret pour lequel la vie n'a pas de prix ! Nos adversaires en ont bien conscience, eux !

Mylène trouva lassant de répéter les mêmes choses, d'inciter les religieux à collaborer avec les autorités. De toute manière, elle aussi trempait maintenant dans cette histoire jusqu'au cou. On lui avait menti, on avait abusé d'elle au propre comme au figuré. Il valait mieux continuer, aller jusqu'au bout. Inutile de tenter de convaincre qui que ce soit !

Le père Eustache et Alexis Pontchartrain ne bronchaient pas. Leur silence et leur absence ressemblaient autant à un désaveu qu'à une complicité obligatoire. Mylène se résigna et laissa tomber. Pas la peine, non plus, d'essayer d'affronter les deux frères dominicains aussi convaincus et tenaces que leurs glorieux prédécesseurs.

— Que proposez-vous ?

— Le père Pontchartrain continuera demain à tenter de localiser l'ancien manoir des comtes d'Erlette et restera aux archives diocésaines. Le père Eustache et Fra Dolcino se rendront aux archives départementales à

Dainville pour effectuer également des recherches mais aussi tenter de savoir si nos adversaires n'ont pas eu la même idée que nous. Quant à nous, vous et moi nous irons rendre une visite de politesse à tous les Balfour de la région d'Arras. Nous en avons trouvé cinq dans l'annuaire.

— Et le motif de ces visites ?

— Nous préparons le terrain pour le cardinal Spencer qui recherche les descendants du comte d'Erlette. Le reste : c'est raison d'État !

Mylène ne pouvait qu'approuver.

Peut-être tomberaient-ils sur les parents de Maxime Balfour ? En apprendraient-ils davantage sur le jeune homme ? Parce que, malgré l'évolution de l'enquête provoquée par la rencontre avec les deux moines, la jeune femme était de plus en plus convaincue que la clef de l'affaire se trouvait derrière les murs qui abritaient le stade Bollaert et le centre de formation du Racing Club de Lens.

— Que faisons-nous maintenant ?

— Nous allons assister à la messe à la chapelle de la maison diocésaine. Puis nous souperons et irons nous coucher ! La journée de demain ne sera pas de tout repos, j'en ai le pressentiment ! Venez-vous prier avec nous ?

— Sans façon !

— Ce n'était qu'une proposition !

Alexis Pontchartrain conduisit Mylène à la chambre qui avait été mise à sa disposition dans l'une des ailes de la Maison diocésaine.

Les autres chambres de l'étage étaient occupées par un groupe d'adolescentes qui participaient à une formation proposée par l'Action catholique pour l'Enfance. Deux d'entre elles venaient de Montreuil-sur-mer. Mylène dîna en leur compagnie, inventant qu'elle encadrait les journées d'information, vestiges des célèbres trois journées du service national, dont les sessions se déroulaient curieusement dans l'autre aile du bâtiment que le clergé louait à l'armée pour l'occasion.

Elle ne s'attarda pas, regagna sa chambre, ancienne cellule pourvue en tout et pour tout d'un lit, d'une armoire et d'un lavabo.

Chapitre 9

Mardi 12 décembre 2006

Mylène n'eut pas le temps de rêver cette nuit-là, ou alors elle ne s'en souvint pas. On se remémore plus facilement les rêves tardifs, ceux qui oscillent entre ombre et lumière.

Vers 4 heures du matin, le sommeil profond et sans limites dans lequel elle flottait fut brisé et réduit en miettes par une succession de bruits sourds qui s'amplifièrent, martelèrent ses tympans. Elle émergea brutalement et comprit que l'on frappait à sa porte.

— Mylène, réveille-toi !

Elle reconnut la voix de Pontchartrain. Elle alluma la lumière, se leva et alla ouvrir la porte.

— Dépêche-toi de t'habiller et rejoins-nous en bas, sous le porche d'entrée !

— Que se passe-t-il ?

— Eustache vient de recevoir un coup de téléphone, quelqu'un a mis le feu à la maison d'Amettes !

— Qui a appelé ? Les pompiers ?

— Non, la voisine.

— Que sait-on de plus ?

— Pas grand-chose. Allez ! Dépêche-toi ! Nous partons tout de suite !

— Et Dupont et Dupond ?

— Qui ?

— Excuse-moi : les moines.

— Ils sont déjà prêts. Nous n'attendons plus que toi.

— Le temps de m'habiller et j'arrive.

Une pluie fine et glaciale tombait sur Arras. La grosse Mercedes noire stationnait devant l'entrée de la Maison diocésaine. Fra Dolcino occupait la place du conducteur et à ses côtés, la jeune femme reconnut l'abbé Edouardo Valdès.

La porte arrière droit s'ouvrit. Pontchartrain lui fit signe de monter. Elle se glissa sur la banquette aux côtés du vieux prêtre et du père Eustache. À peine eut-elle le temps de claquer la portière que la berline démarrait en trombe.

Le passager avant glissa un CD dans le lecteur de disques. Sans doute voulait-il oublier le bruit lancinant des essuie-glaces. Les quatre haut-parleurs libérèrent d'étranges mélopées que Mylène reconnut être d'antiques chants byzantins.

— Cela ressemble à Rosa Crux en version acoustique.

Le père Eustache resta de marbre.

— Que veux-tu dire ? demanda Pontchartrain.

— Rien du tout.

Un silence absolu régna durant tout le trajet. La grosse voiture gagna le village d'Amettes en un temps record. Les feux clignotants du camion de pompiers et du véhicule de gendarmerie illuminaient la rue, singeant une dérisoire fête foraine. La fenêtre du rez-de-chaussée avait été brisée ainsi que la porte de la demeure. Seul le mur de façade, noirci par les flammes, permettait de deviner que la maison avait été victime d'un incendie.

Le père Eustache et Alexis Pontchartrain se précipitèrent vers un groupe de personnes composé de deux civils, de deux pompiers et de deux gendarmes. Ils s'éloignèrent pour rejoindre un troisième individu qui se tenait plus en retrait. Les deux Dominicains restèrent dans la voiture.

Mylène descendit à son tour et s'approcha de la porte d'entrée de la maison. L'un des gendarmes la rejoignit :

— S'il vous plaît, madame, veuillez vous éloigner de la maison !

La jeune femme sortit sa carte tricolore qu'elle exhiba devant le nez du militaire.

— Gendarme Mylène Plantier, de la section de recherche de Montreuil-sur-mer, je suis une amie du père Eustache.

— Et qui sont les deux personnes dans la voiture ?

— Deux moines italiens. Ils sont chargés de la sécurité d'un dignitaire du Vatican qui doit venir à Arras étudier des incunables.

— Des quoi ?

— Des incunables, de vieux ouvrages datant d'avant l'invention de l'imprimerie. Ces deux religieux sont des agents de sécurité du Vatican.

— Des moines ?

— Ben oui, à part les gardes suisses, tout le monde a prononcé des vœux au Vatican !

— D'accord, mais pourquoi sont-ils venus ? Quel rapport avec le père Eustache ?

— Ils sont aussi chargés de protéger l'entourage du cardinal. Le père Eustache est un érudit qui doit assister le prélat dans ses recherches. J'ai été, quant à moi, détachée pour leur servir de relais avec les autorités françaises.

— Le père Eustache, c'est aussi un exorciste, je crois ?
— C'est le prêtre exorciste du Diocèse. Je peux savoir ce qui s'est passé ?
— Oui, bien sûr. Deux jeunes sont entrés par effraction. Un voisin a entendu du bruit, et a vu des silhouettes s'introduire dans la maison. Il nous a appelés. Le temps qu'on arrive, ils avaient mis le feu et avaient filé en moto.
— A-t-il pu voir leur visage ?
— Ils étaient casqués.
— Et l'immatriculation de la moto ?
— Non plus.
— Des cambrioleurs ?
— Peut-être pas, venez voir !

Il se tourna vers le chef des pompiers :
— On peut entrer maintenant ?
— Oui, c'est bon !

L'autre gendarme dont les galons indiquaient le grade de maréchal des logis chef, lança à son subordonné :
— Qui est cette dame ?

Mylène brandit une nouvelle fois sa carte tricolore. Le père Eustache compléta les présentations en expliquant qui elle était et ce qu'elle faisait avec lui.
— Allez-y, Durant ! autorisa le gradé.

Le gendarme se tourna vers Mylène :
— Les pompiers ont vu des trucs pas très catholiques, façon de parler !
— Qu'ont-ils vu ?
— Je ne sais pas, je ne fais que rapporter leurs propos.

Le militaire alluma une lampe torche et s'avança dans le couloir, suivi de la jeune femme. L'atmosphère était encore suffocante. L'eau dégoulinait de partout.

Les pompiers étaient arrivés à temps pour restreindre la zone d'incendie. Seuls la salle à manger et le coin salon avaient été ravagés par les flammes. La cuisine et les étages avaient été épargnés.

— Regardez, c'est peut-être cela ! fit le gendarme en éclairant l'un des murs, celui qui donnait sur la cuisine et qui n'avait été qu'à moitié noirci.

— Ce sont des chiffres !

— 666, le numéro de la Bête !

— Le numéro de quoi ?

— 666, c'est le chiffre du Diable !

— Merde alors, c'est un truc satanique ?

— Tout à fait ! C'est un message laissé par les incendiaires. Ce n'est pas un simple cambriolage, vous avez raison, mais une profanation, cette maison est un bien qui appartient à l'église. À votre place, je poserais les scellés et j'aviserais sans tarder la compagnie et le substitut du procureur. Allez vite rendre compte au chef.

— Oui, vous avez raison, je vous laisse la lampe. Appelez si vous découvrez autre chose !

Il abandonna Mylène qui resta encore un peu et sortit, incommodée par les émanations.

Elle s'approcha du groupe. Le père Eustache resta muet. Ce fut Alexis Pontchartrain qui présenta une seconde fois la jeune femme au second gendarme, aux pompiers, ainsi qu'aux trois civils : le voisin d'en face et témoin des faits, le maire et l'un de ses adjoints. Le maréchal des logis chef répéta mots pour mots ce que la jeune femme avait préconisé à son subordonné.

— Je vais réveiller l'employé communal, fit le maire, afin qu'il vienne tout de suite barricader la porte et la fenêtre.

— Nous allons rester encore un peu pour nous assurer qu'il n'y ait plus aucun risque, poursuivit le plus gradé des pompiers qui ajouta :

— Il faudrait aussi mettre quelques barrières sur le trottoir.

Le mot de la fin fut pour le plus vieux gendarme qui s'adressa au prêtre :

— Je vous demanderai de passer à la brigade dans la matinée pour le dépôt de plainte quand vous aurez vérifié demain matin si rien n'a été volé !

— Ne pouvez-vous pas entendre le père Eustache maintenant ? suggéra Mylène, ce n'est pas un cambriolage, je doute fort que l'on ait dérobé quoi que se soit. C'est un acte identique à une profanation, il y a des graffitis sataniques peints en rouge sur les murs.

— En êtes-vous certaine ?

— Votre collègue a vu le 666, il y en a peut-être d'autres !

— Qu'est ce que cela signifie ?

— Le chiffre de la Bête dans l'Apocalypse de Jean !

Le maréchal des logis-chef leva les yeux au ciel. Il venait de comprendre que les embêtements à venir seraient encore plus sérieux qu'il ne l'imaginait.

— Je propose, si les pompiers n'y voient pas d'inconvénients, que le père Eustache fasse maintenant le tour de la maison et que vous preniez sa déposition dans la foulée, ce qui pourrait éviter de le faire revenir d'Arras tout à l'heure, dans la matinée. Et puis, il y a fort à prévoir que mes collègues de la section de recherche de Béthune fassent leur apparition dans la journée, je pense que vous allez avoir du pain sur la planche.

— Mais nous n'avons pas terminé la sortie de nuit !

— Avez-vous prévenu votre commandant de brigade ?

— Non, l'adjudant est en permission, je le remplace pour la semaine.

— Donc c'est à vous de décider.

— Allez c'est bon ! Durant, retournez dans la maison avec le père !

L'inspection dura peu de temps, à peine dix minutes. Le père Eustache confirma que rien n'avait été volé. Il ne fit aucun commentaire sur le reste, mais sa mine déconfite et la pâleur de son visage parlaient d'eux-mêmes. Le prêtre exorciste monta avec les gendarmes, et la fourgonnette prit la direction d'Aire-sur-la-Lys, suivie de la grosse Mercedes.

L'audition dura une bonne demi-heure. Mylène ne fut pas autorisée à y assister. C'est tout juste si le chef accepta qu'elle attende à l'intérieur de la brigade.

Lorsqu'ils reprirent la route d'Arras, un coq matineux, réveillé avant ses congénères, lança son cri de guerre et annonça que le jour n'allait pas tarder à se lever. Mylène avait eu le temps d'expliquer la situation aux deux moines.

— Que vous ont-ils demandé ? questionna l'abbé Valdès.

— Pas grand-chose, c'est à peine s'ils ont osé me questionner sur la signification du signe.

— Les gendarmes de la section de recherche de Béthune ne s'en priveront pas et orienteront leurs recherches sur les fonctions du père Eustache. Et la presse va également s'y engouffrer, pensez donc : la maison du prêtre exorciste du diocèse incendiée et badigeonnée de signes sataniques. Je pense que mes collègues vont demander à vous entendre encore une fois et chercher à connaître les inimitiés que votre mission aurait pu provoquer, père Eustache, il faudra faire attention à ce que vous allez répondre !

— Ne vous inquiétez pas, j'ai procédé à mes premiers interrogatoires alors que vous n'étiez encore qu'à la maternelle !

— Ne pensez-vous pas qu'il aurait fallu effacer le signe ? demanda Valdès.

— C'était impossible, les pompiers l'avaient vu ! En tout cas, cela montre la détermination de nos adversaires.

— Cela montre surtout à quel point ils sont dangereux ! Il va falloir redoubler de prudence et ne jamais se retrouver seul quelle qu'en soit la raison.

La grosse Mercedes traversa Arras et retrouva la place qu'elle occupait la veille devant la Maison diocésaine.

— On se retrouve tous les cinq, à 9 heures dans la petite salle de réunion contiguë au bureau du père Eustache ! précisa l'abbé Valdès.

Mylène regarda sa montre : il était presque 7 heures. Elle remonta dans sa chambre, prit sa douche, se changea et attendit que le jour soit levé avant de descendre au réfectoire prendre son petit-déjeuner.

La ponctualité était un principe qu'elle prenait plaisir à respecter scrupuleusement. La jeune femme poussa la porte du bureau à 9 heures pile. Les quatre religieux siégeaient déjà autour de la table. Il fut convenu de se retrouver à midi dans cette même salle pour une collation, et de se tenir informé mutuellement des avancées de l'enquête, si nécessaire.

— Ne voyez-vous aucun inconvénient à ce que l'on prenne votre voiture ? demanda le Dominicain qui ajouta : Je n'ai pas de permis de conduire !

— Il n'y a pas de problème.

Les deux équipes se séparèrent. L'Abbé Valdès s'installa au côté de Mylène, boucla sa ceinture et sortit un calepin sur lequel figuraient quelques noms.

— Connaissez-vous les rues d'Arras ?

— Quelques-unes, les principales.

— On se débrouillera.

Il sortit un plan de la ville qu'il déplia sur ses genoux.

— Nous allons commencer par monsieur et madame Jean-Claude Balfour, 7 rue Edmond Rostand.

La jeune femme suivit les instructions du moine qui la guida vers un autre quartier de la préfecture du Pas-de-Calais. La Golf s'engagea dans une petite rue en sens unique. Mylène appuya soudainement sur le frein, immobilisant brutalement le véhicule.

— Que se passe-t-il ?

Elle pointa le doigt en direction de l'un des immeubles sur le côté droit de la ruelle.

— Lisez ce qu'il y a sur la plaque, à côté de la porte d'entrée !

— C'est un cabinet d'avocat.

Le moine commença à s'inquiéter lorsqu'il remarqua que Mylène avait lâché le volant et fermait les yeux.

— Que se passe-t-il ? Vous sentez-vous mal ?

Elle lui fit comprendre de se taire d'un geste de la main.

— On ne peut pas rester là, il y a une voiture derrière nous !

Mylène ouvrit les yeux, reprit le contrôle du véhicule qu'elle stationna un peu plus loin.

— Que vous arrive-t-il ?

— C'est l'avocat, il se nomme Lartigot, Maître Ludovic Lartigot !

— Ce n'est pas ce qui était écrit sur la plaque.

— Je ne parle pas de lui mais de l'avocat d'Henry de Saint-Liphard.

— Expliquez-vous, c'est un peu nébuleux !

— Samedi soir, juste avant d'être droguée puis enlevée par Saint-Liphard et sa complice, j'avais été présentée à son avocat : Maître Lartigot. Ce détail s'était évaporé, comme le reste. Il vient de me revenir il y a quelques secondes, à la vue de la plaque sur la façade de l'immeuble.

Elle démarra en trombe et passa la seconde vitesse.

— On rentre au bureau, il y a plus urgent que de rendre visite à la famille Balfour !

— Pour y faire quoi ?

— Rechercher l'adresse et le téléphone de cet avocat. Il doit connaître l'adresse de son client, ce serait bien le diable si... façon de parler...

L'abbé Valdès ne releva pas. Il resta silencieux quelques secondes avant de demander :

— Comment allez-vous procéder ?

— Je vais me présenter comme étant la jolie blonde qu'il a aperçue samedi au bras d'Henry de Saint-Liphard et ensuite on avisera en fonction de sa réaction.

— Et s'il est complice ?

— On verra ! Mais cela m'étonnerait, je ne l'imagine pas avec une croix à l'envers sur la poitrine, je suis certaine que c'est plutôt le genre gros vicieux.

Valdès préféra garder le silence.

Aussitôt revenue dans l'antre du prêtre exorciste, Mylène chercha les annuaires et ouvrit les *Pages Jaunes* à la rubrique Avocat. Elle trouva et souligna le numéro qu'elle composa aussitôt :

— *Bonjour ! Cabinet de Maître Lartigot !* fit une voix de femme, sèche et roque qui suintait la nicotine.

— Bonjour madame, pourrais-je parler à Maître Lartigot ?

— *Il n'est pas encore arrivé, c'est de la part de qui ?*

— Mylène, je suis une amie.

— *Si vous êtes une amie, appelez-le chez lui ! Excusez-moi, j'ai du travail !*

Elle raccrocha.

— Pas commode, la secrétaire !

Mylène s'empara des « Pages Blanches », ouvrit sur le nom Arras, sélectionna la lettre L et entoura un nouveau numéro qu'elle composa. Une bonne dizaine de sonneries se succédèrent avant que l'on ne décroche :

— *Allô !*

— Bonjour, je souhaiterais parler à Ludovic Lartigot !

— *C'est moi-même, à qui ai-je l'honneur ?*

— Mylène, je suis une amie d'Henry et de Lisa, nous nous sommes rencontrés samedi soir au Locuste. Je ne vous dérange pas ?

— *Non, bien sûr... attendez... oui... je n'avais pas retenu votre prénom.*

— J'ai un petit service à vous demander.

— *Si je peux vous rendre ce service.*

— J'ai perdu l'une de mes boucles d'oreilles après le concert. J'avais un peu trop bu et je crois que je l'ai perdue dans la voiture ou bien chez Henry. Mais je ne saurai plus comment y aller ! Le trou total !

— *Comment avez-vous eu mon téléphone ?*

— Sur le bottin !

— *Pourquoi ne l'avez-vous pas appelé ?*

— J'ai également paumé son numéro ! Allez, soyez cool !

— *C'est bon, je vous attends chez moi, on va pouvoir s'arranger. Avez-vous mon adresse ?*

— Vous ne pouvez pas me renseigner par téléphone ?

— *Je préférerais que l'on se voie, on pourrait davantage faire connaissance !*

— OK, j'arrive tout de suite. Et encore merci !

Elle raccrocha.

— Alors, que vous a-t-il dit ?

— Il m'attend chez lui.

— S'il ne vous a pas donné l'information par téléphone, c'est qu'il se doute de quelque chose, et qu'il est dans le coup !

— Non, je pense qu'il a une autre idée derrière la tête. Mais rassurez-vous, je ne prendrai aucun risque !

Elle ouvrit son blouson et montra la crosse de son pistolet qui dépassait au-dessus de la ceinture du pantalon.

— Juste pour l'impressionner s'il se montre trop empressé. C'est mon arme de dotation, l'autre pistolet est caché au fond de mon sac de voyage. Allons-y !

Ils redescendirent à la voiture et l'abbé Valdès chercha la rue sur le plan d'Arras. Mylène stationna le véhicule dans une rue adjacente.

— Vous ne bougez pas de la voiture ! Et si dans une heure je ne suis pas revenue, vous appelez la cavalerie !

Elle imagina Fra Dolcino surgissant dans la rue, son arbalète à la main.

— Ne commettez pas d'imprudences !
— N'ayez crainte.

La jeune femme se pressa de gagner la résidence où vivait l'avocat. Elle sonna à l'interphone et se présenta. Trois étages plus tard, elle sonnait, cette fois-ci à la porte de l'appartement.

— Bonjour Mylène, ravi de vous revoir !

L'avocat n'était vêtu que d'un peignoir en coton. Elle reconnut le visage et fut alors assaillie d'une multitude d'images confuses. Elle hésita à s'aventurer de l'autre côté du seuil.

— Tout va bien ?
— Oui, je vous remercie.
— Entrez !

Il s'écarta afin de la laisser passer et referma la porte. Mylène traversa un couloir qui débouchait sur un vaste salon à la décoration « années soixante-dix ».

Il désigna un immense canapé en cuir blanc :

— Asseyez-vous, je vous en prie.

Il prit place quant à lui, sur un pouf de couleur orange.

— Exposez-moi votre problème.

Mylène répéta ce qu'elle avait expliqué au téléphone en insistant lourdement sur le fait qu'elle était complètement pétée ce soir-là, et en laissant sous-entendre dans quelles conditions équivoques elle avait perdu sa boucle d'oreille.

— Vous le connaissez depuis longtemps, Henry ?

— Non, nous avons fait connaissance durant le concert.

— J'en aurais mis ma main au feu. Sacré Henry ! Sacré Don Juan ! En tout cas, il a du goût, vous êtes charmante, mademoiselle.

Mylène remarqua alors des effets qui traînaient un peu partout dans le salon. La propriétaire des vêtements apparut alors, entièrement nue et aucunement gênée de la présence de la visiteuse. Elle ramassa un string blanc qu'elle enfila. La jeunesse de ses traits, la finesse de sa taille et le galbe de sa poitrine volumineuse mais à peine déformée par une ptose que le temps et l'attraction terrestre rendaient inévitable, indiquaient qu'elle n'était certainement pas majeure. Dix-huit ans maximum. Une lycéenne ! Elle termina de s'habiller, se contentant de lancer :

— Je vais être à la bourre au cours de math !

L'avocat était vraiment un vieux cochon. Il attendit qu'elle fut sortie, le visage barré d'un large sourire, sans faire le moindre commentaire.

— Sacré Saint-Liphard ! répéta-t-il. Je ne l'ai pas vu depuis samedi.

— Le Locuste est fermé, pour travaux, jusqu'en janvier.

— Henry s'est pris des vacances, le salaud, c'est bien dans son genre. Il doit être au soleil ! Je vais quand même vous donner son adresse et son téléphone, mais un service en vaut un autre... je ne donne rien sans rien...

Il dénoua sa sortie-de-bain révélant une poitrine flasque et une énorme brioche, le tout recouvert d'une impressionnante pilosité sous laquelle se dressait une turgescence rougeâtre.

— Allez ! Déshabille-toi et viens !

On en était venu au tutoiement. Mylène ne bougea pas d'un centimètre.

— Je suis désolée, la boucle d'oreille c'est du bidon. Ce n'est pas Henry que je cherche à revoir, mais Lisa... je préfère les femmes...

— Exclusivement ?

— Exclusivement !

Maître Ludovic Lartigot éclata d'un rire gras.

— Tu as tout de même couché avec Saint-Liphard ?

— J'étais bourrée et on a baisé à trois, je voulais surtout sa copine.

L'avocat referma son peignoir.

— C'est bien ma veine ! Et tu ne sais pas qui est Lisa ?

— Non.

— Tu es sacrément culottée, toi ! Elle s'appelle Lisa Rastislav. Ce nom ne te dit rien ?

— Non.

— Tu t'intéresses au foot ?

— Pas spécialement.

— Eh bien, il va falloir, son mari Anton Rastislav est le nouvel entraîneur du RC Lens, depuis le début de la saison.

— Vous le connaissez ?

— Lui, je ne l'ai jamais vu, et je ne sais pas où ils habitent, certainement à Lens ou à proximité.

Il se leva et nota quelque chose sur un bout de papier qu'il donna à Mylène.

— L'adresse et le numéro d'Henry. Pour le reste, tu te démerdes avec lui !

— Il est hongrois ?

— Non slovaque ! Allez, file !

Mylène prit congé de l'avocat qui rigolait encore lorsqu'elle quitta l'appartement. Elle se pressa de regagner la voiture.

— Je commençais à m'inquiéter.

— Tout va bien, j'ai l'adresse et le numéro de téléphone de Saint-Liphard, et ce n'est pas tout !

— C'est déjà pas mal ! Quoi d'autre ?

— Je sais qui est Lisa.

Elle expliqua.

— Rentrons au diocèse, j'ai des vérifications à effectuer sur Internet, c'est important. On aura tout le temps de s'occuper de Saint-Liphard après !

La jeune femme et le moine s'installèrent devant l'écran du PC, dans le bureau du prêtre exorciste. Les différentes recherches prirent presque deux heures. À peine avaient-ils quitté le moteur de recherche, qu'ils entendirent les pas de leurs compagnons qui résonnaient dans l'escalier.

— Alors ? lança l'abbé Valdès.

— Rien pour l'instant, mais nous sommes sur la piste d'un plan du village de Rivière qui date de la fin du XIXe siècle. Avec un peu de chance nous le trouverons cet après-midi aux Archives départementales à Dainville, répondit Alexis Pontchartrain.

— Et vous ?

— Nous avons l'adresse et le téléphone d'Henry de Saint-Liphard, et mieux encore...

— Que voulez-vous dire, Mylène ?

— Nous savons qui est Lisa !

La jeune femme expliqua brièvement la manière dont elle avait obtenu toutes ces informations, avant d'exposer le résultat de leurs recherches sur Internet :

— Nous n'avons rien trouvé sur Lisa, pas même son nom de jeune fille, ni l'année de son mariage avec Anton Rastislav, le nouvel entraîneur du RC Lens. Par contre, nous avons découvert que ce dernier a débuté sa carrière de joueur professionnel à Bratislava avant d'être transféré à l'Austria de Vienne, club dans lequel il a joué une dizaine d'années avant de mettre un terme à sa carrière en raison d'une grave blessure au genou. Quelques années plus tard, on le retrouve entraîneur-adjoint du Rapid de Vienne, l'autre club de la capitale autrichienne avant d'en devenir entraîneur. En 1995, il quitte le Rapid de Vienne pour le Football Club de Nantes. Il y restera une année avant d'émigrer en Italie où il entraînera la Lazio de Rome pendant deux saisons. On le retrouve ensuite à Cologne puis retour en Autriche, à Salzbourg qu'il a quitté il y a quatre mois pour Lens.

— Une belle carrière ! ajouta Valdès.

— Nous avons donc la preuve que Lisa se trouvait à Nantes en 1996 !

— Oui, s'ils étaient déjà mariés. Nous avons approfondi les recherches et sommes tombés sur des articles de presse de différents journaux autrichiens, datant d'une bonne vingtaine d'années. Nous avons imprimé les articles en question, ils sont dans la pochette sur le bureau.

— Qu'avez-vous découvert ?

— Les gros titres évoquaient le retour de la comtesse Bathory, on y parlait de la disparition de jeunes filles, du vampire de Vienne, etc. Vous pourrez les lire si vous comprenez l'allemand. L'affaire dura quelques années, puis se tassa... Quelques années plus tard, en janvier 1998, on découvre le corps d'une jeune fille, entièrement nue et vidée de son sang dans le Colisée, à Rome. L'enquête ne donnera rien. Deux années plus tard, des jeunes filles disparaissent à Cologne. Même phénomène à Salzbourg, il y a deux ans ! Nous avons vérifié, ces faits divers correspondent précisément à la présence d'Anton Rastislav et de son épouse dans la région !

— Tu n'as rien trouvé d'autre sur elle ?

— Rien du tout.

— Qu'allons nous faire ?

— Je vais faire monter des sandwichs, répondit l'Abbé Valdès qui ajouta :

— Vous partirez aux Archives départementales aussitôt après le déjeuner. Mademoiselle Plantier et moi-même irons planquer devant chez Saint-Liphard...

Mylène stationna la Golf noire à une cinquantaine de mètres du domicile d'Henry de Saint-Liphard. Elle laissa le soin à l'abbé Valdès de mener une petite reconnaissance jusqu'à l'immeuble qui correspondait à l'adresse donnée par Maître Lartigot. La jeune femme préféra rester dans la voiture de peur d'être reconnue par son agresseur.

Le moine s'avança nonchalamment jusqu'à l'entrée de la résidence. Il ressortit trente secondes plus tard et revint à la voiture.

— Il occupe un appartement au troisième étage !

— Curieux pour un suppôt de Satan ! Je l'imaginais vivre dans une vaste maison de maître sombre et lugubre, pas dans un appartement de luxe.

— Le Diable n'est plus ce qu'il était !

— Avez-vous sonné à la porte pour voir si l'appartement était occupé ?

— Non, on se contente d'observer, on reste sur nos positions !

L'expression du visage de la jeune femme exprima un mécontentement qu'elle eut les pires difficultés à contenir.

— Écoutez Mylène, l'autre équipe est sur le point de localiser le véritable emplacement de l'ancien manoir des comtes d'Erlette. Aussitôt que nous aurons mis la main sur le grimoire, nous mettrons hors d'état de nuire Saint-Liphard, la diablesse et toute la bande ! Je vous le promets... vous pouvez me croire... je ne suis pas prêt d'oublier qu'ils ont assassiné deux de nos archivistes, sans compter toutes ces malheureuses filles depuis des années... Ce sont des monstres, je tiens autant que vous à ce qu'ils paient pour leurs crimes.

— Je sais, mais ils ont enlevé une jeune fille : Catherine, la sœur de Laurent Suger ! Si Lisa Rastislav est aussi démoniaque ou folle que nous le pensons, il y a vraiment urgence, il est peut-être même déjà trop tard !

— Tout ira bien, vous verrez !

Mylène rentra soudainement la tête entre ses épaules comme si elle voulait disparaître, et se laissa glisser en arrière de manière à être invisible de l'extérieur de la voiture.

— Qu'est ce qui vous prend ?

— L'un des deux types qui vient de sortir de l'immeuble, c'est Maxime Balfour !

— Les deux jeunes avec leurs casques à la main ?

— Oui ! Que font-ils ?

— Ils viennent d'enfourcher la grosse moto garée devant la porte de l'immeuble... Ils démarrent...

Mylène se redressa et démarra à son tour.

— On va les suivre.

Aucune réaction de la part de moine. Elle passa une vitesse.

La voiture resta à distance du deux-roues qui les entraîna vers le centre-ville et plus précisément la Grand-Place.

La moto s'arrêta devant le Locuste. Le passager descendit et attendit que son complice redémarre avant de se glisser sous les arcades. Mylène trouva une place à proximité de l'établissement.

— S'agit-il de Balfour ?

— Je ne sais pas, il a gardé son casque.

— Voyez-vous ce qu'il fait ? demanda la jeune femme à l'agent du Vatican qui venait de sortir une toute petite paire de jumelles de l'une de ses nombreuses poches.

— Il vient d'ouvrir une sorte de trappe contiguë à l'entrée du bar... certainement l'entrée d'une cave... d'ailleurs il descend...

— Ne perdons pas de temps. Allez... venez... allons-y !

Ils sortirent de la voiture et se précipitèrent en direction de la vitrine du Locuste, toujours protégée d'une grille métallique. Le motard avait refermé la trappe et remis le cadenas qui en bloquait l'ouverture, par un petit espace entre la pierre et le bois permettant le passage de la main.

— Que fait-on ?

— On crochète et on entre !

Elle sortit un couteau suisse de sa poche de blouson et une épingle à cheveux de sa poche de pantalon.

— Avec ce monde dans la rue ?

— Personne ne fera attention...

C'est à ce moment précis que la sonnerie du téléphone portable de la jeune femme se mit à projeter çà et là, les premières notes de la musique du film *L'Exorciste*.

— Eh bien, c'est raté !

— Allô... oui, c'est moi, qui voulez-vous que ce soit... Nous sommes sur la Grand-Place d'Arras, devant le Locuste... Je n'ai pas trop le temps d'expliquer... Oh, c'est génial... oui, j'écoute... ok... ok... je raccroche...

Elle rangea le portable. Les silhouettes pressées qui sillonnaient les allées couvertes, passaient autour d'eux sans même les remarquer.

— C'était le père Eustache ?

— Non, Pontchartrain !

— Ont-ils trouvé ?

— Presque. La carte qu'ils voulaient consulter n'a rien révélé. Par contre, l'employé des archives qu'Alexis connaît bien, leur a appris qu'il avait retrouvé et compulsé, plusieurs mois plus tôt, une monographie écrite sous le second empire par un historien local, sur l'histoire de Saint-Laurent-Blangy, une cité en périphérie d'Arras. Le type, un inconditionnel de Lovecraft, avait été surpris de découvrir un chapitre consacré au château des comtes d'Erlette alors que H. P. Lovecraft n'était pas encore né. Il fut encore plus surpris lorsqu'il remarqua une illustration représentant le tombeau de François-Honoré Balfour...

— Ont-ils pu photocopier les passages en question ?

— Pas encore, l'archiviste devait retrouver la monographie... et voilà...

Tout en parlant, Mylène avait réussi à forcer le cadenas sans que personne ne remarque quoi que ce soit.

— Attendez-nous, je vais chercher une lampe torche dans la voiture.

Ils ouvrirent la trappe et descendirent un escalier qui menait à une cave profonde et encombrée de caisses vides.

— Où est-il passé ?

— Par là, je pense !

Elle désigna un étroit passage dans le mur en brique qui permettait de communiquer avec une autre cave. Un nouvel escalier, très étroit, s'enfonçait dans les entrailles de la ville. Il débouchait sur une petite salle voûtée qui semblait se prolonger bien au-delà du rayon lumineux de la lampe.

Ils parvinrent à une porte qu'ils ouvrirent avec précaution et s'aventurèrent dans une galerie taillée à même la craie.

— Je suis déjà venue ici ! Ce couloir conduit à la salle de concert et de l'autre côté, on peut accéder à la cave du Locuste.

— Direction le Locuste et plus un bruit !

Ils remontèrent la galerie jusqu'à l'échelle de bois. Mylène précéda le moine et se retrouva dans la vaste cave située juste sous le bar.

Le halo diffusé aux quatre coins de la pièce révéla des détails que Mylène n'avait pas remarqués ou qui n'existaient pas lors de son passage, le soir du concert.

Elle éclaira une paillasse jetée dans un coin, juste sous deux anneaux encastrés dans le mur. Une paire de menottes et une chaîne rouillée gisaient aux pieds d'une bouteille d'eau minérale vide.

La cave avait servi de geôle. Mylène songea immédiatement à la pauvre et timide Catherine, la sœur de Laurent Suger.

Ils entendirent des bruits de pas au-dessus d'eux, et la porte qui donnait sur le bar, en haut de l'escalier s'ouvrit.

Une lumière aveuglante inonda la pièce. Le jeune homme descendit l'escalier et se retrouva nez à nez avec l'abbé Edouardo Valdès. Il pensa certainement avoir à faire à un visiteur égaré dans les boves :

— Eh là, que faites-vous ici, c'est un lieu privé !

Ce n'était pas Maxime Balfour, mais un garçon d'environ 25 ans, aussi blond que Balfour mais très mince et plus grand.

Le temps de réaliser que sa première impression sur le curieux visiteur était certainement fausse, un violent coup de pied à l'arrière de son genou gauche le scia en deux et le projeta au sol. Il lâcha son casque de moto qui roula à plusieurs mètres.

— Oh putain...

Il se retourna et découvrit le canon d'un pistolet automatique pointé entre ses deux yeux.

— Putain, qui êtes-vous !
— Qu'avez-vous fait de Catherine ?
— Je ne connais pas de Catherine ! Que voulez-vous, bordel ?

Il mentait mal. Le canon du pistolet vint violemment lui percuter la pommette. Il s'écroula et tenta de se redresser le visage en sang.

— Merde, vous êtes malade !
— Où est Catherine ? répéta Mylène.
— J'en sais rien, moi !

Il épongea le sang qui dégoulinait avec la manche de son pull.

— Vous êtes qui ?
— C'est moi qui pose les questions ! Nom et prénom !
— Allez vous faire foutre !
— On va jouer cartes sur table.

Elle sortit sa carte tricolore.

— Gendarmerie nationale ! Soit tu collabores, et je sais que tu as beaucoup de choses à raconter, soit je laisse à mon ami le soin de s'occuper de ton cas !

— Je t'emmerde, pétasse !

— OK ! Je vous le laisse, mon père !

Une lueur de surprise doublée d'inquiétude apparut dans le regard du jeune homme.

— Le père Valdès est un agent spécial du Vatican, c'est un moine dominicain. As-tu entendu parler de l'Inquisition ?

Un rictus emprunt d'une cruauté sans limite déforma le visage du religieux. Il jouait le jeu à fond.

— Soit tu me racontes ce que tu sais, soit je sors et je te laisse avec lui. C'est un spécialiste du désenvoûtement, je crois que cela ne va pas te plaire !

Le jeune homme grimaça de rage, tenta de se redresser et de s'enfuir. Un nouveau coup de pied lui disloqua le genou. En retombant, sa tête heurta le sol. Il perdit connaissance.

Lorsqu'il sortit de son étourdissement, il réalisa que la paire de menottes qui gisait sur la paillasse lui enserrait les poignets et qu'il était attaché aux anneaux muraux par la chaîne rouillée.

— Je te laisse une dernière chance, à toi de choisir : la gendarmerie ou les services de renseignement de Vatican, sachant que ton complice, Henry de Saint-Liphard ou monsieur Liczko, selon les circonstances, a assassiné deux prêtres, il n'y a pas si longtemps !

— Vous ne pouvez rien contre moi, mon Maître est plus fort, il ne tardera pas à venir me libérer et vous volera votre âme !

— Et qui est ton Maître ?

— Satan !

— Je ne connais pas ce monsieur ! Donne-moi son adresse.

Il se contenta de pousser un rugissement.

L'abbé Valdès s'approcha et sortit un crucifix. Le jeune homme détourna la tête, horrifié.

— Laissez-moi quelques minutes avec lui, c'est un faible, je n'aurai aucune difficulté à chasser le démon qui est en lui !

Mylène hésita.

— Faites-moi confiance, je ne lui ferai aucun mal !

Au point où on en était, pourquoi pas.

— OK, je vous le laisse, cinq minutes, pas plus !

— Non, je vous en prie... non !

Mylène monta les escaliers et pénétra dans l'arrière-salle du Locuste. Elle ferma la porte et attendit.

Les bruits de la ville se conjuguèrent pour former une protection sonore qui lui permirent de ne pas entendre ce qu'il se passait dans la cave. Elle savait que le moine ne torturerait pas le garçon, du moins physiquement. Pour le reste... il n'était plus possible de reculer. Elle entendit frapper trois coups à la porte.

— Vous pouvez venir !

Elle suivit le religieux et descendit l'escalier. Le visage du garçon lui sembla anormalement pâle et dégoulinait de sueur comme s'il venait d'effectuer un terrible effort.

— Il est à vous !

— Qu'avez-vous fait ?

— Pas grand-chose ! Vous ne pouvez imaginer la force de certains mots, de certaines phrases. Je n'ai fait qu'extirper le démon qui lui pourrissait le cœur. Regardez !

Il brandit son crucifix et le passa à plusieurs reprises devant le visage du garçon qui resta sans réaction.

La jeune femme s'approcha :

— Tout va bien ? Vous pouvez parler ?

Il acquiesça d'un signe de tête.

— Acceptez-vous de répondre à mes questions ?
— Oui !
— Nom, prénom et profession !
— Bruno Kotyla, je travaille comme steward au stade Bollaert !
— Depuis combien de temps ?
— Trois ans.
— Ce n'est pas un métier ! De quoi vivez-vous ?
— Je vous assure, je bosse pour le RC Lens.

Une nouvelle pièce du puzzle venait de s'ajouter, et il était encore question du fameux club de football. Les explications qui s'ensuivirent permirent de regrouper la totalité des éléments pour parachever la compréhension d'une effroyable vérité :

En juillet dernier, lorsque Anton Rastislav fut recruté par le Racing Club de Lens pour entraîner l'équipe première, Bruno Kotyla qui donnait entière satisfaction à l'équipe dirigeante et au service de sécurité qui l'employaient, se vit confier la responsabilité de servir de chauffeur au couple qui résidait dans le meilleur hôtel de Lens. L'emploi du temps du steward s'institutionnalisa très rapidement : il conduisait Anton Rastislav au centre de la Gaillette le matin, venait le récupérer en soirée, et le reste du temps il restait à disposition de Madame.

Lisa Rastislav resta très distante avec son chauffeur jusqu'à ce qu'elle apprenne qu'il était féru d'occultisme et se passionnait pour tout ce qui touchait à l'étrange et au surnaturel. Son comportement changea radicalement. Elle l'invita à prendre le thé à plusieurs reprises. Ils passèrent des heures à discuter, évoquant Alan Kardec qui fascinait Kotyla, madame Blavatsky, les mystères de la vie et de la mort...

Un soir, au début du mois de septembre, alors que son époux se trouvait au Touquet, en stage avec l'équipe professionnelle, elle pria son chauffeur de la conduire à la Gaillette. Ils stationnèrent à une centaine de mètres de l'entrée du complexe et attendirent que la nuit soit entièrement tombée. Un jeune homme frappa au carreau et s'installa à côté de Lisa. Bruno reconnut Maxime Balfour, un stagiaire qui avait effectué quelques apparitions avec l'équipe réserve, la saison précédente.

— Ne pose pas de questions sur sa présence avec nous ! Personne ne doit savoir qu'il fait le mur ! C'est un secret que tu ne devras jamais divulguer sinon je te le ferai payer très cher !

Bruno Kotyla ne sut jamais comment elle l'avait connu, depuis quand, et pourquoi il se joignait à eux. Il ne chercha pas à en savoir plus.

Lisa Rastislav lui demanda de les conduire à Arras. Ils entrèrent dans un bar, le Locuste, sur la Grand-Place. Lisa présenta les deux garçons au patron, Henry de Saint-Liphard, un ami de vieille date qui les pria de le suivre. Ils descendirent à la cave. Lisa leur banda les yeux. Ils déambulèrent dans un dédale de couloirs avant d'atteindre une petite salle éclairée par des bougies.

Lisa et son ami s'éclipsèrent et réapparurent vêtus d'une vaste cape noire et d'un masque. Elle révéla qu'elle était l'héritière d'un culte ancestral et secret, pratiqué depuis la nuit des temps dans les profondes forêts aux confins de la Hongrie, son pays natal. Elle offrit aux deux jeunes gens la connaissance et la jeunesse éternelle à condition de les servir fidèlement, elle et son Maître, le seigneur des ténèbres. Pour sceller le pacte, elle mordit les garçons à la base du cou, s'abreuva de leur sang, juste ce qu'il fallait.

Elle leur demanda de se dénuder et de revêtir de la même cape noire et de se couvrir le visage avec un masque à l'expression hideuse dont eux-mêmes étaient pourvus. Ils les suivirent dans une autre salle éclairée par des torches accrochées aux murs dans laquelle se trouvaient une dizaine de personnes pareillement accoutrées. Les deux garçons participèrent, cette nuit-là, à leur première messe noire. Kotyla refusa d'en révéler davantage sur la nature des rites démoniaques.

Quelque temps plus tard, un nouveau jeune homme, lui aussi stagiaire au centre de la Gaillette, fut initié, il se nommait Laurent Suger.

La secte satanique installa ses quartiers dans un ancien manoir abandonné, situé à proximité de Rivière, un village de la région d'Arras. La propriété appartenait à la famille de Maxime Balfour qui ne pouvait la vendre pour de sombres histoires d'héritage.

Durant la journée, le silence régnait dans la propriété, mais la nuit, derrière les murs épais, le Diable installait ses quartiers. Deux fois par mois, Lisa et Henry continuaient à organiser des messes noires. Les trois serviteurs devaient enlever des filles pour les cérémonies mais aussi pour la consommation personnelle de Lisa Rastislav.

— Que veux-tu dire ?
— Je n'ai rien à dire là-dessus !
— Étaient-elles sacrifiées ?

Kotyla ne répondit pas. Il baissa la tête pour éviter le regard de la jeune femme se contentant d'avouer que les samedis à la tombée de la nuit et parfois en semaine, les deux apprentis footballeurs faisaient le mur et partaient en chasse, en sa compagnie, dans les soirées et les fêtes de la région en compagnie de Kotyla, à la recherche de la perle rare. En attendant leur supplice, les malheureuses victimes étaient enfermées dans les caves du manoir.

— C'est donc pour cela que vous avez enlevé Catherine Suger ?

— Plus tard, plus tard !

Bruno Kotyla poursuivit son récit comme on raconte une histoire, détaché des atrocités qu'il avait commises, sans le moindre remord dans la voix.

— Henry de Saint-Liphard partit en voyage à New York. Lorsqu'il revint, nos sorties s'estompèrent. Liczko passa beaucoup de temps au manoir avec Maxime. Nous crûmes comprendre qu'ils cherchaient un vieux grimoire satanique qui révélait d'incroyables secrets sur les vertus du sang humain.

— Saint-Liphard savait-il au départ que Maxime descendait de la famille du comte d'Erlette ?

— Je ne sais pas qui est le comte d'Erlette.

— Ce n'est pas grave, continue !

Mylène et l'abbé Valdès apprirent que trois semaines plus tôt, les documents que Saint-Liphard avait dérobés à New York disparurent une nouvelle fois. Les soupçons se portèrent sur Laurent Suger et, très vite, les suppôts du démon et leurs séides découvrirent que le jeune homme avait rompu son pacte et s'apprêtait à révéler ce qu'il savait à un journaliste du *Réveil de l'Artois*, Jacques Fulcato.

Ils espionnèrent le jeune footballeur et découvrirent que les deux hommes s'étaient donnés rendez-vous le samedi 2 décembre dans les dernières toilettes pour dames situées vers la gauche sous la tribune Trannin, au tout début de la seconde mi-temps, à l'occasion du match Lens-Bordeaux.

Bruno Kotyla s'arrangea avec un autre steward pour inverser les postes et se retrouver à l'entrée la plus proche du lieu en question. Il procura des places pour le match à Maxime Balfour et Saint-Liphard, dans la même tribune, juste au-dessus. Lisa Rastislav, postée dans la tribune officielle, observa, à la jumelle les faits et gestes du journaliste et de Laurent Suger qu'elle transmit au fur et à mesure par téléphone portable interposé.

À la reprise de la seconde mi-temps, Balfour et Saint-Liphard se glissèrent dans les toilettes, sans se faire remarquer, aussitôt rejoints par Kotyla. L'arrivée des deux comploteurs correspondit à l'ouverture du score par l'équipe locale.

— Vous les avez assassinés !
— Non, ce n'est pas nous !
— Qui, alors ?
— Lisa Rastislav !
— Comment a-t-elle fait ? Il est impossible de passer d'une tribune à l'autre durant un match. Même si l'on considère son statut, quelqu'un l'aurait remarquée !
— Je ne sais pas comment elle a fait !

Il se pencha en avant et prononça tout doucement :
— C'est une diablesse, ses pouvoirs sont immenses !
Mylène haussa les épaules.
— Elle n'a pu les tuer toute seule !
— Si ! Elle profita du vacarme causé par le but et récupéra le document que Suger s'apprêtait à donner au journaliste. Nous ne sommes intervenus qu'après !

Kotyla connaissait l'homosexualité notoire de Fulcato. Ils dénudèrent les deux hommes et cachèrent leurs effets dans leurs sacs et sous leurs propres vêtements. Ils allaient partir lorsqu'un individu s'approcha des toilettes et entra. Lisa éteignit la lumière et le malheureux fut assassiné à son tour. Bruno Kotyla vérifia que personne ne traînait sous les gradins et lorsque la voie fut libre, il permit à ses complices de regagner leurs places.

— Et elle, comment regagna-t-elle la tribune officielle ?

— Je ne sais pas !

— Attendez, vous êtes steward !

— Vous ne pouvez imaginer les pouvoirs qu'elle possède !

— Ben voyons !

Le triple meurtre fut découvert avant la fin du match, mais il fut impossible à la police de fouiller l'ensemble des spectateurs présents dans la tribune. Aussitôt qu'ils le purent, Saint-Liphard et Balfour se débarrassèrent d'une partie des effets et des papiers de leurs victimes en les jetant dans une poubelle.

— Je fus le premier steward interrogé par la police, étant le plus près du drame. Je n'avais rien vu, ni entendu !

— Pensez-vous que je vais croire cette version des faits ?

— À quoi vous attendiez-vous ?

— Je ne sais pas !

Mylène avait imaginé des tas de scénarii parfois à la limite de l'irrationnel. Celui-là n'était pas mal du tout ! Kotyla le devina peut-être, il ajouta :

— Ne sous-estimez pas les pouvoirs de Lisa Rastislav ! Quant à nous, nous ne nous sommes pas transformés en chauve-souris, nous ne sommes pas des vampires ! Tout du moins, pas encore !

— Que voulez-vous dire ? intervint l'abbé Valdès, elle ne peut être...

— Non, Lisa n'est pas un vampire, pas encore !

Son regard croisa celui de Mylène.

Que venaient-ils tous les deux de comprendre ? S'agissait-il du mystérieux secret contenu dans *Le Culte des Goules*, le livre écrit par le comte d'Erlette ?

L'abbé Valdès demanda :

— Et ensuite ?

— Quelques lignes gribouillées sur un bout de papier roulé en boule dans la poche de la veste de Jacques Fulcato nous firent réaliser qu'un autre journaliste était dans la confidence.

— Dominique Douchy ?

— C'est lui, oui ! Nous le suivîmes à un rendez-vous avec ce flic qui nous pistait, le commissaire Vernier.

— Vous les avez tués tous les deux ?

— Encore exact !

— Il n'était pas le seul à nous pister. Un drôle de type et une fille qui bossait avec lui ! Maxime leur a filé deux fois entre les pattes, chez le flic puis lors de la soirée ici-même, samedi dernier.

Il ne semblait pas avoir fait le lien avec Mylène qu'il n'avait jamais vue, ni même avec le père Eustache.

Ce qu'il ajouta confirma que Lisa et Henry de Saint-Liphard ignoraient également qui était la jeune femme lorsqu'ils la droguèrent et l'amenèrent à la villa. Elle devait, comme les autres filles, servir d'objet sexuel au couple infernal puis certainement finir égorgée dans la cave. Bruno Kotyla était l'un des hommes sur lequel le père Eustache avait tiré avant de provoquer l'incendie du manoir.

— Est-ce vous qui avez mis le feu à la maison du père Eustache à Amettes ?

— L'exorciste ? Oui, ce devait être un avertissement à l'Église, une provocation, c'est ce que nous a dit Henry. Nous voulions montrer que nous étions encore forts, que notre Maître était le plus fort !

— Pourquoi spécialement la maison où vivait le père Eustache, et pas une église ?

— Je vous l'ai dit, c'est l'exorciste du diocèse !

Visiblement, Kotyla ne connaissait pas le lien entre ses différents adversaires. Seuls ceux qui tiraient les ficelles savaient !

— La partie est perdue, Kotyla ! Maintenant, tu nous dis où est Catherine Suger ! Si tu ne veux pas aggraver ton cas !

Bruno Kotyla hésita, les secondes s'égrainèrent... il se décida à parler :

— Au monastère du Mont Saint-Éloi !

— Au village ?

— Non, au monastère !

— Tu te moques de nous, il ne reste que quelques pans de murs et rien d'autre.

— Détrompez-vous, il existe une crypte secrète sous les ruines du monastère, elle remonte au Moyen-Âge, je crois. Peu de gens sont au courant de son existence. C'est l'un de nos adeptes qui nous a révélé le passage souterrain qui démarre sous les dépendances de sa fermette dans le village. Il y a cérémonie ce soir, la fille va être sacrifiée à minuit !

Mylène se tourna vers le religieux :

— Puis-je vous parler, seul à seul ?

— Oui, bien sûr !

Ils s'éloignèrent de Bruno Kotyla.

— Vous êtes sur le point d'obtenir ce pourquoi vous êtes venu en France. Maintenant, nous ne pouvons plus perdre de temps, il faut me laisser agir ! Il faut libérer Catherine et que tout cela cesse !

— Je suis d'accord avec vous, nous allons libérer cette jeune fille !

— Je ne pensais pas à cela. Nous avons mis la main sur le complice de ces monstres, nous ne pouvons aller plus loin ! Il faut le livrer aux autorités et laisser la justice française faire son travail. De toute manière, cette fois-ci je ne vais pas plus loin, et vous ne pourrez m'empêcher d'agir en mon âme et conscience !

Le moine hésita, fit un pas en arrière et se contenta d'acquiescer d'un mouvement de la tête.

Mylène s'approcha de Kotyla et pointa le doigt vers sa poitrine :

— Je te laisse deux alternatives, uniquement deux ! Soit tu acceptes de collaborer avec la justice, tu me suis sans opposer de résistance et tu vas répéter tout ce que tu viens d'avouer ! Soit, je m'en vais et je t'abandonne au père Valdès... ses amis vont bientôt arriver, tu vas être discrètement évacué vers Rome et... Dieu seul sait ce qu'il adviendra de toi... n'oublie pas que tu es le complice d'un homme qui a assassiné deux religieux...

Cette perspective effraya le garçon qui cria :

— Ok, ok, je collabore avec vous !

La lumière s'éteignit brusquement, plongeant la cave du Locuste dans une obscurité absolue.

— Que se passe-t-il ? s'écria l'abbé Valdès.

Mylène comprit qu'ils venaient de se faire piéger. Quelques instants auparavant, la jeune femme avait cru entendre grincer le volet métallique qui occultait la devanture du bar, sans y prêter vraiment attention, soupçonnant le vent ou bien quelque gamin qui s'amusait à laisser courir un objet contondant sur les ondulations.

Elle n'eut pas le temps de sortir la lampe torche de sa poche de blouson. Deux bras puissants la poussèrent violemment. Elle chuta lourdement sur le sol, lâchant au passage son pistolet qui roula plus loin.

Et la lumière revint, éblouissante. L'Abbé Valdès n'avait pas bougé d'un pouce. Elle le vit lever les mains, le regard figé en direction de l'escalier. Henry de Saint-Liphard au milieu de l'escalier, pointait son arme vers le moine. Elle remarqua le silencieux qui prolongeait le canon du pistolet. Maxime Balfour ramassa le Sig Sauer de Mylène et s'interposa entre elle et Bruno Kotyla.

— J'aurais aimé vous revoir en d'autres circonstances ! Les aléas de la vie !

Soudainement, le moine dominicain bondit en direction de la trappe qui donnait vers les boves. Le pistolet de Saint-Liphard toussa à deux reprises. Le religieux grimaça, porta la main à son flan et s'écroula.

Maxime Balfour devança le mouvement de Mylène en lui pointant l'arme entre les deux yeux. Saint-Liphard acheva de descendre l'escalier et vint se placer devant la jeune femme, permettant ainsi au garçon de reculer et jeter un œil vers le corps de l'abbé sous lequel s'élargissait une flaque écarlate.

— Il a son compte !

Le propriétaire du Locuste ne cessait de dévorer des yeux la jeune femme.

— Si j'avais su qui vous étiez, l'autre soir, j'aurais pris toutes mes précautions pour savourer jusqu'au bout les moments de plaisir que nous avons passés ensemble et...

— C'est bon, libérez-moi, que je puisse me la faire, cette salope ! hurla Bruno Kotyla.

— Filez les clefs des menottes !

Mylène tourna la tête vers Balfour :

— À votre place, je le laisserais accroché au mur ! Je sais tout, il m'a tout raconté ! Il était prêt à collaborer avec la justice !

Saint-Liphard lança un regard sombre à Kotyla.

— Vous n'allez pas la croire, c'est un flic !

— On leur parle du pacte que tu as passé avec l'abbé ?

— Attends que je sois libre, je vais te faire ta fête !

— Pas de chance, Bruno, j'ai entendu certaines choses avant d'éteindre la lumière.

Henry s'approcha de Kotyla et tira deux balles dans les briques du mur, juste à côté de la tête du steward du stade Bollaert qui recula violemment et s'assomma. Il glissa le long du mur laissant sur les briques une large traînée gluante et écarlate.

— J'ai horreur des traîtres ! On reviendra plus tard s'occuper de son cas !

Mylène sentit les battements de son cœur s'accélérer, son sang se glacer dans ses veines. La partie s'achevait ici, dans cette cave. Les prochaines balles étaient pour elle.

— Je fais quoi d'elle ?

— Assomme-la !

Le poing de Maxime Balfour prit la direction de son visage aussi monstrueux qu'un astéroïde avant une collision apocalyptique. L'univers de la jeune femme explosa. Elle sombra dans le néant...

Les draps sentaient le frais, le contact avait la douceur de la soie. Mylène ouvrit un œil, puis un second. Il fallut quelques minutes pour que le voile qui occultait son champ de vision, se dissipât peu à peu, découvrant l'intérieur cossu d'une chambre à coucher. Une lampe de chevet, posée sur une commode, diffusait une faible lumière dans les tons oranger. Il fallut encore plus de temps à la jeune femme pour reprendre ses esprits et remettre en ordre les souvenirs des événements les plus récents.

L'image du coup de poing percutant son visage expliqua la douleur qui rayonnait à partir de sa pommette droite. Elle mit, par contre, plus de temps à comprendre pourquoi ses deux mains étaient menottées aux solides barreaux de bois de la tête de lit et pourquoi elle portait un pyjama en soie rose : elle était retenue prisonnière.

La réflexion se limita à cette évidence. Les cellules grises ne parvenaient pas à s'ordonner et à pousser plus loin le raisonnement. Elle réussit difficilement à bouger la tête en arrière et regarda sa montre. 22 h 30 ! Elle était restée inconsciente plus de dix heures. Mylène supposa qu'elle avait également été droguée.

La porte s'ouvrit. Une silhouette féminine ondula vers le lit. Les traits du visage se précisèrent. Mylène reconnut Lisa Rastislav. Cette dernière vint s'asseoir sur le bord du lit.

— Que voulez-vous ? Qu'allez-vous faire de moi ?

— Ne craignez rien, nous allons vous garder en vie, vous êtes une précieuse monnaie d'échange !

— Une monnaie d'échange ?

— Nous savons que vos amis ont trouvé l'emplacement du tombeau du comte d'Erlette.

— De quoi voulez-vous parler ?

— Vous le savez aussi bien que moi ! Vos amis ont laissé un message sur votre portable pour vous en informer. Nous leur avons proposé un marché : votre vie contre le trésor qu'il contient !

— Ont-ils accepté ?

— Ont-ils le choix ?

Cela semblait une évidence. Mylène ne parvenait pas à mettre ses idées en ordre, à trouver une répartie, à s'insurger, bien que tout cela lui parut improbable.

— Vous m'avez droguée ?

— Oui, il le fallait !

— Où suis-je ?

— Peu importe !

— Je sais qui vous êtes, Lisa Rastislav, et ce que vous avez fait, toutes ces abominations commises !

— Que savez-vous réellement ?
— Mais qui êtes-vous ? Erzsébeth Bathory ?
— Elle est morte depuis plusieurs siècles, et moi, je suis bien vivante !

La jeune femme sentit les battements de son cœur s'accélérer. Lisa venait de poser sa main sur son ventre.
— Vous êtes un vampire ?
— Non, mais mon destin est de le devenir !

Son regard presque doré semblait celui d'un fauve, le sourire laissait apparaître les canines d'un prédateur. Une multitude d'images, de sensations envahirent son corps et son esprit. Elle se vit enlacée à cette femme... Lisa ôta les premiers boutons du haut de pyjama et la main se posa à même la peau.

Mylène s'écarta et se redressa en tirant sur les poignées. Elle se colla le dos contre la tête de lit, les bras de chaque côté, prisonniers des entraves.
— J'ai une proposition à vous faire : changez de camp, venez avec nous ! Je vous promets à vous aussi la jeunesse éternelle. Scellons notre alliance !

Elle se rapprocha encore et colla ses lèvres contre celles de Mylène qui résista à peine et rendit le baiser. Lisa acheva de déboutonner le haut de pyjama, libérant les deux seins qu'elle prit à pleines mains.

La raison de Mylène complètement engourdie ne réussissait à s'aventurer au-delà du plaisir qu'elle éprouvait au contact de cette femme et qu'elle n'avait jamais connu aussi fort avant de croiser sa route. Mylène s'abandonnait corps et âme...

Tout n'était qu'illusion, vestiges de souvenirs artificiels. Le déclic se produisit lorsque la bouche de Lisa descendit le long du cou et s'attarda à l'endroit même où quelques jours plus tôt, elle avait mordu la jeune femme au sang.

Un flot d'images bien différentes des précédentes inonda Mylène, des images morbides, sanglantes, des visages torturés. Elle visualisa le père Eustache, Alexis Pontchartrain, les moines dominicains. Elle songea à Catherine et à toutes ces filles victimes de la folie de Lisa Rastislav.

Mylène releva brutalement les jambes. La poussée déséquilibra Lisa qui sortit du lit et chuta sur le sol.

— Vous êtes une malade, ne vous avisez plus de me toucher !

L'expression de surprise laissa très vite la place à une grimace digne des plus vilaines gargouilles.

— D'accord ! Vous l'aurez voulu !

Elle se releva et sortit de la pièce. Elle revint quelques secondes plus tard accompagnée d'une femme et de deux hommes vêtus de la même manière et le visage dissimulé par un masque. Mylène ne résista pas longtemps et ne put que regarder l'aiguille s'enfoncer dans son bras et le liquide disparaître lentement sous sa peau, avant de sombrer...

Chapitre 10

Lundi 18 décembre 2006

Mylène releva l'un de ses genoux. Une vaguelette légèrement colorée vint mourir sur sa poitrine et y déposa de la mousse parfumée. La jeune femme allongea les jambes et laissa le haut du corps s'enfoncer dans l'eau du bain, ne laissant que le visage à l'air libre.

Elle poussa un soupir de soulagement en songeant qu'elle allait enfin pouvoir profiter pleinement de tous ces jours de permissions qui devaient être impérativement utilisés avant la fin de l'année sous peine d'être perdus. La journée, après une incroyablement longue grasse matinée, avait débuté en début d'après-midi par un long footing régénérateur immédiatement suivi d'un arrêt prolongé dans l'eau brûlante de la baignoire. Seule une légère contracture au mollet gauche, conséquence d'une entorse un peu trop longue, lui rappela que rien ne pouvait être parfait.

Six jours s'étaient écoulés depuis les révélations de Bruno Kotyla. Six journées et leurs cortèges de joies, de drames, de tensions et de mauvaises surprises...

Mylène s'éveilla tranquillement le mercredi 13 décembre vers 16 heures, dans une chambre particulière du Centre hospitalier d'Arras. Avertis par l'infirmière, le père Eustache et Alexis Pontchartrain, qui attendaient dans le couloir, se précipitèrent à son chevet. Les effets de la drogue qui lui avait été administrée avaient mis du temps à se résorber. La jeune femme resta encore quelques heures en observation avant d'être autorisée à quitter l'établissement, le lendemain matin.

L'état inconscient dans lequel elle avait végété durant de longues heures aiguisa son avidité quant à savoir ce qu'il était advenu depuis sa capture dans la cave du Locuste.

Henry de Saint-Liphard et Maxime Balfour ignoraient que Mylène avait reçu un appel juste avant de descendre dans les caves, et avait signalé sa présence. Le père Eustache, Alexis Pontchartrain et Fra Dolcino rappliquèrent aussitôt au Locuste. Ils aperçurent de loin, en arrivant, les deux complices sortir un tapis enroulé de la cave, le porter dans la voiture et disparaître.

Les trois religieux attendirent un peu et choisirent de descendre dans les boves plutôt que de prendre en chasse monsieur Liczko. L'une des deux balles tirées sur l'Abbé Valdès n'avait fait que lui effleurer le bras, provoquant tout de même un bon saignement. L'autre s'était fichée dans la Bible qu'il portait toujours dans la poche portefeuille de son manteau. La mort ne voulait pas de lui. Le moine dominicain et Bruno Kotyla venaient tous les deux de reprendre connaissance lorsqu'ils surgirent dans la cave du Locuste.

Il fallait agir vite et choisir la meilleure des alternatives. Qu'aurait fait Mylène ? Ils décidèrent de livrer Kotyla aux gendarmes de la brigade de recherches d'Arras qui enquêtaient sur le meurtre du commissaire Vernier. N'avait-il pas avoué être l'un des assassins ?

Le major écouta soigneusement l'abbé Valdès qui après s'être présenté officiellement, affirma avoir capturé l'un des hommes qui projetaient un attentat contre le cardinal Spencer, selon les informations transmises par sa hiérarchie à Rome. Il précisa que le complice de Kotyla, monsieur Liczko alias Henry de Saint-Liphard, était recherché par Interpol pour le meurtre de deux archivistes et d'un bouquiniste à New York et qu'il venait d'enlever le gendarme Plantier détachée à la protection du prélat.

Kotyla confirma et ajouta les meurtres du stade Bollaert, celui du commissaire Vernier et du journaliste Dominique Douchy.

Le major décrocha immédiatement le téléphone et appela le procureur de la République.

Le soir-même, vers 23 heures, une vingtaine de militaires, des éléments de la brigade de recherche d'Arras, des gendarmes du PSIG. et de la brigade locale, occupèrent le centre du village du Mont Saint-Éloi.

Les informations que Mylène glana sur cette opération, provinrent essentiellement des témoignages de quelques collègues d'Arras dont elle provoqua des confidences.

Les propos de Bruno Kotyla permirent aux gendarmes d'investir la fermette sous laquelle commençait le souterrain qui permettait d'accéder à la fameuse crypte, oubliée du commun des mortels, depuis plusieurs centaines d'années, sous les quelques ruines du monastère. La présence d'une bonne dizaine de grosses berlines et de voitures de sport stationnées dans les rues avoisinantes confortèrent les militaires. Les occupants de la fermette, un couple de notables ayant pignon sur rue dans l'une des voies les plus commerçantes de la préfecture du Pas-de-Calais, furent arrêtés sans opposer aucune résistance. Les gendarmes découvrirent Mylène, droguée et attachée sur un lit, dans l'une des chambres d'amis. L'un des séides, qui gardait l'entrée du passage, dissimulé dans la cave à vin, fut maîtrisé à son tour.

L'assaut ne se déroula pas exactement comme les gendarmes l'avaient prévu. D'étranges invocations en latin guidèrent les pas des premiers militaires qui surgirent dans la crypte et mirent fin à une cérémonie pour le moins particulière. Une quinzaine de personnes masquées et le corps couvert d'une grande cape noire, entourait un couple, un jeune homme et une jeune fille entièrement nus, qui faisaient l'amour sur un autel de pierre datant probablement des origines du monastère. Un homme et une femme, masqués eux aussi, se tenaient derrière le couple. L'arrivée des gendarmes mit fin à l'incantation mais provoqua un mouvement de panique parmi les participants à la cérémonie. Profitant de la confusion, l'homme qui se tenait debout se saisit d'un revolver, caché sous sa cape et tira sur les gendarmes qui ripostèrent aussitôt, le mettant hors de combat.

La confusion qui s'ensuivit et l'étourdissement provoqué par l'amplification des coups de feu dans la crypte, permit à la personne de sexe féminin de s'éclipser par une petite porte creusée dans la paroi calcaire à l'opposé de l'entrée principale.

Soudain le sol se mit à trembler, des blocs de craie se détachèrent du plafond et tombèrent dans la salle souterraine. La petite porte en bois explosa, libérant un épais nuage de fumée, et des gravats qui s'étalèrent sur plusieurs mètres carrés...

Les gendarmes évacuèrent la crypte. Trois d'entre eux furent légèrement blessés, le premier par balle et les deux autres touchés à la tête par les morceaux de calcaire. La moitié des participants à la messe noire furent conduits à l'hôpital par les pompiers qui intervinrent très rapidement mais ne purent empêcher l'un des blessés de succomber.

Henry de Saint-Liphard, touché de plusieurs projectiles à l'abdomen, décéda également durant son évacuation. Maxime Balfour, l'arrière du crâne écrasé, resta plusieurs jours dans le coma avant de s'éteindre à son tour. Catherine Suger, droguée durant la cérémonie, ne dut son salut qu'à la protection du corps du jeune homme qui la violait.

Le dégagement du passage que protégeait la seconde porte, dans les jours qui suivirent, ne put être poursuivi pour des raisons de sécurité tant la roche avait été fragilisée par les détonations. Le corps de Lisa Rastislav ne fut jamais retrouvé. Des historiens locaux consultés par les gendarmes évoquèrent certains textes qui parlaient d'entrées de souterrains autour du village datant de la première guerre mondiale ou de périodes plus anciennes. Les recherches ne donnèrent aucun résultat.

La commission rogatoire établie par le juge, aussitôt saisi de l'affaire, permit à la police d'Arras de perquisitionner au Locuste ainsi qu'au domicile d'Henry de Saint-Liphard. Les preuves accablantes qui furent découvertes étayèrent les affirmations de Bruno Kotyla. Malheureusement, ce dernier se suicida dans sa cellule.

Mylène fut interrogée à plusieurs reprises par le juge d'instruction qui cherchait à établir un parallèle entre les mystérieux adversaires de la bande à Saint-Liphard et le service de sécurité du non moins énigmatique cardinal Spencer. Rien ne lui permit d'établir que l'officier de police judiciaire avait agi à quelque moment que ce soit en dehors de ses compétences. Elle dut également rendre compte à sa hiérarchie puis, sa mission étant terminée, elle fut autorisée à rentrer chez elle.

La jeune femme ne chercha pas à connaître l'évolution de l'enquête, négligeant les médias. Elle remarqua cependant que la résolution de cette ténébreuse affaire avait eu pour conséquence de bouleverser l'existence d'autres protagonistes dont pour certains le rôle n'avait été que minime. On lui rapporta que la démission d'Anton Rastislav de son poste d'entraîneur du Racing Club de Lens, immédiatement remplacé par celui dont il avait pris la place à l'intersaison, avait coïncidé avec la libération des trois supporters bordelais accusés à tort.

Le père Eustache, quant à lui, n'avait rien révélé de sa quête personnelle pour ne pas impliquer Mylène. Il comprit que l'éboulement qui avait entraîné la disparition de Lisa Rastislav, avait également scellé la porte vers son passé.

Le plus déçu de tous fut l'abbé Valdès. Le lendemain de la sortie de Mylène de l'hôpital, tandis que la jeune femme se trouvait devant le juge d'instruction, il se rendit à Saint-Laurent-Blangy en compagnie de son acolyte et d'Alexis Pontchartain. Ils parvinrent, en comparant le plan actuel et un ancien plan vieux de deux cents ans, à localiser le manoir du comte d'Erlette en prenant l'église de la paroisse comme point de référence. Ils s'engagèrent dans la rue qui devait les mener au paradis et au lieu de découvrir un antique portail de pierre, surgirent au beau milieu d'une cité dont les tours de béton semblaient défier le ciel... Quelques heures plus tard, les deux moines prenaient l'avion pour retourner à Rome...

La sonnerie du téléphone dans la pièce voisine ramena Mylène à la réalité. Il ne s'agissait pas de la sonnerie stridente de la ligne intérieure reliée directement à la

Compagnie, mais du vieux tube disco qu'elle venait d'installer sur son téléphone portable. Elle sortit du bain, attrapa une serviette au passage et se précipita dans le salon.

— Oui, allô !

— Salut, c'est Steve !

Steve, le sapeur-pompier professionnel, grand, blond, musclé, sûr de lui...

Leurs routes respectives s'étaient croisées quelques mois plus tôt à l'occasion de l'une de ces « corridas pédestres » organisées comme un peu partout, durant l'été, sur la Côte d'Opale. Ils s'étaient revus à plusieurs reprises, avaient couru ensemble, mangé ensemble... en toute camaraderie, Mylène fermant systématiquement la porte aux projets horizontaux et même verticaux qu'il suggérait sans véritable finesse. Cette absence de délicatesse, ce manque d'esprit, ce côté primaire rebutait la jeune femme qui n'envisageait pas d'entamer quoi que ce soit avec lui.

Cette fois-ci, la donne n'était plus la même. Il avait gentiment appelé Mylène pour prendre des nouvelles et proposer une sortie au cinéma précédée d'un dîner au restaurant, sans dévoiler véritablement le programme, laissant planer un soupçon de mystère. Au-delà du geste et de la perspective de passer une agréable soirée, la jeune femme se projetait encore un peu plus loin et voyait surtout l'occasion de faire l'état des lieux de sa libido.

Autant que ce soit avec lui.

« Je l'encourage, je joue le jeu jusqu'au bout, et après j'en tire les conclusions ! »

Les dessous les plus sexy de sa garde-robe attendaient sur le lit, prêts à être enfilés sous une robe simple mais au décolleté vertigineux.

— Tu vas bien ?

— Pas mal, tu m'as sortie du bain, je suis toute nue et couverte de mousse au milieu du salon !

— Alors j'arrive tout de suite !

— Il faut savoir attendre !

— J'ai tout mon temps ! Tu es toujours partante pour tout à l'heure ?

— Bien sûr !

— Je passe te chercher vers 19 h 30 ! On mange vite fait et on va s'installer bien confortablement devant l'écran...

— On va au Touquet ?

— Non à Berck, au cinéma Le Familia ! Une soirée composée de deux films d'horreur, ça te convient ! Il y en a un qui doit décoiffer, c'est l'histoire d'une femme vampire qui se tape des jeunes vierges, se baigne dans leur sang et plein de trucs comme ça...

— Tu n'as pas autre chose à proposer ?

— Pourquoi, c'est cool comme film !

— Tu trouves ?

— Ben oui !

— OK, laisse tomber ! Amuse-toi bien !

La jeune femme raccrocha et retourna dans la salle de bains.

Elle laissa sonner le portable qui inonda l'appartement de rythmes discos durant un bon quart d'heure avant d'abandonner la partie.

Mylène s'approcha du miroir couvert d'une fine pellicule de buée qui reflétait vaguement sa silhouette. Elle dessina un énorme point d'interrogation puis enfila une sortie-de-bain.

Le téléphone retentit une nouvelle. Il ne s'agissait plus du portable mais du poste fixe sur liste rouge. Ce n'était donc pas Steve qui ne connaissait pas le numéro.

Elle décrocha :

— Allô, Mylène, c'est Alexis ! Comment te sens-tu ?

— Tout va bien !

— À la bonne heure ! As-tu quelque chose de prévu ce soir ?

— Non, je n'ai rien prévu ce soir, mentit-elle.

— Alors je t'invite à la maison ! Est-ce que je t'ai déjà parlé de Delphine ?

— Non, ce prénom ne me dit rien !

— Delphine est arrivée à Montreuil à la rentrée scolaire de septembre, elle enseigne le français au collège Saint-Austreberthe. Une fille bien ! Le directeur lui a confié l'organisation du catéchèse.

— Est-ce son premier poste ?

— Oui, Delphine est originaire de Valenciennes, et ne connaît pas grand monde à Montreuil, à l'exception des autres enseignants de l'établissement. Je pense qu'elle s'ennuie un tantinet. Dommage, elle est si brillante !

— J'imagine, une petite brune à lunettes, boulotte et timide !

— Pas du tout, elle a de très jolis yeux bleus, et ses cheveux sont blond vénitien. Elle ressemble à cette actrice australienne dont on parle beaucoup en ce moment... Je ne sais plus son nom...

— Nicole Kidman ?

— Oui, c'est cela !

— Quel homme comblé, passer la soirée en compagnie de Nicole Kidman et de Natacha Henstridge !

— Voyons, jeune fille ! Je t'attends à 19 heures précises !

Mylène retourna dans la salle de bains et ôta son vêtement. Elle se regarda attentivement dans le miroir. Le point d'interrogation avait disparu avec la buée. Elle gagna sa chambre, enfila le string et agrafa le soutien-gorge qui lui moula une poitrine à la Betty Boop...

FIN

Achevé d'imprimer chez SoBook le 27-11-2023
Linselles - France

Nos papiers sont issus de forêts gérées durablement

N° impression : 878 114